회귀 경찰의 리셋 라이프

The Reset Life

회귀 경찰의 리셋 라이프 35

초판 1쇄 발행 2024년 6월 20일

지은이 ㅣ 한길
발행인 ㅣ 최원영
편집장 ㅣ 이호준
편집디자인 ㅣ 최은아
영업 ㅣ 김민원 조은걸

펴낸곳 ㅣ ㈜ 디앤씨미디어
등록 ㅣ 2002년 4월 25일 제20-260호
주소 ㅣ 서울시 구로구 디지털로32길 30 코오롱디지털타워빌란트 1301-1308호
전화 ㅣ 02-333-2513(대표)
팩시밀리 ㅣ 02-333-2514
E-mail ㅣ papy_dnc@dncmedia.co.kr
블로그 ㅣ blog.naver.com/gnpdl7

ISBN 979-11-364-5411-9 04810
ISBN 979-11-364-2581-2 (SET)

※ 저자와 협의하여 인지는 붙이지 않습니다.
※ 이 책은 ㈜ 디앤씨미디어(파피루스)가 저작권자와의 계약에 따라 발행한 것으로 본사와 저자의 허락 없이는 어떠한 형태나 수단으로도 내용을 이용할 수 없습니다.

한길현대 판타지 장편소설
Papyrus Modern Fantasy

회귀 경찰의
리셋 라이프

35

PAPYRUS
파피루스

1장. 그해 겨울(2) ·················· 7

2장. 겨울 축제 ·················· 73

3장. 무법자들 ·················· 159

1장. **그해 겨울(2)**

그해 겨울(2)

부아아아앙!
"꺄아아아아!"
선착장을 벗어난 배가 속도를 높이자 신예은이 양팔을 높이 들며 함성을 지른다.
'재밌나 보네잉.'
파도가 조금 치기는 하지만, 그것 때문에 더 재밌어하는 것 같은 딸.
다행이었다.
담배를 문 신복동은 맹렬하게 불어오는 맞바람을 맞으며 미소를 짓는다.
그렇게 얼마나 더 달렸을까.
저 멀리 양식장이 보이자 신복동이 속도를 줄인다.
근처에 배 하나 없는 망망대해.

"아빠, 여기가 포인트예요?"
"포인트라는 말도 알아?"
"당연히 알죠!"
어떻게 아는지 모르겠지만, 귀여워서 웃음이 나온다.
"여그가 옛날에 니 할아버지하고 함께 낚시를 왔던 곳이여."
"……아, 그래요?"
신복동이 고개를 끄덕이며 아련한 눈으로 주변을 둘러본다.
8살, 새벽에 잠도 깨지 못한 채 아버지 손에 이끌려 나왔던 바다.
낚시는 이렇게 하는 거다며 손수 하나하나 가르쳐 주셨던 아버지.
그때 잡았던 대물의 기억을 아직도 있지 못한다.
"그때 문조리를 이만큼 큰 걸 잡았었제."
"문조리?"
"망둑어 말이여, 망둑어."
선착장에서도 미끼 없이 낚싯대만 던져도 쉽게 낚을 수 있는 망둑어.
잡힌 게 망둑어라는 말에 실망하던 사람들도 그 크기를 보고는 깜짝 놀랐었다.
아버지는 자신의 아들이 대물을 잡았다고 기뻐하시며 친구분들과 함께 신나서 매운탕을 끓여 주셨었다.
아무리 대물이라고 해 봐야 망둑어는 망둑어라는 걸,

아버지는 그저 아들이 낚았기에 기뻐하셨다는 걸 알게 된 건 그로부터 상당한 훗날의 일이었다.

"찬밥에 된장만 넣어 비벼 먹었던 건데 왜 그리도 꿀맛이었는지……."

나중에 아버지가 돌아가신 후 똑같이 해 먹어 봤지만 그 맛이 나진 않았다.

이곳은 그런 추억이 있는 곳이었다.

"아이고. 주책이네잉. 채비 펴자."

얼른 낚시 가방을 연 신복동이 하나하나 세심하게 가르쳐 준다.

"봉돌은 이렇게 묶는 거고, 미끼는 이렇게 끼는 거여. 어어! 사람이 뒤에 있는지는 보고 낚싯대를 던져야제. 그러다 물고기 아니라 사람을 낚는 거여. 자네도 와서 얼른 봐. 아, 자네라고 해도 되지라?"

"그럼요. 편하게 말씀하세요."

"그려. 그럼 그럴게."

설명을 모두 들은 두 사람이 바다에 낚싯대를 던지자, 신복동은 바닷물 속으로 빨려 들어가는 낚싯줄에 호들갑을 떠는 딸의 모습을 흐뭇하게 바라보다가 자신도 바다를 향해 낚싯대를 드리운다.

'아따, 어색하구마잉.'

분명 일주일 전 참 많은 이야기를 나눴지만 아직도 어색한 딸. 남자친구까지 있으니 더 어색하다.

그래도 가끔은 이렇게 딸이 내려와 낚시를 함께 나왔으

면 좋겠다는 생각이 든다.

말해 줄 할아버지와 추억이 너무도 많으니 말이다.

딸랑딸랑!

"아, 아빠!"

고기가 입질을 하는지 소리를 내는 방울. 낚싯대 끝에 달린 방울이 묘하게 흔들리자 신복동의 표정도 진지해진다.

"진정혁! 아까 아빠가 말했제?"

때가 되면 그대로 낚싯대를 위로 잡아당기는 거다.

"기다려……. 기다려……. 지금!"

따라라라랑! 휘익!

"됐어! 감아!"

"응!"

신예은은 빠르게 릴을 감기 시작했고, 신복동은 그 옆으로 다가가 신예은의 낚싯대에 손을 얹으며 보조를 했다.

그러다 보니 결국 항복을 한 물고기가 물 위로 올라온다.

"꺄아아아! 아빠!"

"아따, 월척이네!"

신복동은 배 위로 올라온 물고기에 남자친구와 얼싸안고 좋아하는 딸을 흐뭇한 눈으로 쳐다봤다.

'그래도 아빠 앞에서 애정행각을 하는 건 아니제, 딸아…….'

많이 섭섭했다.

치이이이익!
점심이 되자 배 위에서 고기가 구워진다.
'파도가 더 치는구마잉.'
점점 날씨가 안 좋아진다. 아무래도 밥만 먹고 돌아가야 할 듯싶다.
"아버님! 한잔 받으시죠!"
"응? 아녀, 아녀. 배 운전해야뒤야."
"에이. 아빠도 마셔야 우리도 맘 놓고 마시지!"
"그렇습니다, 아버님!"
"……어흠. 그럼 우리 예비 사위가 주는 술을 함 받아 볼까?"
쫄쫄쫄!
"자, 건배!"
"건배! 크으으!"
역시 바다 위에서 마시는 술은 각별하다. 딸이 있어서 더 그런 것 같다.
지 남자친구 입에 고기를 물려 주는 것만 빼면 참 좋은 시간이다.
"아빠도 한 쌈!"
"어이쿠!"
그렇게 한 잔, 두 잔.
딸과 그 남자친구가 번갈아 따라 주는 술을 마시던 신

복동이 슬슬 취기가 올라오자 손을 휘저었다.

"이제 그만 마셔야쓰것다."

"에이. 그럼 이것만 마셔요."

"안 돼. 안 돼."

선착장까지 배를 운전하는 건 문제가 안 된다.

문제는 선착장에 배를 집어넣는 거다. 여기서 더 마셨다간 자칫 여러 배들과 부딪칠 수도 있었다.

"난 됐응께. 니들끼리 묵어."

얼른 먹으라며 손짓을 한 신복동이 몸을 일으킨다.

"난 담배 좀 피우고 온다잉."

배 후미로 걸어가는 신복동.

그에 신예은과 우창배가 서로를 보며 눈을 빛낸다.

등을 돌리고 있는지라 그걸 보지 못한 신복동이 배의 난간에 발을 올린 채 담배를 문다.

찰칵! 치이익!

"후우우."

'여보, 자네도 보고 있는감?'

아내도 함께 왔다면 얼마나 좋았을까.

먼저 가 버린 아내가 야속하기만 하다.

"어이구. 내가 요새 술을 먹긴 많이 먹었나 보네."

벌써 취해 고생만 시켰던 아내를 흉보고 있으니 말이다.

고개를 저은 신복동은 흐린 하늘을 보며 아내와의 얼마 없는 추억을 곱씹어 본다.

"내가 나중에 가믄 무릎 꿇고 빌라니까 조금만 참아 줘."

나중에 시간이 흘러 저승으로 가면 아내의 손과 발이 되리.

"자네가 새 남자와 결혼을 했어도 그럴라니까 쫌만 기다려 줘. 예은이가 결혼하고 손자를 낳는 것만 보고 갈 테니께, 부모로서의 도리만큼은 하고 갈 테니께 쫌만 기둘려. 미언허이."

결국 눈시울이 붉어진 신복동이 혹여 딸이 볼까 고개를 돌리며 눈물을 훔친다.

'크흠. 대출에 관한 이야기는 이따가 하는 게······.'

"아빠."

"응? 아이고. 여긴 위험혀. 얼른 돌아가."

"미안해."

"뭐가 미안······."

"해 준 것 없는 딸을 위해 죽어 줘."

섬뜩!

퍼억!

'아?'

허공에 붕 떠 버리는 몸.

신복동이 멍하니 딸 신예은을 본다.

'쟈는 누구지?'

누굴까. 대체 누구기에 딸의 얼굴 가죽을 쓰고 저런 흉흉한 표정을 짓는 걸까.

아니다. 딸이다.
'그런 거구마잉…….'
신복동은 차오르는 배신감과 안쓰러움에 눈을 감았다.
푸웅덩!
'차네.'
올해 겨울 바다는 유독 차가운 것 같았다.

　　　　　　＊　＊　＊

"아빠-!"
신예은이 바다를 보며 크게 외친다.
다급히 동동 구르는 발.
하지만 그것도 잠시. 곧 발을 멈춘 신예은이 담배를 문다. 그러자 그녀의 코앞으로 내밀어지는 라이터.
찰칵! 찰칵! 치이익!
"죽겠지?"
"괜찮아. 올라오면 이걸로 찍어 버리면 돼."
여긴 바다다. 가라앉아 버리면 썩어 부패하기 전까지 절대 떠오르지 않을 바다.
어쩌면 부패해도 떠오르지 않을 바다.
우창배가 장대를 들어 보여 주자 신예은의 입가가 비틀어진다.
그에 우창배도 눈을 빛낸다.
"그래서 얼마짜리라고?"

"10억."

무려 10억이다. 아빠 신복동의 사망 보험금이.

사망 보험금만 10억이고, 아파트에 편의점 건물까지 이것저것 다 합하면 최소 15억 이상은 될 거다.

"크흐으! 좋네!"

이젠 회장님과 회장 사모님 소리를 듣는 거다.

신예은은 발을 동동 구르며 좋아하는 우창배를 보며 미소를 지었다. 남자친구가 좋아하니 자신도 좋다.

그녀는 다시 신복동이 가라앉은 바다를 보며 입술을 비틀었다.

'어쩔 수 없는 일이라고 생각해, 아빠. 여태까지 날 버렸잖아?'

낳는다고 다 부모일까.

신예은은 신복동을 아빠 취급도 하기 싫었다. 그동안 아빠, 아빠 매달린 건 모두 연기일 뿐이었다.

이젠 더 이상 하지 않아도 될 연기.

"어? 잠깐, 오빠. 그런데 우리 어떻게 돌아간다고 했지?"

"쯧. 내가 말했잖아. 지나는 배를 향해 손 흔들자고!"

그래서 증언을 해 줄 목격자까지 만드는 거다.

자신들이 어쩔 줄 몰라 했다는, 너무도 슬퍼했다는 증언을 해 줄 목격자를.

"아, 마침 저기 배가 오네!"

아까부터 저 멀리 큰 점처럼 떠 있던 배.

"여기요! 여기요-! 뭐해. 울어!"
"응! 여기요-! 여기이!"

그들은 눈물, 콧물 쏟아 내며 사력을 다해 팔을 휘저었고, 요트 한 대가 금세 다가온다.

부아아아앙!

"여기요! 우리 아빠가…… 아빠가-! 어?"

속도가 줄여지던 요트에서 커다란 그림자가 바닷속으로 뛰어든다. 그러자 요트 운전석에 서 있던 사내가 다급히 무전기를 든다.

"빌어먹을! 최가 바다로 뛰어들었다! 다시 말한다! 최가 바다로 뛰어들었다!"

무전을 끝낸 사내는 옆에 놔둔 산소통을 낚아채며 바닷속으로 뛰어들었고, 신예은과 우창배는 그 모습을 멍하니 바라봤다.

* * *

"흠."

신예은과 함께 일했던 여성들의 증언에 따르면, 우창배도 신예은이 술집에서 일하는 걸 알고 있다고 했다.

퇴근 시간에 데리러 온 것도 본 적이 있으니 확실하다고 했다.

'여자친구에게는 잘한다라…….'

사랑하는 여자가 그런 일을 한다고 하면 아무래도 싫을

수밖에 없는 게 당연하다.

 그러나 우창배는 신예은이 어떤 일을 하고 있는지 알고 있음에도 연애를 이어 나간 것이다.

 그것이 신예은을 그다지 사랑하지 않기 때문인지, 아니면 반대로 너무 사랑하기 때문인지는 알 수 없지만 말이다.

 아무리 머리를 굴려도 고민이 해결되지 않자 종혁은 한숨을 내쉬고 몸을 일으켰다. 그리고 서장실 한구석에 만들어 놓은 흡연실로 향하려다 그냥 창문을 열었다.

 "아, 다 떨어졌네."

 담배가 없다.

 혀를 찬 종혁은 간단히 외투만 챙겨 경찰서를 빠져나갔다.

 그런 그를 휘감는 겨울의 싸늘한 바람.

 신복동의 편의점이 가까워지자 종혁의 걸음이 그 본인도 모르게 늦어진다.

 "그나저나…… 이걸 말해야 될까, 말아야 될까."

 신예은과 함께 일했던 여성들이 이야기해 준 신예은의 과거.

 불우하다면 불우하다고 할 수 있는 과거를.

 "그냥 말하지 말까?"

 굳이 말해서 번뇌를 심어 줄 필요가 있을까.

 "모르겠다."

 이 부분은 조금 더 고민해 보기로 하며 편의점의 문을

열려던 종혁은 순간 당황했다.
"오늘 장사 안 하시나?"
편의점 불이 다 꺼져 있다.
"잉? 서장님 아녀라."
"아이고, 안녕하세요."
"간식 사러 오셨소?"
"담배 좀 사려고요. 그런데 신 사장님이 안 계시네요."
"잉? 복동이 없어라? 진짜 없는 것 같네. 야가 뭔 일일까잉. 흠. 설마……."
"왜 그러세요?"
"아니……."
슬그머니 주변을 둘러본 장년인이 목소리를 낮춘다.
"나도 자세히 들은 건 아닌디 복동이가 대출을 알아보는 것 같아서라."
은행에서 얼핏 스쳐 지나가며 그런 말을 들었다.
"신 사장님이요? 왜요?"
"나도 그거 물어보려고 왔지라."
분명 아파트와 편의점 건물을 담보로 잡으면 얼마까지 나오냐고 했었다.
그 말에 종혁의 눈이 동그래진다.
"아무래도 신안 생활 접고 도시로 나가려는 거 아니겠어라?"
"그랬다면 대출이 아니라 복덕방에서 매매를 알아보셨겠죠."

"아, 맞아. 그러네."

'흠. 갑자기 대출을 알아본다라…….'

왠지 이유를 알 것 같다.

'그 피트니스 센터 때문이겠네.'

자금줄이 메마른 우창배. 아무래도 우창배가 신예은을 충동질한 것 같다. 아니면 둘 다 합의해서 신복동을 흔들었거나.

'저번 주에 신예은 씨가 내려온 게 그 이유 때문이었구만?'

한숨이 절로 나온다.

"잉? 둘 다 거기서 뭐한데요? 뭐 사려고? 형님, 지금 딸하고 딸 남자친구랑 낚시하러 갔는디?"

'신예은 씨가 또 내려왔다고?'

"아니, 이 날씨에요?"

바람이 제법 분다. 어업을 위해서라면 모르되, 낚시를 하기엔 적합하지 않은 날씨다.

"아까는 이렇게 안 심했응께 나갔지라. 아따, 그 형님 제대로 돌아올 수 있을지 모르겠네. 더 심해지기 전에 돌아와야 할 텐디."

"신 사장님이 배를 몰 줄도 아셨어요?"

"아차. 이건 실수. 못 들은 척해 주쇼잉."

"심지어 무면허세요?"

"끄응."

종혁이 어이없어하는 순간이었다.

지이잉! 지이잉!

"잠시만요. 응? 얘가 왜?"

순철이다.

"응. 왜? 무슨 일이야?"

−형님. 이경애 씨 있잖습니까? 이분 정말 실족사 맞습니까?

"응? 갑자기 그게 무슨 말이야? 네가 왜 이경애 씨에 대해 조사해?"

−아니, 형님이 신경 쓰고 계신 걸 같길래 나름대로 조사를 해 봤는데…… 이상한 걸 하나 발견했습니다.

"뭔데?"

−이경애 씨가 사망한 당일, 신예은이 우창배가 오래전 작성한 게시글에 댓글을 하나 남겼는데…….

우창배가 옛날에 작성했던 게시글에, 몇 년 전 게시글에 남긴 댓글.

−'10시'라는 내용이었습니다.

쿵!

"……이경애 씨가 신예은 씨와 함께 입산한 시간이 언제지?"

−10시쯤입니다.

"……하."

지금 머릿속에 떠오르는 게 억측일 수 있다. 그저 우연히 맞아떨어진 것일 수도 있다.

하지만 코끝이 고약한 냄새를 맡으며 예전에 지워 버린

최악의 가설을 다시금 상기시킨다.

"우창배가 그 근처 있었는지 좀 확인해 줄래?"

-알갔습네다.

"알았어. 고마워."

종혁은 신복동에게 배를 빌려 준 장년인을 봤다.

"신 사장님이 어디로 가셨는지 혹시 아십니까?"

물론 그럴 리가 없을 테지 만 그래도 찝찝하다.

이 촉을 무시했다가는 큰일이 생길 것 같다.

"어, 어디 갔는지는 모르겄고, GPS는 켜져 있지라?"

"그럼 그 GPS 번호 좀 알려 주십시오. 빨리!"

종혁은 그렇게 바다로 향했다.

그런데…….

"저, 씨발!"

바다로 고꾸라지는 신복동을 발견한 종혁의 눈이 뒤집혔다.

* * *

뜨거운 공기가 가득한 작은 빌라.

우창배의 가슴을 베고 누운 신예은이 거친 숨을 몰아쉰다.

찰칵! 탁!

우창배의 입에 물리는 담배를 뺏은 신예은이 눈을 좁힌다.

"오빠, 내가 그러지 말라고 했지."

사랑해 마지않는 남자친구지만, 관계를 끝낸 후 담배를 피우는 모습을 볼 때면 마치 2차를 나온 기분이 들어서 싫었다.

"아차차. 쏘리."

"조심해."

살짝 삐진 신예은이 침대를 빠져나와 부엌으로 향한다.

"물 줘?"

"맥주로."

"응? 알았어."

항상 관계 후에는 물을 마시던 남자친구였기에 의아해한 신예은이 시원한 물과 캔맥주를 가져온다.

치익! 딱!

꿀꺽꿀꺽꿀꺽!

단번에 캔맥주를 비우는 우창배.

"커흑! 미안한데 하나만 더 가져다주라."

"……무슨 일인데?"

그러고 보니 오늘 집에 들어오면서부터 낯빛이 좋지 않았다.

"아무것도 아냐."

"씁! 나 오빠 여자친구야."

"그러니까 말할 수 없는 거다. 남자가 가오가 있지."

"……나 그냥 모텔에서 잘래."

"어허이."
다급히 신예은의 손목을 잡은 우창배가 한숨을 내쉰다.
"그게…… 하."
옛 삼거리파 조직원들을 만나길 잘했다.
아니었다면 자신이 짓고 있는 피트니스 센터의 문제점이 뭔지도 몰랐을 테니 말이다.
하지만 이걸 말할 순 없다. 제대로 해 보지도 않고 일만 크게 벌인다고 혼이 날 수 있다.
"설마 돈이 부족한 거야, 오빠?"
"후…… 아무리 A급이어도 중고를 들여서 시작하면 아무도 안 올 거라고 하더라고."
폐업을 하는 피트니스 센터의 운동 기구를 저렴하게 매입하기로 했던 우창배.
그런데 그 이야기를 하니, 옛 삼거리파 조직원들이 길길이 날뛰었다.
인테리어를 제아무리 고급스럽게 해도 운동 기구가 중고인 게 티가 나면 무슨 쓸모가 있겠냐고.
처음에 손님이 자리 잡도록 만드는 게 우선인데, 이래서 누가 오겠냐고 말이다.
"그, 그럼 어떡해! 이미 거기다 꼬라박은 돈이 얼만데!"
"몰라. 어떻게든 되겠지. 하, 씨발. 돈 나올 구멍 없는데……."
"지금 그걸 말이라고……!"

이미 거기에 들어간 돈이, 자신의 피 같은 돈이 얼마던가.

'이걸 어쩌지?'

우창배를 죽일 듯 노려봤던 신예은은 이내 생각에 잠기기 시작했고, 우창배는 그런 신예은을 힐끔 보며 입술을 비튼다.

"야, 괜찮아. 걱정 마. 아는 형님들한테 소개받은 곳 있으니까. 거기서 빌리면 돼."

"뭐? 설마 사채업자 말하는 거야?"

사채가 얼마나 무서운지 누구보다 잘 아는 사람이 사채를 말하고 있다.

"벌어서 돈 갚다가 인생 끝낼 거야? 일단 주변에 빌려줄 수 있는 사람 없나 더 물어봐!"

"이미 빌릴 수 있는 사람한테는 다 빌린 거야. 심지어 후배들한테도 부탁해서 빌렸어."

신예은 입을 떡 벌렸다.

자존심까지 모두 뭉개 가며 건달 후배들에게도 빌렸다면, 이제 정말 더 돈 나올 구멍이 없단 소리였다.

"……얼마가 부족한 건데?"

"일단 1억. 넌 주위에 아는 사람 없어?"

"1억이 어디 있어! 거기다 일단이라는 말은 또 뭐고!"

"그 정도 있으면 그냥 구색은 맞출 수 있다는 거지. 그냥저냥 다른 피트니스 센터와 똑같은 수준은."

"그건 안 되잖아!"

그래선 주변 헬스장 고객들을 다 빨아들이겠다는 목표를 달성할 수 없다.

"야, 신예은. 목소리 높이지 마. 나도 터지려는 거 겨우 참는 중이니까."

우창배의 얼굴이 싸늘해지자 신예은이 아차 한다.

한 번 터지면 그 누구도 막을 수 없는 우창배.

입을 다문 그녀가 다리를 떤다.

'어떡하지? 이미 가게에서 끌어다 쓴 돈이 얼만데…….'

신예은은 입술을 깨물었다.

* * *

어느 문 앞에 선 신예은이 이를 악문다.

-돈? 먹고 죽으려고 해도 없어. 네가 좀 빌려주면 안 돼?

-미쳤니? 너랑 나랑 그 정도 사이는 아니잖아?

-소문 다 퍼졌더라. 돈 이야기 할 거면 끊어.

-마이킹을 더 땡기고 싶다고? 그럼 이거부터 써.

돈 이야기를 꺼내자마자 매정하게 돌아선 술집 동료들.

마이킹을 조금만 더 땡겨 달라고 했더니 신체포기각서를 내민 마담.

'쌍년들.'

한 푼, 두 푼 모아서 겨우 2천만 원가량 더 모으긴 했지만, 이걸로는 아직 턱없이 부족했다.

'하. 여긴 오기 싫었는데.'

정말 죽어도 싫었다.

제대로 용돈 한 번 준 적도 없으면서, 오히려 아빠가 몰래 주던 용돈을 빼앗기까지 했던 엄마.

딸이 학교에서 얼마나 궁상맞게 지내는지 관심도 없었던 엄마.

너무나 밉고 싫었다.

하지만 어쩔 수 없다. 이제 엄마만이 유일한 희망이었다.

엄마까지 도움을 주지 않는다면, 결국 피트니스 센터의 지분을 담보로 사채업자에게 돈을 빌릴 수밖에 없었다.

그 지독한 놈들이 언제든 피트니스 센터를 집어삼킬 명분을 주는 거다.

"하아."

신예은은 초인종을 힘들게 눌렀다.

띵동!

"누구세요? 응? ……나 돈 없다."

"그, 그런 거 아니야!"

"……그럼?"

"엄마, 아빠랑 만나 보는 건 어때?"

"뭐?"

신예은의 어머니 이경애는 눈을 껌뻑였다.

* * *

부스럭!

늦은 밤, 종이백을 내려놓는 이경애의 표정이 복잡하다.

이혼하기 전보다 더 살이 빠진 남편.

그러나 낯빛은 더 좋아진 남편.

그동안 마음을 다 정리했다 여겼지만, 여전히 순박하게 웃는 그 얼굴이 심장을 노크해 버린다.

잔뜩 아쉬워하는 얼굴로 돌아선 남편의 왜소한 등이 눈앞을 아른거린다.

'주책이지.'

자신의 손으로 연을 끊어 버렸다.

이런 감정을 느낄 자격도 없었다.

"엄마, 어땠어? 오랜만에 아빠 만나니까 좋았지?"

"……그래서 얼마나 필요한데?"

신예은의 얼굴이 확 밝아진다.

"1억!"

"……미친년."

"응?"

"천만 원도 아니고, 2천만 원도 아니고 1억? 네가 제정신이야! 어이구, 정성이 갸륵해서 좀 빌려주려고 했던 내가 미친년이지!"

똑같다. 엄마 가슴에 대못을 박고 독립해 버린 그때의

딸과 하나도 변한 게 없다.

아니, 더 지독해졌다.

"지지리 궁상으로 사는 게 싫다고 떠난 년이, 평생 이 따위로 살라고 떠난 년이, 나한테 그따위 심보로 사니까 암에 걸렸다고 대못을 박은 년이 1억? 먹고 죽으려고 해도 없어! 나가!"

갑상선암이란다. 너무 놀라고 무서워 딸에게 전화를 했더니 그따위 말을 했던 딸.

"어, 엄마!"

"내가 그때 돈을 빌려 달라고 했니, 아니면 와서 간병을 하라고 했니. 그런데 이제 와서 뭐?"

"엄마! 그 돈 없으면 나 정말 죽는단 말이야!"

"그럼 죽든가!"

이 말도 딸이 했던 말이다.

"말로 할 때 나가!"

"안 돼! 못 나가!"

엄마가 마지막 보루다. 엄마마저 거부한다면 정말 사채를 써야 한다. 아니, 그 전에 한계까지 끌어다 쓴 마이킹을 갚지 못해 시골로, 섬으로 팔려 갈 거다.

"못 나가? 하!"

지갑과 핸드폰을 챙겨 든 이경애가 집을 나서 버린다.

"어, 엄마!"

쾅!

속절없이 닫혀 버린 문.

"……엄마잖아! 엄마가 딸한테 왜 이러는데-!"

솔직히 기대했다. 그렇게 매몰차게 대했어도 엄마니까 들어줄 거라고 생각했다.

하지만 아니었다. 엄마는 이미 자신을 버린 자식으로 생각하고 있었다.

눈빛이 악독해진 신예은이 집 안을 훑는다.

그녀는 가까이 있는 서랍장부터 열어젖혔다.

지독한 구두쇠인 엄마. 분명 어딘가에 숨겨 놓은 돈이 있을 거다.

"역시, 거봐."

서랍을 열자마자 나온 보석함. 안에는 투박한 은반지나 금반지들이 있었다. 이것만 못해도 천만 원.

눈이 돌아 버린 신예은은 모든 서랍을 열어젖혔다.

그렇게 얼마나 열었을까.

움찔!

"어? 이건?"

[보험 증서]

"일, 십, 백, 천, 만, 십만, ……억? 억이라고? 하!"
어이가 없다.
딸에게 줄 돈은 없고, 보험을 넣을 돈은 있었다.
보험 가입일을 보니 25년 전에 가입한 것도 있다.
'이것들만 해지해도 부족한 돈 대부분은 메웠을 텐데!'

대체 무슨 부귀영화를 누리려고 이렇게 악독하게 구는 걸까.

역시 엄마답다.

그렇기에 한 가닥 남은 기대를 끊어 낸다.

엄마가 딸 취급을 하지 않는다면, 자신도 엄마를 엄마 취급하지 않으리.

"5억이라……."

그녀의 눈이 악독하게 빛나기 시작했다.

투욱!

신예은은 놀라 이쪽을 보며 떨어지는 이경애를 보며 입술을 비틀었다.

"그러니까 돈을 달라고 했을 때 줬어야지."

그러니 이런 꼴을 당하는 거 아니겠는가.

퍼어어억!

저 아래서 들려오는 소리에 신예은은 얼굴을 일그러트리며 주저앉았다.

"꺄아아아악!"

엄마를 잃은 딸의 절규가 산을 쩌렁쩌렁 울렸다.

* * *

괴롭다.

물이 코와 입속으로 들어가 목구멍을 틀어막는다.

'커억! 컥!'
자신도 모르게 발버둥 치는 손.
그러나 갈피를 잃고 흔들리는 몸.
어디가 위고, 어디가 아래일까.
하지만 그 생각도 잠시다.
머릿속이 몽롱해지고 힘이 빠진다.
'미안하구나.'
미안하다. 딸이 이런 선택을 하게 만들어서.
신복동은 미소를 짓는다.
'이제 가는구마잉.'
아내에게로. 그렇게 맘 고생시켰던 아내에게로.
나중에 딸 예은이가 자식을 낳는 것까지 보고 가려고 했는데, 생각보다 일찍 가게 됐다.
'놀라지 마시오.'
그리고 반겨 주기를.
그는 그렇게 생각하며 마지막 숨을 토해 낸다.
그 순간이었다.
감기는 눈을 향해 내리쬐는 새하얀 빛과 손목을 잡는 따뜻한 손.
'아아아.'
가는구나. 아내가 마중을 나왔구나.
그의 얼굴에 환한 웃음꽃이 피어난다.
그의 몸과 정신이 부상해 간다.
저 위로. 저 위로.

뽀로로로로로!
"푸화아아악!"
"……님! ……사장님!"
'복동 씨라고 부르제.'
연애를 할 때처럼.
신복동은 그렇게 정신을 잃었다.

"사장님! 신 사장님! 정신 좀 차려 보세요!"
"최! 괜찮습니까!"
"난 괜찮으니까 이분부터!"
"아니…… 예!"
 종혁은 다급히 요트 위로 올라간 SVR 요원에게 신복동을 밀어 올리며 신예은과 우창배를 죽일 듯 노려봤다.
 분명 봤다.
 튕겨 나가듯 바다로 떨어지는 신복동과 팔을 앞으로 내밀고 있던 신예은을.
 담배를 무는 신예은과 우창배를.
 까드드드득!
 종혁이 신예은과 우창배가 탄 배로 헤엄쳐 난간을 잡더니 단숨에 배 위로 솟구친다.
 터억!
 "아아! 가, 감사합니다! 감사합니다! 아, 아빠는요! 아빠는 괜찮나요!"

"아, 아버님은 괜찮으십니까!"

주저앉아 울음을 터트리며 기어 오는 신예은과 다급히 다가오는 우창배. 그리고 그들의 입에서 흘러나오는 역한 담배 냄새.

역시 잘못 본 게 아니다.

"신예은."

"아, 아빠는요!"

"이 꽉 물어라, 씨발년아."

쩌어어어억!

허공으로 비산하는 피와 하얀 이빨.

눈이 뒤집히며 고개가 꺾인다.

종혁은 고작 한 방에 정신을 잃는 신예은의 모습에 이를 악문다.

'고작 이것도 못 버티는 년이!'

아버지를 죽이려 했다.

못해 준 게 너무 많다며 괴로움에 몸부림치던 아버지를. 딸이 왔다고 아이처럼 좋아하던 아버지를.

"지, 지금 이게 무슨……."

"아가리 싸물어."

혀 잘린다. 눈알이 터질 수 있다.

부와아아아앙!

저 멀리서 들려오는 요트 소리들과 함께 종혁은 주먹을 들었다.

* * *

딸이 아버지를 살해하려고 했다는 소식에 신안경찰서가 뒤집혔다.
"서, 서장님!"
"서장님! 괜찮으십니까!"
다급히 목포의 병원으로 달려온 각 계의 계장들.
종혁이 걱정 말라는 듯 손을 내젓자, 안도의 한숨을 내쉰 계장들이 울컥한다.
"아니, 바다로 뛰어드셨다면서요! 맞네! 뛰어들었네!"
밖에 비가 오지도 않는데 몸에서 물이 뚝뚝 떨어지는 종혁.
"이 날씨에 바다는 왜 들어가십니까! 지금 밖에 파도가 얼마나 치는데! 자살을 할 거면 곱게 하십시오!"
파도가 치는 날에는 바다가 더 뿌옇게 변하기에 베테랑 구조 요원들도 물속에 들어가길 주저한다.
사람을 구하러 들어갔다가 도리어 그 본인이 죽을 수도 있기 때문이다.
이렇게 화가 난 바다는 그만큼 미친 괴물이다. 제 입속에 들어오는 모든 걸 집어삼키는.
오늘 종혁이 벌인 짓은 자살행위나 마찬가지였다. 실제로 뒤이어 함께 뛰어들어 준 SVR 요원이 아니었다면 종혁도 위험할 뻔했다.
"그럼 어쩌겠습니까. 일단 사람부터 구하고 봐야죠."

움찔한 종혁이 속으로 구시렁거린다.

'아, 최재수. 이 새끼.'

이럴 것 같아서 몰래 옷을 가져오라고 시켰는데, 고새 다 불어 버린 것 같다.

슬그머니 시선을 피하는 최재수에 종혁이 이를 악문다.

"커흠. 본의 아니게 걱정을 끼쳐 죄송합니다."

종혁이 고개를 숙이자 계장들도 입을 다문다.

"……쯧. 그래서 무슨 일입니까?"

"무슨 일은요. 자식이 아버지를 바다에 빠트려 죽이려고 한 사건이지."

이로써 이경애 씨의 실족사도 다시 한번 타살을 의심해 볼 수밖에 없었다.

"아니……."

이어진 참담하고도 참담한 종혁의 설명에 입을 떡 벌린 계장들이 가슴을 친다.

"지금 용의자들 저 안에 있으니까 수갑부터 채우세요. 저기 얼굴 망가진 연놈들이 신복동 씨의 딸 신예은과 그 남자친구 우창배입니다."

"예, 알겠습니다!"

"그리고…… 최 팀장?"

"여, 여기 있습니다."

종혁에게 옷가지가 담긴 백을 내민 최재수는 다급히 안으로 들어갔고, 종혁은 바닷물에 절여진 근무복을 벗어 던지며 옷을 갈아입는다.
'그래도 고맙네.'
이렇게 걱정해 줘서 고맙다.
"아, 그리고 한 분은 중환자실로……."
"변호사 불러-!"
갑자기 응급실 안에서 터져 나오는 고함 소리.
"내가 어?! 다 신고해 버릴 테니까-!"
익숙한 목소리다. 아무래도 우창배가 정신을 차린 것 같다.
신예은도 정신을 차린 듯 뒤이어 악을 지르고 있다.
"……하, 새끼들."
"서장님!"
종혁의 미간이 좁혀지자 가장 먼저 낌새를 눈치채고 소리친 최재수.
"후우……. 아무 짓 안 할 거니까 놓으셔도 됩니다."
최재수의 외침에 간신히 분노를 가라앉힌 종혁이 자신의 몸을 붙들고 있는 계장들의 손을 떼어 낸다.
"이미 충분히 팼고, 무기 징역까지 확정인 놈들인데 더 패서 뭐하겠습니까."
신복동의 의식만 깨어나면 이제 그들은 끝이었다.
"다들 이만 돌아가세요. 일 안 합니까?"
"……에이. 이 기회에 농땡이 좀 치려고 했건만."
"서장님은 안 가십니까?"
"신 사장님 깨어나는 것만 보고 가겠습니다. 강력계장

님은 형사들 좀 보내 주시고요."

"알겠습니다. 충성."

계장들이 떠나자 종혁은 슬그머니 그들과 묻어 움직이려는 최재수를 향해 이를 드러냈다.

"넌 저녁에 보자."

"오, 오늘부터 출장입니다. 충성!"

"……쯧."

부리나케 사라지는 최재수를 보며 혀를 찬 종혁은 중환자실로 향했다.

물을 토해 내며 정신을 차렸던 신복동.

그러나 어떤 후유증이 있을지 모르기에 집중 케어가 필요했다.

"아, 핸드폰."

종혁은 바닷물 조금 먹었다고 켜지지 않는 핸드폰에 울상을 지었다.

중환자실 대기실.

희미한 담배 냄새를 풍기던 종혁이 대기실 천장에 달린 TV를 멍하니 응시한다.

'대체 언제 깨어나시는 거지? 내일은 되어야 정신을 차리시려나.'

벌써 저녁 7시다. 오늘은 이만 돌아갈까 고민이 든다.

그때였다.

지이잉!

"신복동 환자분 깨어나셨습니다."

"아, 예!"

다급히 안으로 들어간 종혁은 멍하니 천장을 바라보는 신복동에게 다가갔다.

"신 사장님."

"……날 구해 주신 분이 서장님이셨구마이라."

그 불빛과 손길은 마중 나온 아내가 아니라 종혁이 내민 구원의 손길이었다.

"무사히 깨어나셔서 다행입니다. 사장님, 혹시……."

종혁은 자신이 물어야 할 이야기가 너무 끔찍한 것이기에 쉽사리 말을 꺼내지 못하다가 간신히 입을 열었다.

"물에 빠지셨을 때 기억나십니까?"

움찔!

신복동의 눈이 데구루루 돌아간다.

"아…… 지가 미, 미끄러져서 물에 빠진 거 말이어라?"

슬그머니 시선을 피하는 신복동.

"사장님……."

가슴이 무너진다.

자신을 죽이려 한, 끔찍한 패륜을 저지른 딸을 감싸려는 부정(父情)에 종혁의 가슴이 무너져 내렸다.

종혁은 이젠 몸마저 돌린 신복동을 가만히 응시하다 몸을 일으켰다.

"사장님, 따님이 사망하신 아내분을 남자친구 우창배와 함께 공모하여 해했을 가능성이 의심되는 정황을 발견했습니다."
 움찔!
 "하지만 지금은 들리지 않으시겠죠. 오늘은 푹 쉬세요. 다음에 또 오겠습니다."
 고개를 숙인 종혁은 중환자실을 떠났고, 남겨진 신복동이 몸을 일으켜 닫히는 중환자실의 문을 응시한다.
 사정없이 흔들리는 그의 눈.
 '아녀……'
 아닐 거다.
 '설마 그럴라고.'
 자신이야 30년 내내 딸을 돌보지 못하다 못해 지난 10년은 아예 만나지도 못했다.
 하지만 아내는 30년 동안 딸을 돌봤다.
 "아닐 거여. 아니어야제."
 사람인 이상 그런 짐승일 수 없었다.
 그런 짐승이 자신의 딸일 리 없었다.
 다시 몸을 뉘인 신복동을 눈을 꽉 감으며 귀마저 틀어막았다.

 한편 병원을 나선 종혁이 한숨을 내쉰다.
 "지랄 맞네, 진짜."
 이건 사랑이 아니다.
 아집이고, 집착이다.
 그동안 제대로 돌보지 못한 딸에 대한 미안함이 만든

집착.

 그 마음을 전혀 이해하지 못하는 바는 아니었지만, 그래도 자식이 엇나가고 있다면 바로잡아 주어야 하는 것도 아비의 역할이었다.

 아무래도 확실한 증거를 내밀어야 신복동도 마음을 정리할 수 있을 것 같다.

 최재수가 가져다준 핸드폰, 혹시 모를 상황을 대비해 준비했던 서브 폰을 꺼내 든 종혁은 순철에게 전화를 걸었다.

 "어, 철아."

 -무슨 일 있었습네까?

 "그럴 일이 좀 있었어. 그보다 결과는?"

 -제가 누굽네까. 찾았습네다!

 쿵!

 "……오케이."

 이경애가 사망한 그날, 우창배가 그 산 인근에 있었음이 확인됐다. 이제 남은 건 한 발자국뿐이었다.

 종혁은 눈빛을 서늘하게 가라앉히며 걸음을 내디뎠다.

 그때였다.

 지이잉! 지이잉!

 "아, 예. 청장님!"

 함경필 전남청장이다.

 '이분이 이 시간엔 왜?'

 "예?"

종혁은 이어지는 함경필 전남청장의 말에 눈을 크게 떴다.

 하지만 그것도 잠시다.

 -이놈의 새끼가 아는 기자가 있었는가 보다. 아무래도…… 감찰을 받아야 할 것 같아.

 "하, 씨발."

 종혁은 헛웃음을 터트렸다.

 정말 가지가지 하고 있다.

* * *

 또 과잉 진압! 경찰 왜 이러나!
 미란다의 원칙도 고지하지 않고 냅다 팬 폭력 경찰!
 무죄추정의 원칙은 어디로 갔나.
 부친을 잃을 뻔한 피해자! 경찰에게 얻어맞다!
 전라남도 신안, 왜 이렇게 시끄럽나!

 "에라이!"

 빠악!

 마우스를 집어 던진 종혁은 담배를 물며 몸을 뒤로 젖힌다.

 "아주 물고 뜯고 지랄염병을 다 하네."

 자신이 폭력을 휘두른 것도, 다소 과잉 진압을 한 것도 사실이다.

종혁도 그 사실을 부정할 생각은 없고, 그에 대한 징계가 떨어진다면 받아들일 생각이었다.

 하지만 종혁의 손길이 닿지 않는 언론사 몇 곳에서 지나치게 이야기를 부풀리고 있었다.

 그리고 더 짜증이 나는 건 검찰까지 이 일에 개입했다는 것이었다.

 경찰의 영향력이 커지는 걸 원치 않는 검찰 일부 세력들. 그들이 나섰으니 아마 사태는 쉽사리 진정되지 않을 터였다.

 "왜 이렇게 도움을 안 주는 거야!"

 담배를 끊고 싶다. 끊진 못해도 줄이고 싶다.

 그런데 세상이 도움을 안 준다.

 쿵쿵쿵!

 "들어와요."

 스르륵 문이 열리며 정장을 입은 사람들이 들어온다.

 종혁은 그들의 날카로운 눈매에 한숨을 내쉬며 몸을 일으켰다.

 "식구 등에 칼 꽂는 분들께서 오셨구만."

 움찔!

 "크흠. 처음 뵙겠습니다. 감찰과 심영문 경감입니다."

 "김승철 경위입니다."

 "예, 최종혁 총경입니다. 거기 아무 데나 앉으세요. 아니, 취조실로 가야 하나?"

 "아, 아닙니다."

"어이구. 그래도 서장이라고 대우를 해 주나 보네. 어떻게 커피? 아니, 그냥 커피 마셔요. 커피밖에 없어."

커피머신에서 커피를 내린 종혁이 그들에게 내민다.

"그래, 피차 바쁜 사람들이니 바로 본론으로 들어갑시다."

"……날이 꽤 서 계시는군요?"

"난 내 모가지 돌리러 오신 분들한테까지 예의 지키는 호구 병신이 아니라서."

최기룡 전 경찰청장으로부터 이어지는 경찰 조직 최대 파벌인 장희락 경찰청장 파벌.

이들은 그 반대 파벌의 인사들이었다.

그들을 훑어보며 코웃음을 친 종혁은 다리를 꼬았다.

"……쯧."

어수룩했던 얼굴들에서 감정이 사라진다.

정곡이 찔린 듯 경감은 입술을 비틀며 입을 열었다.

"지금 신예은 씨와 우창배 씨의 상태가 어떤지는 아십니까?"

신예은은 어금니를 비롯한 이가 9개나 날아가다 못해 턱 관절과 광대뼈가 으스러졌고, 목 경추에도 미세골절을 입었다.

우창배는 그 이상. 딱 말만 할 수 있는 정도다.

"그래서 어쩌라고요? 그래, 내가 팼습니다. 너무 화가 나서 좀 팼어요. 책임을 통감하고 자숙하겠습니다. 됐습니까?"

"이봐요, 서장님!"

"정직이든 감봉이든 맘대로 하세요. 그런데 이거 하나만은 알아 둬. 난 나한테 이빨 드러낸 새끼는 절대 가만 안 둔다는 거. 그리고 난 언제나 중립이었다는 거."

그저 자신의 위에 최기룡 파벌이 있었을 뿐이다.

"나 박종명 그 잡놈한테도 열심히 충성했다. 먼저 시비를 건 건 어디까지나 너희야."

움찔!

"그럼 잘들 가셔."

"……가긴 어딜 갑니까! 아직 내 말 안 끝났습니다!"

"그럼 내가 나가지, 뭐."

"최종혁 총경!"

"맞은편 백반집이 참 맛있어. 힘들게 내려왔으니 먹고 들 가."

손을 흔든 종혁은 서장실을 나섰다가 깜짝 놀랐다.

"아니, 여긴 또 왜 와 계십니까? 할 일들이 그렇게 없습니까?"

"괘, 괜찮으십니까?"

계장과 과장들이 걱정을 드러내자 종혁은 어깨를 으쓱였다.

"기껏해야 정직 아니면 감봉이겠죠, 뭐."

작정하고 걸고넘어지면 계급 강등도 불가능한 일은 아니겠지만, 그렇게까지 나온다면 이들은 알게 될 거다.

돈과 인맥 많은 새끼가 눈이 뒤집힌다면 어떻게 되는지.

"그럼 난 이 지긋지긋한 사무실을 떠나 뜨끈한 온돌에 등을 지질 테니, 우리 계장님들과 과장님들은 열심히 수고하십쇼."

"……와. 때리고 싶은데 때릴 수가 없네."

"큭큭큭큭. 그럼 갑니다. 아, 그런데 이번 사건은 누가 맡기로 했습니까?"

"강력 3팀이 맡기로 했습니다!"

고개를 끄덕인 종혁은 경찰서 건물을 빠져나와 자동차에 올랐다.

오히려 잘됐다.

당분간 자유롭게 움직일 수 있게 된 종혁은 신예은과 우창배를 몰아넣을 마지막 한 발자국을 직접 걸어 보기로 했다.

* * *

"휴우."

산 앞에 장년 여인이 한숨을 내쉰다.

하늘이 흐릿한 게 눈이 쏟아질 것 같기도 하다.

올해 유난히 빨리 내리기 시작한 눈.

'올라가? 말아?'

그 일, 한 여성이 이 산에서 실족해 죽은 것이 한 달 전의 일이다.

매주 주말마다 이 산을 올랐으나, 그 사건 이후로는 찝

찝한 기분에 등산을 쉬고 있었다.

 그러나 그것도 벌써 한 달. 운동을 너무 오래 쉬었다.

 "어휴. 이럴 줄 알았으면 경미 엄마랑 같이 올 걸 그랬나?"

 오늘은 아침에 일이 있어서 좀 늦게 올 거라고 말한 경미 엄마.

 근질거리는 몸을 조금만 더 참아 볼 걸 그랬나 보다. 그랬다면 이렇게 마음고생은 안 할 텐데 말이다.

 "그래, 이따가 다시…… 응?"

 등산로 입구를 본 장년 여성이 눈을 동그랗게 뜬다.

 무슨 일인지 몰려 있는 사람들.

 "핫팩 받아 가세요! 따뜻한 음료 있습니다! 무료로 드립니다!"

 '공짜?'

 눈이 동그래진 장년 여성은 냉큼 그쪽으로 다가갔다.

 "어머!"

 덩치가 크고 외모가 훈훈한 젊은 남자가 밝게 웃으며 음료와 핫팩을 나눠 주고 있다.

 눈매가 꽤 날카롭긴 하지만, 미소가 밝아서 그런지 절로 웃음이 나오는 청년.

 게다가 걸치고 있는 옷이 등산을 하는 사람이라면 다들 갖고 싶어 하는 고가의 아웃도어 브랜드 제품이다.

 '우리 둘째랑 연결시켜 주면 딱 좋을 것 같은데…….'

 곧 서른 살 노처녀가 될 둘째 딸을 떠올린 그녀가 슬그머니 사람들 사이를 파고든다.

"나도 하나 줘요."

"어이쿠. 예, 어머니. 여기 있습니다! 음료는 뭘로 드릴까요? 커피? 코코아? 밀크티? 그래, 오르다가 소변 마려우면 안 되니까 코코아 먹자. 콜?"

"……<u>오호호호호</u>! 아이, 참. 코코아는 너무 달아서 싫은데."

"우리 어머님 코코아가 피부에 좋은 거 모르시는구나? 자자, 한번 잡숴 봐. 맛이 아주 죽여!"

"코코아에 그런 효능도 있었나?"

그러며 못 이기는 척 코코아를 받아 든 그녀는 살짝 놀랐다.

'별로 안 다네?'

젊은 총각이 줬기에 그렇게 느껴지는 건지, 아니면 너무 추워서 혀가 얼어붙은 건지는 몰라도 꽤 먹을 만하다.

거기다 손에 꼭 쥐여 주는 따뜻한 핫팩까지.

오랜만에 젊은 남자에게 손이 잡힌 그녀가 눈을 흘긴다.

"대체 뭘 팔기에 이렇게 곰살맞게 구는 걸까?"

"어허이. 안 팔아요, 안 팔아. 다 공익적인 목적을 위해서 이렇게 나눠 드리는 거예요."

"공익적?"

남성은 음료수를 늘어놓은 테이블을 툭툭 건드렸고, 고개를 아래로 내린 여성은 웬 남자 얼굴이 붙은 현수막이

걸려 있자 깜짝 놀랐다.

남성, 종혁은 그런 그녀를 보며 눈을 가늘게 떴다.

"혹시 이 사람 본 적 있어요? 거기 적힌 날짜에!"

신예은이 부친인 신복동 씨를 살해하려 했다는 걸 알고 있는 종혁은, 신예은과 그녀의 남자친구인 우창배가 이경애 씨를 살해 공모했음을 확신했다.

그리고 실제로 우창배가 이경애 씨가 추락사를 한 그날 아침, 이 산 근처까지 왔다는 건 이미 순철의 노력 덕분에 밝혀졌다.

하지만 이것만으로는 부족했다.

이것만으로는 우창배의 혐의를 입증할 수 없었다.

설령 여기서 누군가의 목격 증언을 얻어 낸다고 해도, 그것이 결정적인 증거는 되지 못할지도 모른다.

'하지만 신 사장님을 설득할 수는 있겠지.'

신예은과 우창배가 신복동을 살해하려 했음을, 보험금을 노리고 살인을 공모했음이 밝혀진다면 지금까진 상황 증거와 정황 증거만으로도 그 죗값까지 치르게 만들 수 있을 가능성이 높았다.

"자! 다들 여기 좀 한 번만 더 봐 주세요! 혹시 이날 저 산 위에서 이 사람을 보신 분 계십니까?! 핫팩 무료로 드립니다! 따뜻한 음료수 드시고 가세요! 모두 무료로 나눠 드립니다-!"

종혁은 목이 터져라 크게 외쳤다.

* * *

"예, 사장님. 다른 쪽들에선 좀 소득이 있습니까?"

빵을 한 입 크게 베어 문 종혁의 말에 핸드폰 너머에서 답신이 들려온다.

-아직 없습니다······.

"그래요······."

-죄송합니다.

"아니요. 사장님이 죄송하실 건 없죠."

마음 같아선 이경애가 추락사한 그날 이 산에 들른 모든 사람의 동선을 쫓고 싶다.

하지만 그건 아무리 종혁 자신이라고 해도 무리다.

"추울 테니까 핫팩이 차가워지지 않더라도 팍팍 교환하시고요."

-예, 알겠습니다. 그럼 목격자가 나타나면 바로 연락드리겠습니다!

"부탁드리겠습니다."

통화를 종료한 종혁은 차가운 음료수를 들다가 내려놓았다.

"하아."

음료수와 핫팩을 무료로 나눠 준다고 해도 쳐다보지도 않고 산을 오르는 사람들이 꽤 있었다.

"버스킹 공연도 생각을 해 봐야겠네."

그러려면 아무래도 연예기획사에 연락을 해 봐야 할 것

같다.
"쯧. 바쁘구만.
-Oh! Oh! Oh! 오빠를 사랑해!
"예, 청장님."
함경필 전남청장이다.
-징계가 결정됐어.
"빨리 됐네요? 어떻게 됐는데요?"
-직무 정지 10일에, 3개월 감봉이야.
"음?"
종혁은 고개를 모로 기울였다.
"저쪽에서 꼬리를 내린 겁니까?"
이 악물고 달려든 것치고는 징계가 너무 약하다.
-최 서장이 걔들에게 협박을 했다며?
"흐음…… 간덩이가 작네요. 전 제 재산 정도는 걸고넘어질 줄 알았는데."
공무원의 재산이 수천억이 넘는다.
그 재산이 형성되는 데 어떠한 불법도 없었다고 한들, 대중들의 주목을 모으고 여러 루머를 양산해 내기엔 충분했다.
거기다 그동안 종혁이 육체적으로든, 정신적으로든, 사회적으로든 병신으로 만든 범죄자가 몇 명이던가.
-거기까지 갔으면 최 서장이나 최기룡 전 청장님이 가만히 있지 않을 거란 걸 모르겠어? 게다가 최 서장은 부동산만 있는 것도 아니잖아.

"……흐흐."
-거봐!

그쪽도 다 계산이 서서 덤볐는데, 종혁이 예상보다 훨씬 더 강하게 반응하니까 물러선 거다.

여러 재벌가 회장들을 비롯해 여야 대표 정치인들과의 친분까지 두터운 종혁.

그런 종혁과 정말 밑바닥까지 드러내며 진흙탕 싸움을 시작해 봐야, 결국 죽게 되는 건 자신들이라는 걸 뻔히 알면서도 덤빌 만큼 멍청하진 않았던 것이다.

'햐, 이 인간들 눈치 좋네.'

"쩝. 그래도 기분은 더럽네요."

덕분에 신안에 부임해 와 쌓았던 완전무결한 커리어에 흠집이 생겼다.

이놈들도 소기의 성과를 달성했다는 거다.

"그래서 뭘 준답니까?"

-TO 다섯 개.

"오? 경무관급 이상이요?"

-총경급부터.

"호오."

총경부터라고 해도 간부 TO 다섯 개를 양보한다는 건 꽤 큰 출혈이라고 할 수 있다.

"그럼 저한테도 하나 정도는 떨어지겠네요?"

장희락 경찰청장이라면 하나도 겨우 내줄 거다.

-최 서장이 직접 안 쓰고?

"아시잖아요. 저 언제든 특진할 수 있는 거."

-하긴. 이번에 베트남 애들 쓸어버린 것만 해도 특진 대상이긴 하지.

"그럴 바에는 차라리 제 사람부터 챙기는 게 낫죠."

하나를 통으로 써서 오택수를 총경으로 올려도 되고, 쪼개서 써도 된다.

"생각 있으시면 양보해 드려요?"

-평생 바람막이가 되면 되는 거지?

"요새 우대갈비란 게 그렇게 맛있다네요."

-……사랑한다.

"저도 사랑합니다. 끊겠습니다. 그리고 절 못마땅해하시는 분들이 어떤 분들인지는 문자로 보내 주시면 감사하겠습니다."

-그래. 이번 주말에 한번 보자.

통화를 종료한 종혁은 피식 웃었다.

'난 중립이라는 말이 전달된 거네.'

그렇지 않았다면 본인들의 살점을, 아니 뼈가 부러진다 하더라도 달려들었을지 모른다.

그만큼 종혁이 경찰 조직에 끼치는 영향력은 어마어마했으니까.

하지만 이젠 괜찮다.

눈치싸움의 시작이고, 종혁도 누가 경찰청장이 되든 상관없다.

"흰 소든, 검은 소든 일만 잘하면 되는 거지."

민중의 지팡이로서 국민을 잘 보호하기만 하면 되는 거다.

"아, 그런데 그 감찰 양반들은 뭔 징계를 받으려나."

곧 1월, 인사이동 시즌이다.

참 기대가 됐다.

히죽 웃던 종혁은 어느새 앞에 다가와 현수막을 빤히 보고 있는 장년 여성에 활짝 웃었다.

"예. 어서 오세요! 핫팩을 드릴까요, 아님 음료부터 드실래요?"

"어머! 경미 엄마!"

'응?'

아까 아침에 산에 올라가신 분이다.

자신의 넉살에 꽤 어울려 주셨던 분.

"저기…… 혹시 이 사람 왜 찾는 거예요?"

"아, 그게 중요 사건의 용의자라서요. 혹시 이날 이 산에 올랐는지 알아보기 위해 목격자를 찾는 중입니다."

"음…… 웬 모녀랑 함께 있던 걸 본 거 같은데……."

쿵!

"호, 혹시 이 사진 속 여성분들 맞습니까?"

종혁이 이경애와 신예은의 사진을 내밀자, 장년 여성은 고개를 끄덕였다.

"맞아요! 여자분들 얼굴까지 보니까 확실히 기억나네!"

평범한 모녀의 옆에서 함께 산을 오르던 다부진 체격의 사내. 특이한 조합이기도 하고, 남자의 얼굴이 제법 잘생

겼던 터라 기억에 남았다.
"호, 혹시 목격하신 장소가 이곳 아닙니까?"
종혁은 다급히 이경애가 추락한 절벽 사진을 보여 줬고, 장년 여성은 눈을 동그랗게 떴다.
"어머머! 그러네! 이 근처네!"
'잡았다.'
드디어 마지막 한 걸음을 내딛는 순간이었다.

* * *

삐리릭!
등 뒤로 문이 닫히자 옷이 든 종이백을 내려놓은 신복동이 소파로 걸어가 앉는다.
'빨래해야 되는디……'
왜인지 오늘따라 더 공허한 집.
바닷물에 푹 절여진 옷은 1분이라도 더 빨리 빨래를 해야 하건만 움직이기가 싫다.
"에휴."
하지만 결국 몸을 일으킨 그는 창문을 열고, 빨래를 돌린다.
"맞아. 전화부터 돌려야…… 잃어버렸지, 참."
바다에 빠지면서 잃어버렸다. 지갑도 함께 잃어버렸다.
"……아니겠지."

아닐 거다. 아니어야 했다.

신복동이 머리를 붙잡으며 괴로워한다. 종혁이 심어 둔 의심의 씨앗이 발아해 그를 괴롭힌다.

"쯧."

몸을 일으킨 그는 집을 나섰다.

지갑마저 잃어버렸으니 신분증 재발급부터 해야 할 일들이 많았다. 이렇게 심란할 때는 바쁘게 움직이는 게 최고였다.

"요새 요것이 인기인디. 요걸로 TV도 볼 수 있고, 게임도 할 수 있고, 글자도 크게 볼 수 있당께라."

핸드폰 가게 사장이 스마트폰을 내밀자 신복동이 신기해한다.

"이거 요새 젊은 애들이 들고 다니는 거 아녀?"

"이게 신통방통하당께요. 아마 전에 들고 다니던 것보다는 훨씬 나을 거여라."

"알았어. 그럼 그걸로 줘 봐."

"할부로 해 드리믄 요금 할인이…… 하긴 그런 거 안 하제라?"

"됐어. 귀찮어."

언제 뭐가 어떻게 될지 모르는데, 2년이나 약정을 묶어 둘까.

"그보다 몸은 괜찮으쇼잉?"

"빨리도 물어본다. 괜찮어. 그럼 다음에 보자잉."

핸드폰 가게 사장의 어깨를 두드린 신복동은 밖으로 나

와 집을 향해 걷는다.

휘이이잉!

그를 향해 불어 닥치는 찬바람.

동장군의 칼날같이 날카로워 옷깃을 여민 그가 걸음을 재촉한다.

그러다 그가 잠시 멈춰 선다.

편의점 안을 바라보다 돌아서는 사람들.

갈등을 하던 그는 이내 고개를 저으며 다시 걸음을 옮긴다.

그때였다.

"사장님."

"아."

자신의 앞을 가로막는 종혁의 일그러진 얼굴을, 어떻게 말해야 할지 몰라 하는 그 얼굴을 본 순간 눈물이 쏟아진다.

그랬구나.

딸은 짐승이었구나.

"아아. 흐아아아아악! 아아아아악!"

그의 가슴이 무너져 내린다.

* * *

퍼억!

"끄으으으!"

집 안으로 들어오자마자 옷이 든 종이백을 던진 우창배가 기지개를 켠다.

길었던 병원 생활. 아직도 몸이 불편하지만 이제야 살 것 같다.

"우으으으!"

그런 그를 타박하며 얼른 세탁기에 넣으라고 혼내는 신예은.

턱이 박살 나서 큰 수술을 받은 그녀는 수술을 받은 지 벌써 열흘이 지났음에도 식사를 할 때를 제외하면 입을 열지 않는다.

"알았어. 알았다고! 거, 남자 가오 상하게."

툴툴거리면서도 할 건 다하는 그.

보일러를 켠 그는 침대에 누우며 앓는 소리를 낸다.

"……푸흐. 병신 같은 짭새들."

솔직히 무서웠다.

신안경찰서장이 자신을 잘근잘근 짓밟을 때는 정말 죽는 줄 알았다. 반항도 하지 못한 채 온몸이 부서져 내리는 것 같았던 끔찍한 악몽.

하지만 놈도 결국 그래 봐야 짭새다.

"정직 10일이라는 게 좀 아쉽긴 하지만……."

그래도 한 방 제대로 먹였다.

미소를 지은 우창배는 몸을 일으켜 짐을 정리하는 신예은을 봤다.

"예은아."

"응?"
"그런데 너희 아빠는 왜 그런 거야?"
종혁이 신복동을 구해 낸 순간 그들은 생각이 많아졌다.
어떻게 변명을 해야 할까.
참 고민이 많았는데, 신복동이 자기 혼자 미끄러진 거라고 말했단다.
그 말을 전해 듣자마자 바로 인맥을 이용해 기자들로 하여금 기사를 쓰게 만들었지만, 솔직히 아직도 이해가 되지 않는다.
다른 사람도 아니고 딸이 아비를 죽이려 했다.
그런데도 그 아비가 딸을 위해 입을 다문 거다.
"나였으면 그냥 죽여 버렸을 텐데……."
그래서 혹여 신복동의 생각이 바뀔까, 심기를 건드리지 않기 위해 얼굴도 보지 않고 서울의 병원으로 도망치듯 온 그들.
신예은이 입술을 비틀며 핸드폰 자판을 두들긴다.
지잉!
-해 준 게 너무 없다는 거겠지.
"미안해하는 거라고?"
'고작 그 이유 때문에?'
너무 어이가 없어 웃음이 나온다.
세상에 그런 부모가 있다는 게 믿기질 않는다.
지잉!

-그보다 이제 어떡할 거야.

아빠 신복동을 살해한 후 사망 보험금과 그 유산을 가지고 피트니스 센터 공사를 마무리 지으려고 했는데 무산되고 말았다.

새로운 돌파구를 생각해 봐야 했다.

"끙. 다시 네 아빠를 죽이는 건…… 무리겠지?"

무리다. 만약 신복동에게 다시 무슨 일이 생긴다면, 이번에야말로 정말 의심을 피하지 못할 거다.

"에휴. 어쩔 수 없지."

이젠 사채업자에게 돈을 빌리는 것 말곤 방법이 없다.

이미 공사 중도금 납입도 못했다.

빌고 빌어서 어찌어찌 계속 공사는 진행하게 만들었지만, 닷새 안에 중도금을 납입하지 못하면 이번에야말로 정말 공사는 중단될 거다.

거기다 건물 월세까지.

그렇다고 다시 신예은을 술집으로 보내자니 앞으로 최소 한 달은 더 요양해야 한다.

"하, 진짜 사채는 죽어도 싫었는데…… 씨발!"

아무래도 이 집과 완공될 피트니스 센터를 담보 잡고 돈을 빌려야 할 듯싶다.

-빌려줄 사람이 있겠어?

사채가 죽어도 싫었던 신예은이지만, 이제 그녀도 방법이 없음을 알았다.

하지만 아직 필요한 돈이 2억이 넘었다.

아무리 사채업자라고 해도 허름한 집과 완공되지도 않은 피트니스 센터를 담보로 해서 돈을 빌려줄 사람이 있을지 의문이었다.

"찾아봐야지……."

우창배가 고민을 하던 순간이었다.

지이잉! 지이잉!

"예, 형님!"

발신자를 확인한 우창배가 벌떡 몸을 일으킨다.

현재 피트니스 센터에 대해 많은 조언을 해 주는 옛 삼거리파 조직원이다.

-요새 왜 이렇게 연락이 안 돼?

"하하. 그럴 일이 있었습니다. 무슨 일이십니까?

-아니, 내가 좋은 분 좀 소개시켜 주려고 그러지. 요새 자금 말랐지?

들켰다.

우창배의 얼굴이 구겨진다.

-이분이 엄청 좋은 조건으로 돈을 빌려주시는 분이거든? 어때, 한번 만나 볼 생각 있어?

"흐음…… 예, 한번 생각해 보겠습니다."

-그래. 될 수 있으면 빨리 연락 줘. 이분 조건이 너무 좋아서 만나려는 사람들이 많거든!

"네, 알겠습니다. 예, 예."

통화를 종료한 우창배는 의아해하는 신예은을 향해 방금 통화한 이야기를 들려줬고, 신예은은 얼른 핸드폰 자판을 두드렸다.

-한번 만나 보는 게 낫지 않겠어?

"그래야 하려나……."

그도 건달이었기에 알고 있다. 건달이 하는 말은 믿을 게 못 된다는 걸.

하지만 사정이 너무 급하다.

"쯧. 어쩔 수 없네."

그는 다시 핸드폰을 들었다.

* * *

"예? 며, 몇 퍼센트요?"

평범한 회사처럼 꾸며진 작은 사무실.

우창배와 신예은이 눈을 크게 뜬다.

"달에 0.5퍼센트씩. 일 년에 6퍼센트. 그 친구 소개로 오셨으니 최대한 사정을 봐 드리는 겁니다만……."

"아, 아니……."

"흠. 부족하십니까? 이 정도면 충분히 좋은 조건이라고 생각이 되는데 말입니다."

"아니요! 아니요!"

부족하지 않다. 이 정도면 정말 좋은 조건이다.

사채업자가 이자를 6퍼센트만 받는다면 정말 천사인 거다.

아니, 그 수준을 넘어 이 정도면 거의 은행권 수준.

게다가 이자 납입을 하지 못해 연체가 될 경우에만 복리다.
 그렇다 보니 정신이 번쩍 든다.
 "그럼 담보와 선이자는……."
 "담보야 우창배 씨가 말한 것처럼 피트니스 센터가 완공된 이후의 가치와 현재 사시는 빌라의 보증금이면 충분합니다. 선이자도 5퍼센트만 떼겠습니다."
 '정말 미쳤나? 대체 그 형님하고 어떻게 아는 사이이기에…….'
 이런 말도 안 되는 계약 조건을 내미는 걸까.
 아니, 그딴 건 상관없다.
 "계, 계약서부터 보죠."
 "그러시죠. 여기 있습니다."
 얼른 계약서를 살핀 우창배와 신예은은 확신했다.
 여기다. 여기서 돈을 빌려야 했다.
 우창배는 혹여 사채업자의 마음이 바뀔까 얼른 사인을 했고, 사채업자는 고개를 끄덕였다.
 "그럼 돈은 어떻게 해 드릴까요? 계좌로 입금해 드릴까요?"
 "호, 혹시 다른 계좌로도 입금이 됩니까?"
 "예. 상관없습니다."
 "그럼 이 계좌로 1억만 이체해 주십시오."
 "잠시만요. 미스 김! 이 계좌로 1억 넣어 주고, 여기 이 분 계좌로 나머지 입금시켜 드려!"

"네, 사장님!"

쪽지를 가져간 여성은 인터넷 뱅킹으로 이체를 했다.

"다 보냈습니다, 사장님!"

"확인해 보시죠."

"자, 잠시만요?"

얼른 핸드폰으로 잔액을 확인한 우창배의 입이 쭉 찢어진다.

"허흠. 맞게 들어왔네요."

"다행이군요. 그럼 다음에도 또 이용해 주십시오."

"예. 물론이죠!"

이런 곳이라면 언제든 빌릴 수 있다.

활짝 웃은 우창배와 신예은은 연신 고개를 숙이며 사채업자 사무실을 빠져나갔고, 사채업자는 그런 그들을 바라보다 핸드폰을 들었다.

그 순간 싸늘하게 가라앉는 그의 눈빛.

"예, 여사님. 여사님이 말씀하신 대로 계약했습니다. 그런데……."

-수고했어. 내일까지 사람을 보내지.

"아, 아닙니다. 수고는요. 제가 여사님께 받은 은혜가 얼마인데……."

-시간 날 때 한번 찾아와. 밥이나 한 끼 하게.

"헉! 예! 아, 알겠습니다!"

현재 그가 통화하는 상대는 대기업 회장들도 만나기 위해선 미리 약속부터 잡아야 한다는 사채업계의 거물, 김단향 여사였다.

'대체 저 연놈들이 누구기에?'

그 김단향 여사가 이렇게까지 신경을 쓰는 걸까.

사채업자의 미간이 좁혀졌다.

한편 바깥으로 나온 우창배와 신예은이 몸을 부들부들 떤다.

"……으랏챠-!"

하늘을 향해 우렁차게 포효하는 우창배와 만세를 하는 신예은.

둘은 서로를 꽉 껴안는다.

"햐! 이럴 줄 알았으면 진작에 여기서 빌릴걸!"

이곳을 일찍 알았다면 신복동을 어떻게 할 생각조차 하지 않았을 거다.

"아니, 그 전에……."

아차 한 우창배가 신예은의 눈치를 본다.

하지만…….

"흥!"

남자친구의 말이 맞다.

이곳을 일찍 알게 됐더라면 엄마를 죽이진 않았을지도 모른다.

그러나 이미 끝난 일이다.

'어차피 나 아니었어도 죽을 사람이었어!'

어차피 갑상선암 때문에 시한부 선고를 받았던 엄마.

후회 따윈 없었다.
'그보다…….'
신예은이 얼른 핸드폰을 꺼내 든다.
-이제 이거면 된 거지?
"그럼!"
이 돈이면 공사를 끝내고도 최소 반년은 운영 자금으로 쓸 수 있다. 이젠 고생 끝, 행복 시작이었다.
"몇 달 후면 너도 회장 사모님이라고!"
"꺄앗!"
너무 기뻐 육성으로 비명을 지른 신예은.
그녀는 거세게 뛰는 심장을 누르며 행복한 미래를 꿈꿔 갔다.
그 순간이었다.
스윽!
그들의 사방을 감싸는 네 명의 사람.
"신예은 씨, 우창배 씨?"
"누, 누구."
"신안경찰서에서 왔습니다. 당신들을 신복동 씨 살인 미수 혐의로 체포합니다."
"예? 그, 그게 무슨 말인지! 저희는……!"
"신복동 씨가 다 진술하셨어, 이 짐승 새끼들아."
철컥!
'아, 안 돼…….'
"아빠-!"

와르르르르!
그녀의 행복한 미래가 무너져 내렸다.

　　　　＊　＊　＊

소복소복 눈이 내린다.
흙과 바위 위에 종잇장처럼 쌓인다.
봄을 꿈꾸며 숨죽인 이름 모를 꽃 위로, 앙상한 나뭇가지 위로 하얀 눈이 쌓인다.
파스스, 파스스.
하얗게 변한 세상에 발자국이 찍힌다.
파스스, 파스스.
천천히 걸음을 옮긴 신복동이 절벽 끝에 선다.
바람조차 숨죽인 산.
메고 온 가방에서 꺼낸 나무 상자를 내려놓은 그가 술과 음식들을 차린다.
딸기, 귤, 수박, 빵과 우유, 치킨, 족발, 숭어회.
두서도 없는 음식들을 줄줄이 늘어놓고, 술을 따른다.
'여기였는가.'
아내가 마지막으로 본 풍경이.
얼마나 놀랐을까. 얼마나 무서웠을까.
얼마나 후회했을까.
"미안하네."
그놈의 돈. 조금 덜 벌고 함께했더라면 이런 일은 없었을 텐데. 가슴이 막히고 눈이 뜨거워진다.

"끄으윽! 미안해……."

내가 죄인이다.

괴로워하던 아내를 몰라 준 죄.

혼자 잘 먹고 잘 산 죄.

그런 짐승을 자식이라고 두둔했던 죄.

지옥으로 떨어진다면 저 아래 무간지옥에 떨어질 것이다.

자신은 그런 죄인이었다.

그래서 더 미안하다.

천국에 있을 아내의 손발이 되어 주지 못해서.

앞으로도 사죄를 할 수가 없어서.

"끄으윽! 끄으으으윽!"

혹여 잠든 아내가 깰까 목 놓아 울지 못하는 죄인은 그렇게 울고 또 울었다.

엎드린 몸에 눈이 쌓이는 것도 모른 채 한참을 울었다.

뽀드득! 뽀드득!

등 뒤에서 다가온 사람이 신복동의 등을 털어 낸다.

"맛있는 음식들이 다 식네요."

"……생전 아내가 좋아하던 음식들이지라."

겨울만 되면 딸기와 귤을 그렇게 찾았다.

여름이 오면 언제나 수박부터 사 왔고, 밤에 배가 고플 땐 잠든 자신 몰래 일어나 불도 켜지 않은 채 빵과 우유를 먹었다.

"생일날엔 언제나 숭어회를 찾았지라."

바닷사람은 먹지도 않는 숭어회를 그렇게 좋아했다.

생일처럼 특별한 날에 먹어야 더 각별하다며 1년을 참았다.

서로 힘든 날이 있을 땐 치킨과 족발을 앞에 두고 술잔을 기울이며 서운함을 쏟아 내고 응원을 했다.

"난 퍽퍽살을 좋아항께 다리랑 날개는 다 자기가 먹겠다고 했지라. 족발은 껍데기가 맛있응께 난 푸석한 살코기만 먹으라고 했지라."

"이경애 씨께서 꽤 귀여우셨네요."

"햇살 같은 여자였고, 첫눈 같은 여자였지라."

햇살처럼 포근하고, 첫눈처럼 기대하게 만드는 천사.

그래서 언제나 퇴근 시간만 기다리게 만들던 아내였다.

자신에겐 너무 과분한 여자였다.

"술 한 잔 올려도 될까요?"

대답 대신 몸을 일으킨 신복동이 술병을 잡는다.

술을 올린 종혁이 절을 올린다.

"삼가 고인 이경애 씨의 명복을 빕니다."

부디 다음 세상에선 꽃처럼 예쁨을 받으며 살 길.

아무 걱정 없는 아이처럼 해맑게 살 길.

그렇게 기도한 종혁이 신복동을 향해 앉으라고 손짓한다.

"이건 두 분께서 함께 듣는 게 좋겠네요. 신예은 씨가 사채를 빌렸습니다."

움찔!

"그것도 꽤 독한 분의 돈을 빌렸습니다. 그리고 안타깝게도 돈을 빌리고 나오다가 검거가 됐습니다."

"그, 그럼?"

"1년 내에 판결을 받을 테고, 아마 최소 10년 이상의 징역을 받게 될 겁니다."

잘됐다. 딸이 아닌 짐승이다. 가슴이 한구석이 찢기지만 애써 무시했다.

"돈을 빌린 건 어떻게 되는 거여라?"

"……형을 끝내고 나와서 죽을 때까지 갚아야겠죠."

신예은이 감옥에 있는 동안 대출금의 이자는 끊임없이 쌓일 거다. 심지어 이자도 납입을 못할 테니 복리로.

형을 모두 끝내고 나왔을 때는 이미 이자가 원금의 수십 배를 넘어서 있을 터였다.

파산? 어림도 없다.

김단향이 움직였다.

죽음 말고는 그 지옥을 벗어날 방법 따윈 없었다.

혹여나 자신의 죄를 뉘우치고 신복동 씨에게 진심으로 사죄한다면 구제할 마음이 있었지만, 그렇지 않다면 그녀에게 남은 건 지옥뿐이었다.

"……그래야지라. 잘됐구마이라. 자네도…… 그렇게 생각하제?"

이를 악문 신복동이 바닥을 쓸어내리자, 마치 하늘에서

대답을 주는 듯 눈이 멎는다.
 구름이 걷히고 햇빛이 내려온다.
 서로의 시간이 더 필요한 둘을 향해 고개를 숙인 종혁은 몸을 돌려 산을 내려간다.
 찰칵! 치이익!
 "후우."
 '올겨울은 좀 시리면서도 따뜻하네.'
 신복동이 부디 살아갈 의지를 갖기를.
 종혁은 씁쓸히 웃으며 하산을 재촉한다.
 지이잉! 지이잉!
 "예, 최종혁입니다. 예?"
 핸드폰을 본 종혁이 입술을 비틀었다.
 이른 크리스마스 선물이 도착했다.

2장. 겨울 축제

겨울 축제

좁고 작은 교도소의 독방.
이젤 앞에 선 장년인이 붓을 든 채 눈을 가늘게 뜬다.
머리 이곳저곳에 새치가 가득한 장년인.
장고 끝에 붓이 움직인다.
촤악!
"……오케이."
머리카락이 밤송이인 한 남성의 초상화.
훌륭하다.
덜컹!
갑자기 예고도 없이 열린 문.
"4885. 안으로 들어가라."
4885라 불린 장년인이 손에 든 팔레트와 붓을 내려놓고는 뒤로 물러나 무릎을 꿇은 채 이마를 바닥에 댄다.

무저항한 장년인의 모습에도 잔뜩 긴장을 하며 들어오는 교도관들.

"철컥!"

교도관들은 장년인의 손목에 수갑을 채우고도 긴장한 기색을 지우지 못했다.

"일어나."

"저기 성경만 챙기게 해 주십시오."

"……여기."

몸이 강제로 일으켜진 장년인이 밖으로 나와 복도를 걷자 양옆으로 줄줄이 늘어선 독방들이 부산해진다.

"회장님 접견 가신다!"

"잘 다녀오십시오, 회장님!"

교도소를 쩌렁쩌렁 울리는 외침.

교도관들의 낯빛은 더 굳고, 장년인이 온화하게 웃는다.

그렇게 꽤 걸은 장년인이 교도소 건물을 빠져나와 하나의 건물 안으로 인도된다.

"철컥!"

그제야 풀리는 수갑.

"들어가."

"절 데려오시느라 수고 많으셨습니다."

고개를 숙인 장년인은 열린 문 안으로 들어가고, 안에 있던 종혁이 손을 든다.

"여, 탈옥범."

"……썩을 새끼."

한때 대한민국을 뒤집어 놨던 희대의 탈옥수 한상원.

그는 콧속을 파고드는 여러 음식 냄새에 입술을 비틀었고, 종혁은 그를 보며 재밌다는 듯 웃었다.

다급히 종혁의 맞은편에 앉은 한상원이 회부터 집어 든다.

물컹하게 씹히며 입속을 가득 채우는 기름진 맛.

이 거지 같은 교도소 안에선 먹을 수 없는 회의 맛에 한상원이 몸부림을 친다.

"아흐으."

이곳이 천국이 아니면 어디가 천국일까.

이번엔 상추와 깻잎에 초장을 듬뿍 찍은 회 네 점을 올려 쌈을 싼다.

"술도 마셔 가면서 먹어."

꼴꼴꼴!

종이컵에 따라지는 호박빛의 술.

눈이 돌아간 한상원이 단숨에 들이켠다.

"어흐으!"

목구멍과 배 속을 뜨겁게 달구는 진한 다크초콜릿의 맛. 뒤이어 찾아드는 견과류의 고소한 맛과 과일의 상큼한 맛에 그의 눈이 몽롱하게 풀린다.

종혁은 쌈을 입에 넣자마자 나른해지는 그를 보며 헛웃음을 터트렸다.

'독기가 많이 빠졌네.'

살인에 성폭행까지 저질렀던 희대의 탈옥수 한상원.

수십만의 경찰 병력과 군 병력을 움직이게 만들다 못해 경찰 간부 수십 명을 강제 은퇴시켰던 그.

1999년, 종혁 자신에게 잡혔을 때까지만 해도 깡마른 몸에 눈에 독기가 철철 넘쳤던 그가 어느덧 동네에서 흔히 볼 수 있는 아저씨가 됐다.

"어째 좀 살 만한가 보다?"

"뭐 그럭저럭."

처음에는 독방에 갇혀 하루하루를 보내는 것이 견디기 힘들고 미칠 것 같았다.

물론 10년이 넘게 흐른 지금도 고통스러운 건 마찬가지였지만, 이것이 자신이 감내해야 할 죗값임을 인정하게 되자 더 이상 이걸로 힘들다고 말할 수 없게 되었다.

종혁은 담배를 물었다.

"네 내연녀 며칠 전에 출소했다."

한상원의 검거에 작은 공을 올린 마지막 내연녀 유미.

움찔!

"……오래 있었네."

"너 같은 범죄자를 옹호했는데도, 11년 만에 출소한 거면 빠른 거지. 안에서 네일아트도 배우고, 미용도 배웠다더라."

"……잘됐네."

씁쓸히 웃은 한상원이 앞에 놓인 담배를 문다.

찰칵! 치이익!
"후우."
부디 자신 같은 개새끼는 잊고, 본인의 인생을 살아가길 한상원은 짧게 바래보았다.
"그보다 고맙다."
이 말부터 했어야 했는데, 교도소 안에선 절대 먹을 수 없는 회에 눈이 돌아가 버렸다.
"아버지 임종을 지킬 수 있게 해 줘서."
아버지. 모든 일가친척, 친구들이 자신을 버렸음에도 계속 면회를 오셨던 유일한 가족.
종혁이 손을 써 준 덕분에 마지막 가시는 길 쓸쓸히 보내지 않을 수 있었고, 장례도 무사히 치를 수 있었다.
허리를 깊이 숙이는 그의 모습에 종혁이 혀를 찬다.
'그것 때문인가 보네.'
한상원의 눈에서 독기가 많이 빠진 이유가 말이다.
"됐어. 네가 아무리 개새끼라도, 네 아버지는 잘못 없어서 그런 것뿐이니까."
"알아. 나도 개새끼인 거."
종이컵에 남은 위스키를 들이켠 한상원은 이번엔 소갈비찜에 젓가락을 가져갔고, 이내 몸을 이리저리 꼬았다.
종혁은 그런 그를 보며 피식 웃었다.
하지만 그것도 잠시.
"그래서?"
차갑게 가라앉는 종혁의 눈빛. 그런 그의 눈 깊숙한 곳에서 기쁨과 살의가 어울려 춤을 춘다.
그럴 수밖에 없다.
"백종명 그 새끼한테 접근한 놈들이 있다고?"
후원금을 착복할 뿐만 아니라 폭행과 폭언까지 일삼았던 사기꾼, 백종명.
놈들 회사의 프로젝트 시뮬레이션 모르모트가 아니었나 의심이 되던 놈.
한상원이 다시 젓가락을 내려놓으며 입술을 비튼다.
"돈값은 제대로 했나 모르겠네."
그동안 백종명의 감시를 위해 한상원에게 매달 200만 원의 영치금을 넣었던 종혁.
지난 9년간의 투자가 드디어 빛을 발하는 순간이었다.
물론 제대로 확인을 해 봐야 할 테지만 말이다.

* * *

"형!"
해맑게 웃으며 달려온 청년이 종혁을 힘주어 끌어안는다.
와락!
"어이쿠."
"으히히."
무엇이 그리도 좋은지 종혁을 꽉 끌어안은 채 웃음을 흘리는 청년.

종혁은 부쩍 자란 청년의 등을 흐뭇한 미소를 지으며 두드린다.

노인들만 모여 사는 산골 마을의 유일한 소년이자, 사정이 여의치 않아 제대로 된 배움의 기회조차 받지 못했던 불쌍한 소년, 철수.

그랬던 철수는 이젠 더 이상 소년이라 말할 수 없는 어엿한 청년으로 자라 있었다.

"뭐야, 종혁이만 보이는 거야?"

"실망인데, 철수."

"우왁! 수호 형! 누나들!"

철수는 소영과 수호, 이리나를 알아보곤 이번엔 그들을 향해 달려가 품에 안겼고, 겨우 풀려난 종혁은 철수의 어머니를 향해 다가가 고개를 숙인다.

"잘 계셨어요, 어머님."

"어휴. 우리야 형사님 덕분에 잘 있었죠."

종혁을 보는 철수 어머님의 눈에 눈물이 고인다.

아무것도 없었던 그들 모자에게, 사기꾼에게 사기를 당할 뻔한 그들에게 집을 사 주고, 과수원과 밭도 사 준 종혁.

덕분에 철수도 제대로 된 교육을 받을 수 있었고, 저렇게 훤칠한 청년으로 자랄 수 있었다.

종혁이 없었다면 어떻게 됐을까 생각을 하면 아직도 눈앞이 아찔하다.

종혁은 자신들에게 은인 그 이상의 존재였다.

"형사님도 잘 계셨죠?"

당시 경찰대학교 학생이었던 종혁.

이젠 어엿한 경찰이 된 종혁의 훤칠한 모습에, 성공한 모습에 그녀의 가슴이 터질 듯 부풀어 오른다.

"저야 언제나 잘 지내죠. 자주 찾아뵙지 못해서 죄송합니다."

경찰이 되며 본격적으로 바빠지기 시작하자 1년에 한 번도 들르지 못했다. 미안했다.

"아, 아니에요! 그런 말은 하지 말아 주세요!"

"아, 엄마. 인사드려. 이쪽은 내가 오랫동안 후원을 하고 있는 철수 어머니."

"안녕하세요. 고정숙입니다."

"아, 안녕하세요. 아드님 덕분에 잘 살고 있는 정순덕입니다."

어려워하는 순덕의 모습에 고정숙이 어떻게 해 보라는 듯 종혁을 쳐다보자 종혁은 볼을 긁적인다. 자신도 이런 상황은 어려웠기 때문이다.

"철수야!"

"응!"

"준비 다 했어?"

"다 했지! 나도 이전의 철수가 아니란 말씀!"

메고 있는 큰 가방을 보여 주며 환하게 웃는 철수.

"좋았어! 그럼 가자!"

"네!"

종혁은 얼른 철수와 순덕을 차에 태웠다.

* * *

촤악! 촤악!
"꺄아아악!"
"우아아아!"
비명을 지르며 새하얀 슬로프를 미끄러지듯 내려오는 사람들로 가득한 스키 리조트.
"오오오오!"
차에서 내린 철수가 동그랗게 뜬 눈을 초롱초롱 빛낸다.
"사람 되게 많다! 종혁이 형, 여긴 원래 이렇게 사람이 많아?!"
"혹시 스키장 처음 와 보는 거야?"
"응!"
'에고, 내가 너무 무심했네.'
종혁은 자신이 좀 더 챙겨 줬어야 하는데, 라는 생각으로 괜스레 미안해졌다.
하지만 생각해 보면 종혁을 떠나, 철수도 그럴 시간이 없었다.
또래 한 명 없는 산골 마을에서 어떠한 교육도 받지 못해 당시 또래보다 정신연령이 많이 어렸던 철수.
인생극장이라는 프로그램을 통해 많은 후원을 받으며

겨우 배움의 기회를 얻나 싶었으나, 사기꾼 백종명은 그 간신히 찾아온 기회마저 빼앗아 버렸었다.

이후 종혁을 만나 백종명이 체포되고, 철수는 종혁의 후원을 받으며 16살 나이에 드디어 처음 제대로 된 교육을 받을 수 있게 되었다.

그렇게 철수는 남들보다 늦게 시작한 만큼 9년이라는 시간 동안 정말 열심히 공부했고, 덕분에 이제는 남들과 다르지 않은 평범한 모습으로 성장할 수 있었다.

그것이 참 대견하고 고마운 종혁이다.

남들보다 뒤처진 만큼 힘들었을 텐데 포기하지 않고 노력해 줘서.

"아무튼 스키장은 대부분 이래."

겨울이면 사람들로 인산인해를 이루는 스키장.

"오오! 그럼 지금부터 타면 되는 거지?!"

"일단 짐부터 풀어야지, 인마."

종혁은 단숨에 슬로프로 튀어가려는 철수의 뒷목을 낚아채며 예약해 놓은 숙소로 향했다.

* * *

"우아아아아아악!"

빠르다. 너무 빠르다.

퍽!

순간 하늘로 날아오르는 스노보드.

눈물로 그렁그렁한 철수의 눈이 동그랗게 떠진다.
"아아아아악!"
퍼어억!
"쿠웨에엑!"
괴상한 소리를 내며 얼굴부터 땅바닥에 처박힌 철수는 쭉 들어 올려진 엉덩이를 씰룩였고, 뒤이어 달려온 종혁이 다급히 철수의 옷을 잡아 들어 올린다.
"괜찮아?!"
"철수야! 괜찮아?!"
재빨리 내려와 철수를 감싸는 소영과 수호, 그리고 이리나.
종혁도 당황한 채 철수의 이곳저곳을 살핀다.
'이 자식 전에는 운동 신경이 꽤 있지 않았나?'
산책 나온 강아지처럼 산 이곳저곳을 뛰어다녔던 철수. 분명 운동 신경이 꽤 있었던 걸로 기억한다.
"혀, 형……. 누나…….'
"어디 다치지 않았어? 어디 좀 봐!"
"……푸하핫! 뭐야, 걱정했어요?"
"……야!
"이런 씨! 너 죽을래!"
'아오, 이 발랄한 똥강아지 같으니!'
정말 깜짝 놀랐다.
"나 또 타고 올게! 엄마! 이번엔 더 높은 곳에서 타요!"
"어휴. 천천히 가라니까."

겨울 축제 〈85〉

철수는 엄마 순덕의 손을 잡고 슬로프를 거슬러 올라갔고, 순덕은 오랜만에 신난 아들의 모습에 힘들어하면서도 미소를 짓는다.

수호와 소영, 이리나도 고개를 저으며 철수를 뒤쫓는다.

촤아악!

그런 그들을 지나쳐 내려오다 종혁의 앞에 멈춰 서는 고정숙에 종혁이 엄지를 치켜든다.

"오올. 이젠 프로라고 해도 믿겠는데?"

"흐흥. 벌써 스키가 몇 년인데."

예전에 강철선 가족들과 함께 처음 스키장을 간 이후 매해 겨울마다 스키장을 찾은 고정숙.

아들과 함께 오지 못할 땐 친구들과 오다 보니 스키 실력이 자연스럽게 늘 수밖에 없었다.

"그런데 혹시 저랑 단둘이 오붓하게 오고 싶으셨던 건 아니죠?"

둘만의 여행이 아니라 사람들도 북적북적한 여행.

아들과의 여행을 기대했을 고정숙으로서는 서운할 수도 있는 일이었다.

물론 양해를 구하자 쿨하게 그러라고 대답한 어머니지만, 걱정이 들 수밖에 없었다.

그런 아들의 기색에 고정숙이 코웃음을 친다.

"너랑 둘만 오면 재미가 있겠니?"

맛있는 거 먹고, 좋은 풍경을 보는 그런 조용한 여행도 좋지만, 이렇게 많은 사람이 떠들썩하게 북적이는 여행도 좋았다.
 이건 진심이었다.
 "아, 그건 상처인데……."
 "상처는 개뿔. 데려오라는 아가씨는 데려오지도 않고……."
 움찔!
 "어쩌겠어. 바쁘다는데."
 삼전장학재단의 직원인 홍시연.
 연말이라 장학재단의 후원을 받은 장학생들이 모이는 행사가 많다 보니 도저히 시간을 뺄 수가 없다고 했다.
 정말 미안해하며 눈물마저 글썽거리는데, 거기다 대고 그냥 휴가를 내라고 말할 수가 없었다.
 "쯧. 비켜. 내려가야 해."
 자세를 푼 고정숙은 아래로 내려갔고, 종혁은 그런 엄마의 모습에 피식 웃다가 눈을 가늘게 떴다.
 급격히 가라앉는 그의 분위기.
 '백종명을 찾은 놈들에게 감시도 붙였고…….'
 CIA와 SVR의 추적 결과, 어느 후원회 소속이었던 놈들.
 종혁은 그 결과를 받았던 오늘 아침 일을 떠올렸다.

* * *

 "후우우."

입김과 함께 담배 연기가 뿜어진다.
'벌써 연말이네……'
2010년도 이제 며칠 남지 않았다.
참 여러 일이 많았던 해이기 때문인지 가슴이 싱숭생숭했다.
"최."
"이고르."
그의 집인 정혁빌딩의 입구에 서 있던 종혁은 SVR에서 파견한 요원인 이고르가 내민 노란 대봉투 속 내용물을 보곤 눈을 가늘게 떴다.
"후원 단체 소속이군요."
사람들에게 기부를 받아 어려운 사람들을 후원하는 후원 단체 소속 직원이 후원 사기를 친 사기꾼을 몇 번이나 만났다?
종혁은 고약한 냄새를 맡는 코를 긁적였다.
"교차 검증은 끝냈습니까?"
"이들의 얼굴을 아는 친구들이 없더군요."
이쪽으로 완전히 돌아선 김 대리, 김경후를 비롯해 강원도 연수원 급습 때 확보한 놈들의 조직원들. 그리고 조희구 등 중국에서 확보한 놈들의 사원들.
그들 중 누구도 이들에 대해 아는 사람이 없었다.
"쯧."
'헛다리를 짚은 건가.'
아무래도 그런 것 같다.

혀를 차며 소속 직원들 사진을 확인하던 종혁은 한 여성의 사진에 그대로 굳어 버렸다.

"흠…… 응?"

'이, 이 여성은?'

숨이 멎는다.

손이 바들바들 떨리고, 여성의 얼굴에서 시선을 떼지 못한다.

"왜 그러십니까? 아는 사람이 입니까?"

"……아뇨. 낯익은 얼굴인 것 같아서요."

같은 게 아니다. 그냥 아는 얼굴이다.

그것도 회귀 전 놈들이 저지른 것으로 추정됐던 한 사건의 피해자였다.

2011년 여대생 피살 사건의 피해자.

당시 놈들 회사로 추정되는 어느 회사의 비정규직 아르바이트생이자 여대생이었던 이 여성은 집으로 귀가를 하던 중 돌연 둔기에 뒤통수를 얻어맞고 숨을 거두고 만다.

'이 여성이 대체 왜 여기에…….'

현재 놈들이 만든 것으로 의심되는 후원 단체에서 일하고 있는 여대생.

종혁의 기억이 확실하다면, 그녀는 내년에 놈들이 만든 것으로 추정되는 또 다른 회사로 이직하는 셈이었다.

이것이 과연 우연일까.

'……대체 무슨 상황인 거야?'

종혁의 머릿속이 복잡해지기 시작했다.

많은 추측들이 얽힌다.

운명의 장난인가.

아니면 억울한 피해자가 아니라 처단을 당한 놈들의 조직원인가.

그것도 아니면…….

아무래도 생각의 방향이 한쪽으로 쏠릴 수밖에 없다.

"공교롭군요."

이고르의 말대로다.

"더 자세히 조사해 보겠습니다."

꼬리를 잡은 놈들 회사에 낯익은 얼굴이 있다. 이것만으로도 조사할 가치는 충분했다.

"부탁드리겠습니다."

고개를 숙인 이고르가 물러나자 종혁도 발을 떼며 핸드폰을 들었다.

"예, 사장님."

흥신소 사장이다.

"조사를 좀 해 주실 게 있습니다."

회귀 전 이 여대생이 사망하기 전에 재직하고 있던, 놈들 회사가 차린 것으로 의심되는 또 다른 업체에 대해.

종혁의 눈이 차갑게 가라앉았다.

* * *

"으아아."

춥다. 겨울이 되면 영혼마저 얼어붙게 만드는 서울의 지독한 추위에 익숙해진 몸뚱이가 절로 얼어붙는다.

이리저리 날뛰느라 뜨거웠던 스키장과 달리 몸을 절로 움츠리게 만드는 칼바람.

"엄마, 추워."

종혁은 고정숙의 롱코트 지퍼를 올려 주며 핫팩을 여기저기 쑤셔 넣었고, 그녀는 진저리를 쳤다.

"강원도는 살 곳이 아니네."

"여기도 사람은 다 삽니다, 아줌마."

4월, 5월에도 눈이 내리는 곳이긴 하지만, 사람과 사람이 어울리며 살아가는 장소다.

음식도 맛있고, 사람들도 순박해서 좋고.

삭막한 서울, 도시 생활에 지친 사람들이라면 힐링을 위해 잠시 머물기에도 딱 알맞은 곳이었다.

"앗! 엄마도 핫팩 쥐어요!"

종혁을 멍하니 본 철수가 얼른 순덕의 옷깃을 여미며 제 몫의 핫팩을 넘기자, 이미 아차 했던 수호가 반 박자 늦게 소영을 챙긴다.

묘하게 일그러지던 소영의 표정이 그제야 펴지고, 그 알콩달콩 달달한 모습에 이리나는 울상을 짓는다.

"나, 나는?"

여기로 손을 뻗어도, 저기로 손을 뻗어도 해 줄 사람이 없다.

입술을 내민 이리나는 역시 사람은 혼자 사는 거라고

어둡게 중얼거리며 스스로 옷깃을 여민다.

"에고. 여태까지 남자친구 한 명 안 만들고 뭐했냐, 이 아가씨야."

지이익!

"많이 만들었는데?"

지금까지 사귄 남자친구들을 줄세우면 100미터도 훌쩍 넘는다.

"왜 이래. 나 애나야."

"지금 없잖아, 이 헛똑똑아. 여기에도 핫팩 넣고."

이리나의 점퍼 목깃 안으로 작은 핫팩을 밀어 넣는 종혁. 살짝 몸을 움츠렸던 이리나가 배시시 웃는다.

"역시 넌 너무 거칠…… 우부우우웁!"

종혁의 양손에 양 볼이 뭉개진 이리나는 벗어나기 위해 발버둥 쳤고, 그제야 놓아준 종혁은 개소리 말라며 싱긋 웃어 주었다.

"진짜 넌 나에 대한 취급이 너무 심해."

"예, 예. 자, 그럼 갑시다!"

"네-!"

빠르게 주차장을 벗어난 그들은 이내 곧 자연이 만들어 낸 거대한 신비를 목격하곤 방금 전과 다른 의미로 얼어 붙는다.

푸른 하늘 아래 새하얀 눈꽃들로 뒤덮인 산들과 그 아래 얼어 버린 커다란 오대천.

그리고 오대천 위를 지나며 웃는 사람들.

"우와아!"

종혁을 비롯한 모두가 이 평화롭고도 아름다운 광경에 잠시 재촉하려고 했던 시간을 내려놓았다.

"꺄아!"
"미끄러져! 천천히 가!"

눈으로 만든 경사 위를 미끄러지는 썰매 위에서 행복의 비명을 지르는 아이들과 얼음 벌판 위를 달리는 아이를 잡으려 헐레벌떡 뛰는 부모들.

얼음 조각 앞에서 손을 맞잡은 연인들이 서로를 향해 웃고, 장년인들은 아버지가 만든 썰매를 타고 저수지 얼음 위를 내달리던 옛 추억에 젖어 든다.

"이, 이거 괜찮은 거 맞지?"

쨍쨍하게 얼어붙은 평창의 오대천 위.

강물의 색이 무엇인지 여실히 알 수 있는 푸른색 얼음에 수호가 선뜻 발을 내딛지 못한 채 안절부절못한다.

소영과 고정숙도 말은 하지 않지만 쉽게 오대천 위에 올라서지 못한다.

하지만 철수는 아무렇지 않은 듯 엄마 정순덕의 손을 잡아끌었다.

"엄마, 얼른 가자. 얼른 좋은 자리 차지해야 해!"
"어휴. 천천히 가자니까. 얘가 진짜 왜 이래?"

아무렇지도 않게 오대천 위에 올라서 나아가는 철수와 순덕.

겨울 축제 〈93〉

피식 웃은 종혁도 서슴없이 얼음 벌판 위로 올라선다.

"……?!"

"어휴, 이 서울 촌사람들. 괜찮아요. 안 죽어."

얼음이 보통 30cm 정도 얼지 않으면 이런 축제를 할 수가 없다. 게다가 얼음을 잡아 놓기 위해 쳐 놓은 그물까지.

얼음 속 얼기설기 얽힌 녹색 그물을 가리킨 종혁이 살짝 입술을 내민다.

"내가 설마 위험한 곳을 데려왔을까 봐?"

"크흠."

"흠흠."

"미끄러지니까 조심들 하세요."

종혁이 내민 손을 잡은 고정숙과 이리나가 얼음 벌판 위에 올라섰다가 살짝 놀란다.

발목을 누르는 묵직함.

꽉꽉!

"엄청 단단하네?"

"이 많은 사람들이 올라올 수 있을 정도니까 축제도 하는 거죠. 예랑, 예신! 너희 안 오냐? 안 오면 두고 간다?"

"가, 같이 가-!"

"이 나쁜 놈!"

몸을 돌리는 종혁에 결국 오대천 위로 올라선 두 겁쟁이들은 이내 고정숙처럼 놀라더니 얼굴을 붉히며 앞선 사람들의 뒤를 따른다.

종혁은 그들을 데리고 가족 낚시터로 향한다.

"와, 저건 뭐야?"

빠져 죽지 않아도 된다는 안심에 여유가 생긴 걸까. 주변을 둘러보던 소영이 한쪽에 줄지어 쳐진 형광색 텐트들을 가리킨다.

작긴 해도 사람 두 명이 족히 누울 수 있는 텐트.

"아, 저건 바람막이 텐트."

주로 가족끼리 오는 사람들이 이용하는 텐트다.

"우리가 예약한 곳이 저기야."

"오! 그래?"

마음 같아선 텐트를 둥글게 쳐 함께 온 인원들 모두 한데 모여 낚시를 즐겼으면 했지만, 얼음 구멍이라는 게 그렇게 가까이 뚫을 수 있는 게 아니다 보니 서로 약간씩 떨어져 앉을 수밖에 없었다.

"와! 진짜 바람이 막아지네!"

"따뜻해!"

텐트 안에 놓인 의자에 앉자마자 얼굴이 확 밝아지는 사람들.

종혁이 미리 사 온 낚싯대로 채비를 서두른다.

그 능숙한 손놀림에 자극을 받은 철수도 얼른 포장지를 뜯고, 수호도 종혁을 힐끔거리며 어설프게 낚시 채비를 한다.

"자, 이건 엄마 거."

"……아들. 낚시 좀 해 봤나 보다?"

"뭐……."
"맞아. 혁, 너 하라는 일은 안 하고 낚시하러 다녀? 막 사람들이 안내해 주지도 않았는데 바로 여기로 오고."
"에이. 내가 설마 그러려고."
날카로운 지적에 뜨끔했지만 종혁은 모른 척했다.
"수상해."
"수상할 것도 많다."
얼음낚시는 회귀 전에도 몇 번 해 봤다.
그래서 감회가 새롭다. 이곳에 온 게 처음이 아니라서.
'여길 몇 년 만에 오더라……. 그러네. 회귀 전에도 이 맘때였네.'
정확히는 내후년 2012년 1월이다.
그때를 떠올리자 종혁의 입에서 그도 모르게 실소가 터진다.
지능범죄수사대의 팀장이 되기 전 한때 몸담았던 강력계.
당시 종혁이 소속되어 있던 그 강력반의 반장님이 낚시를 참 좋아하셨고, 이따금씩 팀원들을 데리곤 낚시를 하러 끌고 다니고 하셨다.
그렇게 팀 식구들과 함께 왔었던 평창송어축제.
'그때 송어도 구워 먹고 참 좋았…….'
"응?"
한쪽을 본 종혁이 눈을 껌뻑인다.
"먼저 하고 있어. 나 잠깐 저기 좀 다녀올게."

이리나에게 낚싯대를 내민 종혁이 몸을 일으킨다.
"어디 가?"
"아는 사람을 본 것 같아서. 엄마도 먼저 하고 계세요."
황급히 몸을 일으킨 종혁은 제법 멀리 떨어진 텐트 앞에서 낚시 장비들을 정리하고 있는 비니 모자로 대머리를 가린 장년인에게 다가갔다.
"혹시…… 이성동 반장님?"
"누구…… 어? 어디서 뵌 분인데?"
"하하. 반갑습니다. 신안경찰서장 최종혁 총경입니다."
"아! 그분이시구나!"
유도 영웅이자 경찰 조직의 역사를 새로 써 가는 엘리트 중 초엘리트. 그리고 경찰 개혁의 선봉에 있는 최종혁 총경.
"아이고, 충성. 서울청 강력계 이성동 경감입니다."
'그분…….'
옛 상관을 만나다 못해 존댓말을 들어서 그런지 기분이 싱숭생숭해진다.
"……원래 다른 청에 계시지 않았어요?"
계급도 경위여야 했다.
"아, 어부지리로 승진을 좀 했습니다. 하하. 이것도 다 총경님 덕분이죠. 감사합니다!"
"아아."
비리 경찰들을 숙청하며 단행된 인사 개혁. 이성동도 그 덕을 본 것 같다.

"에이, 제 덕분은요. 다 반장님이 유능하셔서 얻으신 결과죠."

"크으. 진짜 요샌 일할 맛이 난다니까요!"

범인을 잡으려고 애쓴 것뿐인데, 조금만 문제가 되어도 그 책임을 전부 제 한 몸 아끼지 않은 경찰에게 떠넘겼던 과거의 경찰 조직.

그러나 이제는 범인을 검거하기 위해서라면 다소 과격한 방법을 동원해도, 심지어 발포까지 허용될 만큼 지원을 아끼지 않았다.

"그런데 휴가 나오신 거세요?"

"예. 얼마 전에 포상 휴가를 받아서 말이죠, 하하."

열심히 노력한 만큼 그 보상도 확실히 주어지는 조직으로 변화한 경찰.

이전과는 비교도 할 수 없는 조직의 모습에, 이성동은 자신이 경찰이라는 사실에 더더욱 자부심을 가질 수 있게 되었다.

"그래서 휴가차 놀러 왔는데 영 잡히질 않다 보니 가족들이 지루해하네요."

이성동은 저 앞에서 기다리고 있는 가족들을 가리켰고, 종혁은 눈을 빛내며 고개를 숙였다.

'형수님은 여전하시네.'

마음에 안 드는 일이 있을 때면 항상 아랫입술을 내미는 버릇이 있었던 이성동의 아내. 무엇을 하든 항상 핸드폰만 들여다보고 있는 이성동의 자녀들도 여전한 모습이었다.

"하하. 확실히 낚시라는 게 물고기가 잡히지 않으면 재미가 없죠. 알겠습니다. 다음에 기회가 되면 또 뵙죠."

"예. 그럼 가족들과 좋은 시간 보내십시오. 충성."

능글맞게 웃으며 돌아서는 이성동을 바라보던 종혁이 피식 웃는다.

"확실히 경찰 복지가 좋아지긴 좋아졌나 보네."

출근하면 조직에 치이고, 퇴근하면 가정에 치인 탓에 항상 피곤한 모습으로 웃음기가 없었던 이성동 반장.

그런데 저렇게 활짝 웃는 모습을 보니, 경찰 조직이 그래도 참 긍정적으로 변화했구나 다시 한번 느낄 수 있었다.

뿌듯해진 종혁이 미소를 짓던 그때였다.

"에이, 씨."

"음?"

물고기가 잡히지 않는 탓인지 담배를 질겅질겅 물며 짜증을 내는 덩치 큰 이십대 초반의 사내.

종혁은 슬쩍 고개를 돌려 사내를 바라보다가 이내 어깨를 으쓱이곤 다시 가족에게로 향했다.

"엄마, 뭣 좀 잡았……."

"쉿!"

아래로 까딱이는 고정숙의 낚싯대.

종혁은 재빨리 말을 삼켰고, 고정숙은 낚싯대를 뚫어져라 쳐다봤다.

"마미. 릴렉스, 릴렉스…… 지금!"

촤악!

"으읏!?"

예상한 것보다 훨씬 더 강한 힘. 당황했던 고정숙은 입술을 깨물며 낚싯줄을 감았고, 종혁과 어느새 모여든 사람들은 그런 고정숙을 말없이 응원했다.

"나, 나온다!"

"어, 어머니! 끝까지 방심하면 안 돼요! 천천히! 천천히…… 나왔다-!"

"와아아!"

종혁과 일행들은 고정숙이 낚아 올린 커다란 송어에 환호성을 보냈다.

* * *

"와아아!"

또 터지는 환호성.

종혁은 고정숙의 옆에서 축 늘어져 있는 물고기들 옆에 막 추가되어 팔딱이는 송어 한 마리를 보며 혀를 내둘렀다.

고작 30분 만에 벌써 8마리째. 송어 7마리에 베스 한 마리였다.

"마미! 여기 있는 물고기 다 잡으려는 거야?! 너무해요!"

"와, 이건 그냥 초심자의 행운이라고 볼 수 없는데……. 어머니! 정말 낚시 안 해 본 거 맞으세요? 아니죠? 어머니 많이 해 보셨죠?"

"아냐. 이건 그냥 어복을 타고 태어난 거야. 어머니, 저 손 좀!"

"응? 손은 왜?"

"누가 영 아니니까 어머니 기운 좀 받아 가려고요!"

"소, 소영아? 그, 그게 무슨 말일까? 나, 나도 한 마리 잡았거든?!"

"못 먹는 거잖아!"

"호호. 이 아줌마가 원래 운이 좀 좋긴 하지!"

마음껏 만지라는 듯 손을 내미는 고정숙의 모습에 종혁이 피식 웃는다.

'즐기고 계셔서 다행이네.'

어제에 이어 오늘도 웃음이 가득한 어머니의 모습을 보니 절로 웃음이 나온다.

아무래도 애들을 데려오길 잘한 것 같았다.

"에이, 씨발! 거 조용히 좀 합시다! 여기 전세 냈어?!"

방금 전 담배를 꼬나문 채 짜증을 내던 사내의 외침에 순간 싸늘하게 식어 버리는 분위기.

그러나 종혁은 푸근히 웃으며 사내를 향해 고개를 숙인다.

"시끄럽게 해서 죄송합니다!"

"지들만 잡으면 다야? 어? 사과만 하면 다냐고!"

짜증을 참지 못해 결국 일어서는 사내.

주위를 떠들썩하게 만들었던 말소리마저 줄어들자 종혁은 이번엔 허리를 숙였다.

"정말 죄송합니다! 이제부터 조용히 하겠습니다!"

"……에이, 씨."

종혁의 반복된 사과에 사내는 도리어 당황한 듯 다시 자리에 앉았다.

"조금만 조용히 할까요? 하긴, 자긴 하나도 못 잡았는데 남들은 신나 하면 빡칠 수도 있잖아요."

"……웬일이래?"

"뭐, 인마. 뭐."

종혁은 자신을 대견스럽게 쳐다보는 수호의 모습에 미간을 찌푸렸고, 소영과 이리나는 그런 그를 보며 실실 웃는다.

솔직히 이런 축제에서 시끌벅적한 건 당연한 일이기에 방금 전 사내의 태도는 어이가 없다고 할 수 있었다.

그런데 종혁은 오히려 그 사내에게 사과를 하고 허리를 숙였다. 그 불같은 성격의 종혁이 말이다.

종혁의 성격을 잘 아는 이들로서는 가족들 앞이라고 성질을 죽이는 그의 모습이 참 기특하고 대견할 뿐이다.

그런 친구들의 시선에 종혁의 눈이 가늘게 떠진다.

"앗! 엄마!"

철수의 외침에 모두의 시선이 정순덕의 낚싯대로 향한다.

얼음 구멍 안으로 빨려들려고 하는 낚싯대.

"엄마, 뭐해!"

철수는 다급히 몸을 날려 낚싯대를 잡았고, 뒤이어 정신을 차린 순덕도 얼른 달려들어 철수를 돕는다.

그리고…….

"우와아아!"

"크다, 커!"

"아줌마! 아줌마 거가 제일 큰 것 같아요!"

거의 종혁의 팔뚝만 한 커다란 송어 한 마리.

모두는 쑥스러워하는 정순덕을 향해 축하의 인사를 건넸다.

그 순간이었다.

"아, 씨발! 조용히 좀 하라고-!"

다시 식어 버린 공기.

종혁은 겁먹는 가족들의 모습에 몸을 돌리며 애써 웃었다.

좋은 날이다. 이 좋은 날을 망칠 순 없었다.

종혁은 방금 전보다 허리를 깊게 숙였다.

"너나 조용히 해, 새꺄-!"

"뭐, 이 새꺄?!"

순간 사내의 뒤에 있던 텐트에서 터져 나온 외침.

'……아이고.'

몸을 세운 종혁은 엉뚱한 곳으로 튀어 버린 불똥에 이마를 잡았다.

"넌 뭐야, 이 새끼야!"
"뭐? 새끼? 어디서 봤다고 새끼야?!"
"너도 새끼 하잖아, 새꺄!"
"이 새끼가 지금……!"
순간 험악해지는 분위기.
가족과 함께 온 부모들은 자식들의 귀와 눈을 가리고, 연인과 함께 온 사람들인 서로의 손을 꼭 잡은 채 불안해한다. 누군가는 자리를 정리하고 떠날 준비를 한다.
얼른 끝났으면, 얼른 이 시간이 지나갔으면.
공포에 젖는 사람들의 모습에 종혁이 한숨을 내쉰다.
"잠깐 다녀올게요."
"험하게 하지 말고."
"안 해."
종혁은 결국 배를 부딪치는 두 젊은 사내에게 다가갔다.
"어? 쳤냐? 지금 쳤어?"
"오냐! 쳤다!"
"이 새끼가……!"
덥썩!
"어?"
두 사람의 뒷덜미를 잡은 종혁이 떼어 놓는다.
"악!"
"으악!"
바닥이 미끄러워서 그런지 그대로 나뒹구는 두 사내.

당황해 쳐다보는 두 사내를 보며 종혁이 아차 한다.
"아이고, 선생님들. 죄송합니다. 괜찮으세요?"
"넌 또 뭐야!"
"이런 씨발……!"
다급히 일어난 사내들이 달려들자 종혁은 몸을 비틀며 두 사내를 툭 밀어 중심을 밀어트린다.
그에 다시 얼음 벌판 위를 나뒹구는 사내들.
"……이 개새끼가!"
종혁은 다시 일어난 사내들의 중심을 다시 밀어트린다.

쿠당탕!

"아이고. 기분 좋게 놀러 와서 왜들 이러십니까."
더 이상 했다가는 쌍방이고, 주최 측에 영업 방해로 신고를 받을 수 있다.

움찔!

신고라는 말에 얼어붙는 그들을 향해 푸근히 웃으며 손을 내밀었다.
"가족들과 기분 좋게 놀러 온 곳이고, 지친 피로를 풀려고 온 곳이잖습니까. 저희도 더 주의할 테니 웬만한 일은 서로 웃으며 넘어갑시다. 낚시 안 된다고 괜히 짜증 내지 말고."
눈을 데구루루 굴린 사내들은 이내 슬그머니 일어나 각자의 자리로 돌아가 낚시 장비들을 정리하기 시작했다.
그러더니 결국 도망치듯 사라진다.

겨울 축제 〈105〉

"에휴…… 젊은 사람들이 왜 그리 화가 많은 건지."
이십대 초중반으로 보였던 사내들.
밀쳤을 때 손끝에서 그들의 탄탄한 근육이 느껴졌다.
젊고, 몸도 튼튼한 양반들이 뭐가 그렇게 화가 많아서 혈기를 주체하지 못하는 것일까.
"아차."
종혁은 얼른 어머니와 일행들에게 돌아가며 씩 웃었다.
"많이 놀랐죠? 많이 놀랐지? 응? 왜?"
"……아니야. 수고했어."
전에도 보긴 했지만, 여전히 심장이 떨린다.
아들이 위험한 곳으로 향하는데 그 어떤 엄마가 태연할 수 있을까.
하지만 이런 모습을 드러낼 순 없다. 자신의 이런 모습이 아들의 경찰 생활에 악영향을 줄 수 있기 때문이다.
고정숙은 종혁의 엉덩이를 두드리곤 무슨 일 있었냐는 듯 다시 자리에 앉아 낚싯대를 드리웠고, 종혁은 그런 어머니를 보며 옅게 웃었다.
정말 고맙고, 언제나 미안한 엄마.
종혁은 그녀의 옆에 앉으며 오늘 한 마리도 낚지 못한 낚싯대를 든다.
"좁아. 저리 가."
"에이. 이러면 더 따뜻하잖아."
"따뜻하기 전에 숨 막혀 죽겠다! 저리 가라고. 안 가?"

"마미!"
"윽?! 애나, 아줌마 힘들어."
"사랑해요, 마미!"

몸을 이리저리 비틀면서도 차마 이리나가 미끄러 넘어질까 격하게 떼어 내지 못하는 고정숙.

그녀의 모습에 소영과 수호는 웃었고, 살짝 얼어붙었던 분위기가 사르르 녹아내렸다.

* * *

뜨거운 송어의 살이 입안으로 들어간다.
"하뜨! 하뜨!"
드럼통을 길게 이어 붙인 듯한 화로에서 막 구워진 붉은 속살.

방금까지 추워서 그런 걸까.

아니면 사방에서 풍겨지는 고소한 냄새 때문일까.

그저 굵은 소금만 뿌린 송어의 고소한 맛이 입안을 뜨겁게 달군다.

금방이라도 화상을 입어 버릴 것 같은 황홀한 맛.

다급히 입안으로 넘어간 달달한 막걸리 한 잔이 뜨거운 입안을 식히며 제법 강한 흙냄새를 그대로 씻어 내린다.
"아흐으!"
"와! 미쳤다, 미쳤어!"

고작 두시간 만에 꽁꽁 얼어붙어 버린 몸이 사르르 녹

자 종혁이 냉큼 빈 잔들에 술을 채운다.

"자, 건배!"

"건배-!"

꿀꺽꿀꺽!

"아흐으!"

"수호야, 아!"

"너도, 아!"

인상이 절로 찌푸려지는 바퀴벌레 커플의 애정 행각.

하지만 그런 것 따윈 눈에 들어오지 않을 정도로 행복하다.

모두가 즐겁게 웃으며 서로의 입에 송어를 넣어 준다.

"엄마. 괜찮아?"

"뭐, 괜찮네. 레몬즙이 있으면 더 맛있었을 것 같긴 하지만……."

"다음엔 레몬즙 챙겨서 오자."

사실 종혁은 레몬즙이 있으면 더 좋다는 걸 알고 있었지만 일부러 챙기질 않았다.

무엇이라도 아쉬운 게 있어야 다음에 또 오지 않겠는가.

훗날 더 애틋하게 만들어질 추억을 기약하며 종혁은 지금의 아쉬움은 뒤로하기로 했다.

"으악! 다 먹었다!"

"야, 최종혁!"

"혁! 나빴어!"

"이번엔 나 아니다, 이 자식들아!"

두 시간 동안 고작 12마리를 잡은 그들.

물론 크기가 커서 각자 한 마리씩만 먹어도 충분히 배불리 먹을 수 있었지만, 어느새 12마리의 송어가 전부 사라져 있었다.

다른 이들은 그 범인으로 종혁을 의심했지만, 사실 그건 여행지의 즐거움이 식욕을 자극한 탓에 다들 평상시보다 많이 먹게 된 탓이었다.

그런데 억울하게 자신을 타박하자 종혁은 그들의 머리통을 움켜쥐었고, 고정숙과 순덕, 철수는 발버둥 치는 그들의 모습을 보며 깔깔깔 웃었다.

물론 철수도 괘씸죄로 머리통이 움켜쥐어져야 했다.

"히이. 머리 터지는 줄 알았네."

"어휴. 우리가 이 나이에도 이러고 산다, 철수야."

"수고했어요, 형. 누나들."

"이 자식들이?!"

"자자, 나이를 딴 곳으로 드신 꼬맹이님들. 다 먹었으면 일어나야지?"

"에이."

좀 더 있고 싶지만, 많은 사람들이 구운 송어를 든 채 빈자리를 찾고 있다. 아쉽지만 일어서야 할 때였다.

"아! 맛있었다!"

"응! 재밌었어!"

서로 경험한 감정을 나누는 사람들.

종혁의 입가에도 미소가 맺힌다.

"어떻게 할래요? 좀 부족하니까 근처 식당에서 더 먹고 갈까요?"

"운전할 수 있겠어?"

"뭐 어때요. 대리 부르면 되죠."

그리고 근처에도 식당들이 제법 있다. 굳이 차로 이동하지 않아도 됐다. 다만 어젯밤 눈이 와서 길이 미끄럽기 때문에 차로 이동하려는 것뿐이다.

"먼저 차에 가 계세요."

"알았어."

일행들이 차로 향하자 종혁이 담배를 문다.

어른들 때문에 참아야 했던 담배.

찰칵! 치이익!

"후우우."

좋다. 적당히 달아오른 몸에 함께 있으면 절로 웃음이 나는 사람들. 매일이 오늘 같으면 싶어진다.

"형."

"어, 철수야. 무슨 일이야?"

아까 전 술을 마시는 걸로 종혁 자신을 비롯한 친구들을 깜짝 놀라게 만든 철수.

애가 벌써 술을 마실 수 있게 됐구나 하는 생각에 상념이 많아졌었다.

"그, 그게……."

종혁은 쉽게 말을 꺼내지 못하는 철수의 머리에 손을

없었다.
"철수는 누구 동생?"
"……형 동생!"
크고 맑게 외치는 철수의 모습에 16살의 철수가 겹쳐진다.
종혁의 입가에 부드러운 미소가 맺힌다.
"그래. 그것만 기억하면 돼. 얼른 들어가서 차에 시동부터 켜 드려. 다들 추워하시겠다. 대리도 부르고. 여기 대리운전 명함. 아까 송어 먹던 곳에 있더라."
"넵!"
냉큼 돌아서던 철수는 아차 하며 종혁을 봤다.
그리고 크게 외쳤다.
"고마워요, 형! 적당히 피우고 오세요!"
"……짜식이 말이야."
형을 울리고 있다.
종혁은 담배 연기를 길게 내뿜었다.
"고맙다라……."
"오히려 우리가 고맙지. 올바르게 커 줘서. 구김살 없이 커 줘서."
종혁은 차에 함께 가지 않고 다가온 이리나를 보며 의아해했다. 이리나는 그런 종혁을 빤히 바라보다가 갑자기 와락 끌어안았다.
"……무슨 일 있어?"
어제 만났을 때부터 잠깐잠깐 얼굴이 흐려졌던 이리나.

무슨 일인지 모르지만 일단 그녀의 등을 다독여 준다.
못 본 사이에 무슨 일이 있었을까 걱정이 든다.
"……혁."
"무슨 일인데? 말해 줄 수 없는 일이야?"
"나 미국에 들어가야 할 것 같아."
움찔!
'이거였나…….'
"언제 들어가는데? 완전히 들어가는 거야? 애들이나 주위 사람들에게는 말했고?"
"내년 초에. 아마 몇 년은 미국에 있어야 할 거야. 주위 사람들에게는 곧 말해야지."
"그러냐……. 아버님, 어머님도 같이 들어가는 거야?"
"응, 같이 가."
"하긴 한국에 오래 계시긴 했지……."
참 오래됐다.
1999년, 스키장에서 소영을 덮치던 이리나를 튕겨 내는 걸로 맺게 된 인연.
코젤 샤크, 안젤라 샤크, 그리고 이리나 샤크. 이 세가족과 인연을 맺은 지도 벌써 11년이나 된 것이다.
"언제 돌아올 기약은 없고?"
"글쎄…… 들어가 봐야 알 것 같아."
'그런데…… 그 말밖에 할 말이 없어?'
왜 가는지, 가서 뭘 하는지 궁금하지 않는 걸까.
종혁은 애써 말을 삼키는 그녀의 눈을 보며 싱긋 웃었다.

"어차피 12시간이야."

한국에서 미국까지 직항으로는 12시간이면 충분히 간다.

"응?"

"연락도 할 거잖아. 아니야?"

"……당연히 하지! 날 뭘로 보고!"

"그럼 됐어."

어차피 지금의 이별은 영원한 이별이 아니다.

종혁은 방금 전 철수와 다른 의미로 이리나의 머리를 헤집었다.

"이 오빠 보고 싶으면 언제든 연락해라. 전용기 보내 줄 테니까."

"너 각오해! 내가 거기 가서 나이스한 남자만 사귈 거거든?"

이번엔 결혼 상대를 진지하게 고를 거다.

"예, 예. 제발 그러세요. 웬 놈팡이만 사귀지 말고."

"흥! 내 맘이야!"

이리나는 그렇게 외쳤지만 종혁의 품을 더 파고들었고, 종혁은 그런 이리나를 다독였다.

참 당차지만, 여린 친구인 이리나.

앞으로 좋은 일만 있기만을 바랄 뿐이다.

* * *

2차는 메밀국수집으로 정해졌다.

메밀로 유명한 평창.

시원한 막국수와 수육에 술을 한잔하면, 1차로 먹은 송어의 느낌도 지워지지 않고 계속 이어 갈 수 있을 것 같아서 만장일치로 낙찰됐다.

"아들."

"응?"

대리기사에게 키를 넘겨받고 뒤늦게 일행들의 뒤를 따르던 종혁이 어머니 고정숙을 본다.

"애나랑 무슨 일 있어?"

어제부터 중간중간 안 좋은 모습을 보이더니 방금 전 종혁과 함께 돌아올 땐 더 낯빛이 흐려진 이리나.

"……애나가 미국에 들어가야 하나 봐요. 잠깐 갔다가 돌아올지, 아니면 계속 거기에 있을지 아직 장담할 수가 없고요."

"아."

"애나가 말할 때까지 비밀로 해 주세요."

"……그래. 알았어. 들어가자."

곧 있을 이별의 아쉬움이 크지만, 지난 십여 년간 친구로 지내 온 종혁보다 클까.

부디 아들이 힘들지 않기만을 바랄 뿐이다.

종혁은 춥다는 듯 고정숙의 어깨를 끌어안으며 식당 안으로 들어갔다.

"음식은 시켰어?"

"비빔 네 개랑 물 네 개, 묵사발 두 개, 수육 대자 두 개

시켰어. 술은 막걸리!"

"오. 센스! 이따가 저녁에 숙취로 죽을 준비해라."

"자기 전까지 쉬지 않고 마시면 괜찮아. 숙취는 뭐…… 내일의 내가 아프겠지."

"빙고."

어이없어하는 여성들의 시선을 무시한 종혁과 수호, 철수는 반찬과 함께 나온 막걸리부터 따랐다.

"크흐!"

아삭하게 씹히는 시금치의 쌉쌀한 맛.

'역시 강원도가 음식도 괜찮단 말이야.'

감자의 지방, 강원도. 음식들이 마냥 싱거울 것 같지만, 음식으로 유명한 고장들 못지않다.

전라도가 젓갈 등으로 간이 세다면, 강원도는 정갈한 맛이라고 할 수 있다.

"후우."

맛있는 음식에 좋은 사람들과 함께하니 몸이 절로 늘어진 종혁이 나른한 미소를 지으며 창밖을 바라본다.

"여기다 눈까지 내리면 금상첨화일 텐데……."

하지만, 그랬다가는 운전지옥이 될 것이기에 종혁은 그 생각을 고이 접어 삼킨다.

"형! 제 잔도 받으세요!"

"오! 받아야지!"

'응?'

웃으며 고개를 돌리던 종혁이 순간 멈추며 다시 창밖을

바라본다.

 식당 앞을 지나가는 덩치 큰 사내들. 그 사이에 낯익은 얼굴들이 있다.

 '……쟤들이 왜 함께 있지?'

 방금 전 낚시터에서 서로 시비가 붙었던 두 사내다. 서로 감정을 풀고 친구를 먹기로 한 것일까.

 그런데 다른 일행들 역시도 낚시터에서 봤던 사람들이다.

 덩치가 범상치 않아서 기억을 할 수밖에 없던 사람들.

 '분명 서로 모르는 사이 같았는데…….'

 모두 듬성듬성 떨어져 있었다.

 종혁의 미간이 좁혀진다.

 뭔가 느낌이 안 좋아진 그는 몸을 일으켰다.

 "나 잠시 전화 좀 하고 올게. 먹고들 있어요."

 "또 일이야?"

 "어쩌겠어. 서장인데."

 금방 다녀오겠다고 웃어 준 종혁이 건물을 빠져나가는 순간이었다.

 "어?"

 "응? 이 반장님?"

 "서, 서장님이 여긴 왜……."

 "이 반장님은요? 돌아가신 거 아니었어요?"

 "저야 2차로 가족들과 술을 마시던 중이었는데…….."

 마음씨 좋은 사람 덕분에 송어구이 맛을 봤지만, 뭔가

부족해 2차로 근처 식당에서 술을 마시던 이성동.
종혁과 이성동이 서로를 보며 입을 다문다.
아무래도 같은 걸 보고 형사로서의 본능이 움직인 것 같다.
"일단 가시죠."
"예."
둘은 어느새 저 멀리 멀어진 무리의 뒤를 쫓았다.
서로 말도 나누지 않은 채 얼마나 미행했을까.
무리들이 중국집 안으로 들어가는 걸 목격한 둘이 걷는 속도를 높인다.
"여기! 주문받아!"
"예! 뭘 주문하시겠어요?"
"짜장면 8개와 탕수육 대자 3개!"
"네! 감사합니다!"
주방으로 달려가 주문 내용을 외치는 종업원.
사람은 여덟 명인데 덩치가 커서 그런지 테이블을 세 개나 차지한 무리에게서 멀리 떨어진 곳에 앉은 종혁과 이성동도 주문을 한다.
그리고 이내 곧 덩치 큰 사람들의 테이블 위로 음식이 놓이자⋯⋯.
"다들 많이 먹어라."
"감사히 잘 먹겠습니다, 형님!"
'응?'
'어?'

깜짝 놀란 종혁과 이성동이 다시 서로를 본다.

특정 부류를 연상케 하는 우렁찬 외침도 있지만, 곧장 짜장면을 가위로 난도질하더니 직각으로 들어 올려 입안에 넣는 사람들의 모습 때문이다.

"군인은 아닌 것 같은데……."

그런데 조폭 깡패라고 치기엔 식사 방법이 훈련소 신병 같다.

"예, 아닌 것 같네요. 하, 이 새끼들 봐라?"

누군지 알겠다. 직각으로 식사를 하는 모습을 보니 확실히 기억이 났다.

회귀 전 서울경찰청을 발칵 뒤집었던 놈들.

조직 내 강령이 굉장히 특별했던 놈들.

'강남범동방파.'

대한민국의 전국구 조직, 현재 몰락해 가는 범동방파의 유지를 잇겠다던 골칫덩이들이었다.

"맛있냐!"

"예! 맛있습니다, 형님!"

우렁찬 외침으로 종업원과 카운터에 있던 사장마저 주방으로 피신하게 만든 놈들.

종혁과 이성동 반장이 슬그머니 몸을 일으켜 중국집을 빠져나간다.

찰칵! 치이익!

멀리 떨어지자 담배를 문 그들.

"어, 나야! 지금 사진 보낼 테니까 누군지 좀 알아봐 줘."

통화를 종료한 이성동이 몰래 찍은 사진을 전송하고는 종혁을 본다.

"저 새끼들 아무래도 이쪽 애들이 아닌 것 같지 않습니까?"

마치 서울 사람을 보는 듯 강원도 사투리가 없다.

"예. 아무래도 서울 조직 같더군요."

"서울 새끼들이 왜 여기까지 내려왔을 까요?"

단순히 놀러 왔다고 보기가 어렵다.

"이 반장님은 왜 저놈들 뒤를 밟을 생각을 하시게 된 겁니까?"

"아까 저 있던 텐트 근처에서 저놈들 중 둘이 싸우더라고요. 그런데 그 두 놈이 함께 걷고 있지 뭡니까? 그것도 서로 웃으면서? 서장님은요?"

"아무래도 서로 같은 경험을 한 것 같네요. 혹시 이놈과 이놈입니까?"

종혁도 몰래 사진을 찍은 놈들 중 둘을 보여 준다.

"어? 아닌데요?"

"아니라고요?"

"예. 전 가족 낚시터가 아니라 그 옆에 일반 낚시터에서 싸우던 놈들이었습니다. 어? 이거……."

기시감이 든 이성동이 미간을 찌푸린다.

종혁도 고개를 끄덕이고, 둘의 입이 동시에 열린다.

"보호비!"

둘이 어이없다는 듯 웃는다.

겨울 축제 〈119〉

식당이나 주점에게 보호비라는 명목으로 돈을 뜯어내곤 하는 깡패들.

이뿐만이 아니다.

주류, 물수건, 이쑤시개, 휴지 등 식당이나 주점에 쓰이는 모든 잡다한 것들을 높은 가격에 강제로 판매하기도 한다.

"업장에 난장 까고 들어가는 그 수법이네요."

처음은 점잖게 자신들의 물건을 구매하라고 권유를 한다.

당연히 사장은 시중가보다 높은 가격에 거부할 수밖에 없다.

그 순간 이놈들은 돌변한다.

조직원들을 손님으로 위장해 집어넣어 가장 싼 메뉴를 시키고 하루 종일 죽치고 있게 만들거나, 가게를 찾아온 손님에게 괜한 시비를 건다.

때론 가게 물건을 부수고, 옷을 벗고 드러누울 때도 있다.

이렇게 며칠만 지나도 백이면 백, 백기를 들 수밖에 없다.

지금 저놈들이 한 게 딱 그 수법이었다.

험악한 분위기를 조성해 관광객들에게 불쾌감과 공포를 심어 줘서 낚시터를 떠나게 만드는 것.

"아니, 이런 작은 축제에 뭐 뜯어먹을 게 있다고······ 아!"

"예. 지자체에서 주는 축제 예산이 있잖습니까."
"……맞네. 그게 있었네."
평창송어축제는 나름 평창을 대표하는 축제다. 아마 못해도 수십억의 예산이 집행될 거다.
놈들이 노리는 건 바로 그것이었다.
'실제로 이 일 때문에 놈들의 꼬리가 드러났지.'
평창송어축제의 예산을 노리고 작업을 펼치던 놈들.
하지만 종혁이 기억하기로 그건 2012년 1월, 내후년에 벌어질 일이었다. 평창송어축제 주최 측과의 마찰이 발단이 되어 그 실체가 완벽히 드러나는 놈들.
'아. 이 새끼들 진짜 작업 들어가기 전에 간 보는 거네.'
그렇다면 놈들이 지금 이곳에 있는 게 말이 됐다.
지이잉! 지이잉!
"잠시만요? 어! 알아봤…… 뭐냐, 장 반장. 네가 왜 내 새끼 핸드폰으로 전화를 하는 거냐?"
ㅡ형님, 이 새끼들 어디서 찾은 겁니까?
"누군데 그래?"
ㅡ……일단 만나서 이야기하시죠. 어디십니까?
"지금은 일이 있으니까 모레 보자. 알았어. 끊어."
통화를 종료한 이성동이 혀를 찬다.
"저 새끼들 정말 깡패가 맞는 것 같습니다."
방금 이성동 자신의 팀원의 핸드폰으로 전화를 한 게 주로 살인 등 강력범죄만을 다루는 강력범죄수사대 소속의 반장이다. 그것도 조직폭력배 담당인.

"하. 저 새끼들, 전국적으로 놀려는 걸까요?"

만약 그렇다면 일이 복잡해진다.

전국적으로 영역을 넓히겠다는 건 그만큼 조직원 수가 많다는 뜻.

"어떡하시겠습니까?"

"……일단 물러나시죠."

한발 물러서는 이성동의 모습에 종혁은 고개를 끄덕였다.

솔직히 지금이라도 놈들을 족치고 싶다.

하지만 현재까진 단순 시비 단계다.

이 정도로는 뭘 할 수도 없고, 종혁과 이성동 모두 가족과 함께 여행을 왔다. 여기서 저놈들의 뒤를 더 밟았다가는 무슨 소리를 들을지 몰랐다.

게다가 이성동은 그냥 강력계 소속이다. 저놈들의 뒤를 캐려면 교통정리가 필요했다.

"물러나긴 물러나야 하는데……."

"일단 이렇게 하시죠."

종혁은 자신의 계획을 설명했고, 이성동은 눈을 동그랗게 떴다.

"돈이 많이 들 텐데……."

"아직 제 소문을 다 듣지 못하셨나 보네요. 예, 사장님. 지금 여기로 사람 몇 명만 보내 주십시오."

흥신소 사장과 통화를 끝낸 종혁은 순철에게 전화를 걸었다.

"어, 철아. 지금 사진을 보낼 텐데, 이놈들 실시간으로 감시 좀 해 줄 수 있을까? 위치는 사진과 함께 문자로 보내 줄게. 그래, 고마워. 부탁한다."

통화를 종료한 종혁은 이성동을 봤다.

"본청 특수범죄수사대에 협조 요청을 했습니다. 이제 됐죠?"

흥신소에서 사람이 도착하기 전까지 순철이 CCTV로 실시간 감시를 해 줄 것이다. 이제 저놈들은 대한민국 어딜 가도 자신들의 눈을 피할 수 없었다.

"허어……."

입을 벌린 이성동 반장은 혀를 내둘렀다.

* * *

-흰 눈 사이로 썰매를 타고!

캐롤이 울려 퍼지는 여의도.

소복소복 내리는 눈을 맞으며 걷던 종혁이 캐롤이 흘러나오는 스피커를 보곤 피식 웃는다.

"아직도 캐롤을 틀어 놓는 곳이 있네."

벌써 12월 30일이다.

당장 29시간만 지나면 2011년 새해. 29시간만 지나면 종혁 자신도 31살이었다.

이젠 우기고 우겨도 어쩔 수 없는 30대.

"시간 참 빠르게도 흐르네."

사람들로 북적한 거리를 홀로 걸어서일까. 종혁의 마음이 싱숭생숭해진다.

하지만 그것도 잠시다.

'강남범동방파라……'

지난 며칠간 평창송어축제에서 계속 장난질을 치고 있는 놈들.

"썩을 새끼들."

놈들 때문에 왜 이렇게 늦게 왔냐며 한 소리를 들었다. 그렇지 않아도 최악일 수밖에 없는 놈들의 평가가 더 나빠질 수밖에 없었다.

혀를 찬 종혁은 한 건물 앞에 멈춰 섰다.

늦은 저녁임에도 전체에 불이 들어와 있는 높다란 20층의 빌딩, 그 꼭대기에 K&P 홀딩스란 간판이 종혁의 눈에 맺힌다.

"여기가 이번에 옮긴 신사옥인가?"

이번에 또 사세를 확장하면서 신사옥으로 옮긴 권&박 홀딩스.

가만히 건물을 쳐다보던 종혁이 발걸음을 돌려 다시 걷는다.

그렇게 걸어 그가 도착한 곳은 식당 커피숍 등이 들어선 5층짜리 상가 건물이었다.

엘리베이터에 오른 종혁이 5층의 일식집 안으로 들어간다.

"박태규라는 이름으로 예약이 돼 있을 겁니다."

"안내해 드리겠습니다."

한 방으로 안내된 종혁이 방 안의 풍경을 보고 잠시 멈춘다.

서로 나란히 앉아 박태규의 입가에 손을 가져간 모습 그대로 굳어 버린 권아영과 눈을 감고 있다가 이쪽을 보며 경악하는 박태규.

"어…… 1시간 뒤에 오면 되는 겁니까?"

"아, 아니요!"

"오해예요!"

'오해가 아닌 것 같은데……. 차라리 사귀던가.'

벌써 몇 년째인지 모르겠지만, 지켜보는 사람으로선 정말 답답하기 그지없다.

"뭐 그렇다고 치죠."

다 알고 있다는 듯 웃은 종혁은 그들의 맞은편에 앉았고, 권아영과 박태규 서로를 죽일 듯 노려봤다.

마치 왜 그런 짓을 해서 종혁을 오해하게 만드냐는 듯한 살벌한 눈빛들.

'정말 권 이사장님에게 연락을 해야 하려나.'

누군가 등을 떠밀지 않으면 시작도 못할 것 같은 이들의 연애.

종혁은 잠시 고민을 하다 관뒀다. 결혼이란 건 잘 소개하면 정장이 한 벌이지만, 잘못 이어 주면 뺨이 석 대이기 때문이다.

고개를 저은 종혁은 술병을 들어 그들에게 따라 주었다.

"두 분 모두 올 한 해도 수고 많으셨습니다."

"보스도 수고하셨어요."

"보스도 수고하셨습니다."

"제가 한 일이 있나요."

어깨를 으쓱이는 종혁의 모습에 둘 모두 왜 한 일이 없냐는 듯 울컥한다.

2009년 에콰도르 전력 위기부터 2009년 두바이 부채 동결, 2009-2010년 베네수엘라 은행 위기까지 모두 예측한 종혁.

이전에도, 또 그 외에도 수없이 많은 일들을 예측했던 종혁이다. 그런 괴물이 한 일이 없다고 하니 기가 막히고 코가 막힐 뿐이다.

"또 그것뿐인가요?! 러시아가 다시 비상을 하는 게 누구 덕분인데!"

2001년 미국발 닷컴버블과 2008년 서브프라임 모기지 사태로 막대한 돈을 벌어들이며 구소련 해체 이후 점점 쇠퇴해 가던 과학 분야와 국방 분야, 농업 분야 등 수많은 분야에 막대한 예산이 투입되고 있다.

현재도 권&박 홀딩스와 미국, 러시아가 실시간으로 진행 중인 바이 차이나 프로젝트는 또 어떤가.

이런 수익들을 바탕으로 기어코 개발해 낸 미래 먹거리, 스마트폰. 그 관련 사업과 네트워크 산업에서도 굉장한 기술 발전 및 이익을 내고 있다.

또 이런 여유 때문인지 주변국들과의 관계도 개선해 가

고 있다.

마더 러시아의 기상이었다.

종혁이 불러일으킨 나비효과가 전 세계를 뒤흔들고 있는 것이다.

여기에 미국과 한국은 또 어떤가.

"말을 하자면 오늘 하루로는 부족합니다! 아십니까?!"

"워, 워. 미안합니다. 내가 잘못했어요. 권태기인 건 알겠지만 진정하세요."

"뭐라고요?!"

"하하. 한 잔 더 받으시죠."

종혁을 노려보던 권아영과 박태규는 이내 한숨을 내쉬며 술잔을 낚아채 종혁의 잔에 따라 준다.

"경찰서장일은 좀 어떠신가요?"

"죽을 맛이죠."

백 명이 넘는 직원들을 관리하는 것뿐만이 아니다.

터지는 사건은 어찌나 그렇게 많은지. 여기에 놈들 회사를 추적하고, 또 인맥 관리도 하고.

하루가 어떻게 지나가는지 모를 정도다.

그런 종혁의 말에 권아영과 박태규가 흐뭇이 웃는다.

"좋네요."

"좋아요?"

"그동안 세월아, 네월아 유유자적하게 살던 보스가 드디어 바빠진 거잖아요."

"이 자리를 빌어 명확하게 말하죠. 저 여유 즐기며 산

적 없습니다."

"저희보다요?"

"……한잔 받으시죠."

종혁도 그들의 잔에 술을 따르고, 종혁을 이겼다는 것에 권아영과 박태규가 킥킥 웃는다.

종혁도 못 말리겠다는 듯 고개를 젓는다.

하지만 그것도 잠시. 종혁이 갑자기 정색을 한다.

"곧 일본에서 일이 터질 것 같습니다."

움찔!

"일본은 별일이 없을…… 아, 설마?"

"혹시 지진을 말하시는 겁니까?"

박태규의 질문에 종혁이 무겁게 고개를 끄덕인다.

2011년을 한마디로 정의하는, 2011년 대표적인 사건 동일본 대지진. 그것이 멀지 않았다.

"저희도 그 보고서는 받아서 읽어 봤습니다. 하지만 일본은 원래 지진이 많았던 나라입니다."

"이번엔 심상치 않다는 연구 결과가 있습니다."

종혁이 세계 유명 지질연구소에 의뢰한 자료들을 둘에게 내민다.

약 150년 주기로 일본을 찾는 대지진.

이미 전조도 발생하고 있다.

2009년 8월 11일 시즈오카현을 진원지로 한 6.5의 지진과 13일 도쿄 근해인 하치조지마 진원의 6.5의 지진.

이미 동일본 대지진에 대한 두려움이 일본 국민들의 뇌

리를 흔들고 있다.

다행히 시즈오카는 일본 내에서도 자주 지진을 겪는 곳이기 때문에 그만큼 대비도 있어서 지진의 인명 피해는 적었던 편.

이외에도 대지진의 징조가 일본 여기저기서 나타나고 있다.

그런데 더 큰 문제가 있다.

2010년 2월, 칠레에서 발생한 대지진이다.

"두 분도 아시겠지만 일본이 불의 고리, 이 칠레와 이어지는 환태평양 조산대에 들어간다는 겁니다."

쿵!

심장이 내려앉은 권아영과 박태규가 다급히 종혁이 준 자료를 살핀다.

사락! 사락!

"……내년이군요."

내년에 일어날 확률이 높다고 나와 있다.

권아영과 박태규가 이를 악물고, 종혁이 타는 목에 술을 들이켠다.

텅!

거칠게 내려지는 술잔.

"빠르면 당장 내일, 아니 오늘 일어날 수도 있습니다."

"……술을 마실 때가 아니었어요."

"일어나시죠."

고개를 끄덕이며 몸을 일으킨 셋이 권아영과 박태규가

등을 마주했던 벽 앞에 서고, 박태규가 주머니에서 차량 리모컨 같은 걸 꺼낸다.

삐릭! 그르르르릉!

양옆으로 열리는 벽.

그들이 아래로 향하는 계단 위로 올라선다.

뚜벅뚜벅.

한참을 내려간 그들이 앞을 가로막은 문을 열고 들어가자, 그들의 눈앞에 한쪽 벽이 온통 커다란 모니터로 채워진 넓은 공간이 펼쳐진다.

그리고 그 앞을 지나는 검은 정장의 외국인들.

셋이 나타난 것에 살짝 놀랐던 이들이 다급히 앞에 놓인 컴퓨터들을 조작한다.

그리고…….

-날 얼마나 보고 싶었던 거예요, 최?

-휴, 깜짝 놀랐습니다. 아직 약속 시간까지 2시간은 더 남아 있지 않았던가요?

방금까지 한잔 걸친 건지 양 볼이 빨간 나탈리아와 파티장에 있었던 것인지 턱시도에 나비넥타이를 맨 헨리가 모습을 드러낸다.

종혁은 연말에도 바쁜 두 사람을 보며 미소를 지었다가 이내 낯빛을 굳혔다.

"일본의 잃어버린 20년이 보다 길어질 재앙이 예견되고 있습니다. 바이 재팬을 어떻게 생각하는지에 대해 여쭤보고 싶어서 이렇게 급히 연락을 드린 겁니다."

동일본 대지진 이후 수많은 지원을 했음에도 도움을 준 명단에서 한국을 빼 버린 일본과 그런 일본을 도로 주저앉혀 버린 2011년 동일본 대지진.

 잃어버린 20년을 잃어버린 30년, 40년으로 늘려 버리게 만드는 주범이었다.

 쿵!

 종혁은 눈을 번뜩이는 두 친구를 가만히 응시했다.

* * *

 검은 정장을 입은 요원들이 모두 사라진, SVR이 따로 만든 공간에 지독한 침묵이 내려앉는다.

 BUY JAPAN.

 잃어버린 20년이란 말이 공공연히 나돌 만큼 과거의 위세가 꺾인 일본이라지만, 그래도 일본이다.

 한때 도쿄의 모든 부동산을 팔면 미국이라도 살 수 있을 거라던 허황된 말이 나왔던 나라. 바이 차이나 프로젝트를 진행할 때의 중국처럼 얕볼 수가 없는 나라.

 갑작스런 제의에 대한 이유를 듣긴 했지만, 나탈리아와 헨리는 쉽게 입을 열지 못한다.

 ―그러니까…… 최는 지금 늦어도 2년 안에 일본에 거대한 재앙이 올 거라고 예측을 하는군요.

 ―그리고 그 충격에서 쉽게 헤어나지 못할 거란 것도요.

겨울 축제 〈131〉

"일본은 아직도 아날로그의 나라입니다."

일각에선 재난을 가장 대비하고 있는 나라라곤 하지만, 위에서 아래로 또 아래서 위로 바삐 움직여야 할 정보와 결제가 아날로그로 움직인다.

조직 사회는 옛 관료 사회를 보듯 경직되어 있고, 먼 곳과의 통신도 인터넷 등의 디지털이 아니라 팩스를 이용한다.

대처가 신속할 수가 없다.

실제로도 그렇다.

후쿠시마 원전 사태.

조금만 더 신속하게 조치만 취했어도 그 정도 상황까지 가진 않았을 거라는 의견이 대부분이었다.

"인력을 갈아 넣는다고 해도 결코 쉽게 수습할 수 없는 재앙이 될 거라고 생각합니다."

-어쩌면 영구적인 장애를 입을 수도 있다는 건가요?

"재앙이 닥친다면 필시."

퐁! 화륵! 치이익!

나탈리아와 헨리가 동시에 담배를 문다.

-후우. 도박입니다.

한국의 IMF, 미국의 닷컴버블, 서브프라임 모기지 사태 때와는 결이 다른 도박이다.

당시야 붕괴할 수밖에 없는 전조들이 있었지만, 이번 일은 아직도 인간이 100퍼센트 예측할 수 없는 자연의 일이다.

"압니다. 그러니 제안만 하는 겁니다."

-……최는 그 재앙이 만들 특수에 발을 담가 보겠다는 거군요.

종혁은 어깨를 으쓱였고, 나탈리아와 헨리는 더 깊은 장고에 빠질 수밖에 없었다.

-최, 우리도 조사를 해 봐야 합니다.

말을 꺼낸 헨리가 다급히 손을 젓는다.

-물론 최의 자료를 믿지 못하겠다는 게 아닙니다.

"당연히 그래야죠. 제가 내민 자료만 보고 다 믿었다면 오히려 실망했을지도 모릅니다."

종혁과 나탈리아, 헨리.

그 첫 시작은 비즈니스였을지 몰라도 지금은 서로에게 목숨이라도 내놓을 수 있는 관계다.

하지만 그것과 특정한 누군가를 맹신한다는 건 다른 문제였다.

그건 곧 그 특정한 누군가에게 복속이 된다는 뜻이고, 그렇다면 더 이상 친구 혹은 파트너라고 부를 수가 없게 되어 버린다.

-……이해해 줘서 감사합니다, 최.

-나도 고마워요, 최.

아니라는 듯 싱긋 웃은 종혁은 공간의 한구석에 있는 냉장고에서 맥주를 가져왔다.

"그럼 골치 아픈 이야기는 잠시 잊고, 다른 이야기를 해 볼까요?"

겨울 축제 〈133〉

원래 올 한 해의 마무리와 성과, 진행하고 있는 프로젝트들의 상황, 내년에 있을 금융 및 사회 전반에 관한 이야기 등 수많은 이야기를 나누려 했던 그들.

-이런 그 이야기도 충분히 골치가 아픕니다만.

"그래도 방금 전보다는 훨씬 낫잖아요."

-언제쯤 편히 쉬어 볼지.

"하하하!"

나탈리아와 헨리는 너털웃음을 터트리며 술을 찾았다.

-16시간 후에 다시 연락을 할 테지만, 미리 인사할게요. 새해를 축하해요, 최.

-이제 최도 완전한 삼십대군요. 축하합니다.

"나이로 공격하기 있깁니까? 제 반격이 만만치 않을 텐데요?"

-사랑해요, 최.

-크흠. 끊겠습니다.

다급히 화상채팅을 종료하면서 공간이 어두워지자 종혁이 고개를 젓는다.

하지만 그것도 잠시다.

"권 이사."

"예, 보스."

"일본 시민들에게 재앙을 경고하세요."

움찔!

"……네, 보스!"

"휴. 여전히 인류애가 넘치시는군요."
"그냥 잘 때 발 뻗고 편히 자려고 이러는 겁니다."
 이번 동일본 대지진 사태로 벌어들일 돈의 일부를 재난 피해자들에게 지원해 줄 계획도 세우고 있었다.
"기빙을 움직이실 생각입니까?"
"필요하다면."
 아니면 일본에 복지 재단을 만들어도 된다.
 아직 시간은 있었다.
"그럼 이야기도 다 끝난 것 같으니 부족한 술이나 마시러 가죠."
 그 말에 권아영과 박태규는 흐뭇하게 웃었다.
"살려 주십시오."
 그렇게 2010년도 완전히 지나가 버렸다.

　　　　　　　＊　＊　＊

 눈이 내렸다.
 밤사이 하늘에서 새해 선물로 하얀 똥 무더기가 내려 보냈다.
"돌아가시겠네."
 이른 아침, 2층 주택의 현관문을 나선 이십대 중반의 사내가 자연스럽게 현관 옆에 세워 둔 넉가래를 집어 든다.
 매해 반복되는 일상.

올해도 상큼한 겨울 아침을 맞이하지 못한 그가 한숨을 푹푹 내쉬며 넉가래를 민다.

부욱! 부욱!

"씻고 나왔는데……."

어느덧 이마에 송골송골 맺히는 땀방울.

겨우 현관에서 대문까지 길을 치운 사내가 대문을 열고 나간다.

부욱! 부욱! 부욱!

"안녕히 주무셨어요!"

넉가래를 들고 본인 집 앞에 쌓인 눈을 치우는 사람들을 향해 사내가 고개를 숙인다.

"어, 그래! 우빈이도 잘 잤어? 네 아빠는?"

"어제 술을 늦게까지 드셔서 아직까지 주무세요!"

"어제? 어떻게 집에는 무사히 들어왔나 보다? 어제 8시부터 세차게 내렸는데!"

"근처에서 시체 발견됐단 소식 없으니까 집에 잘 들어간 거겠지."

뼈를 때리는 농담이지만, 마냥 농담이라고 치부할 수 없는 말.

겨울이 되면 심심치 않게 동사자가 나오기 때문이다.

그게 자신이 될 수도, 또 가족이 될 수 있기에 평창 사람들은 눈이 내렸다 하면 웬만해선 서둘러 집으로 귀가를 한다.

아마 이건 평창뿐만 아니라 강원도 모두 해당되는 이야

기일 것이다.

 어색하게 웃으며 집 앞의 눈을 치운 우빈은 골목이 깨끗해지고 나서야 허리를 편다.

 "……씻어야겠네."

 아무리 지독한 추위에 익숙한 평창 사람이라지만, 이렇게 추운 날씨에 땀에 젖은 옷을 갈아입지 않으면 백 퍼센트 감기에 걸린다.

 안으로 들어가 다시 씻고 나온 우빈이 손목에 찬 시계를 확인하더니 길을 재촉한다.

 그런 그가 향한 곳은 평창송어축제의 현장이었다.

 "어우, 추워!"

 사방이 두꺼운 비닐이 쳐진 천막 안으로 들어가며 몸을 웅크리는 그.

 "어떻게 안 죽고 왔네?"

 "아침에 죽으면 평창 사람이 아니지!"

 "그건 맞지!"

 웃음을 터트리는 또래, 혹은 어린 청년들.

 우빈도 웃으며 점퍼 위에 'STAFF'라 적힌 형광 조끼를 걸친다.

 그것도 모자라 평창의 지자체와 청년회에서 지급한 털장화로 갈아 신고, 장갑도 끼운다.

 그리고 나서야 따끈한 난로 앞에 옹기종기 모여 있는 청년들에게 다가간 그.

 "형, 여기요."

"땡큐."

기름난로 위에서 보글보글 끓는 어묵 국물에 오는 길 동안 얼어붙었던 얼굴이 사르르 녹는다.

'좋네.'

"야, 우빈아. 인간적으로 오늘 같은 날은 그냥 하루 휴장해야 하는 거 아니냐? 아니, 어제야 연말이라서 사람들이 모이니까 그런다 쳐. 그런데 새해 첫날, 1월 1일부터 낚시하는 건 아니잖아. 이런 날은 따끈한 아랫목 위에 있어야지!"

한 청년의 말에 다른 사람들이 고개를 연신 끄덕인다.

"어쩌겠냐. 오늘이 토요일인데."

휴식이 필요하거나 여행을 떠나고픈 사람들에겐 참 좋은 일이지만, 자신들 같은 사람들에겐 왜 하필이라는 말이 절로 나올 수밖에 없는 일.

"……씨발."

"빌어먹을."

"이따위 송어축제 콱 망해 버렸으면 좋겠네."

"야, 야. 망하면 안 돼. 우리 용돈 벌어야 돼."

우빈은 투덜거리는 그들의 모습에 미소를 지으며 어묵 국물을 마셨다.

'어우. 국물 죽이네.'

어젯밤 집에서 마신 술이 절로 해장이 되는 듯한 느낌.

"그럼 난 먼저 나간다."

"응? 뭘 벌써 가려고 해? 아직 개장하려면 멀었어."

"용선이 형님이 아침에 오라고 했어."
"아, 그래? 알았어. 이따가 보자. 오늘도 수고!"
"그래. 너도 오늘도 수고해라."

천막을 나선 우빈이 향한 곳은 멀리 떨어지지 않은 곳에 위치한 컨테이너 사무실이었다.

쿵쿵!

문을 열고 들어간 우빈은 콧속으로 빨려드는 싸구려 향수 냄새와 안에서 벌어지는 광경에 눈살을 찌푸렸다.

"아이, 참. 아침부터!"
"아침이니까 힘이 넘치는 거지! 어떡할래? 바로 티켓……."
"크흠!"
"어! 우빈이 왔냐? 빨리 왔네?"

썩 좋은 모습을 보이지 않았음에도 능청스럽게 손을 든 삼십대 사내.

저렇게 다방 레지를 부른 돈도 모두 청년회에서 나가는 것이기에 확 위에다 불어 버리고 싶지만, 아쉽게도 눈앞의 사내는 배경이 든든한 청년회의 간부다.

"이런 날은 어? 좀 늦게 출근하고 어?"
'그랬으면 지랄할 거면서.'

일급을 깎겠다고 온갖 난리를 다 칠 것이다.

"무슨 일로 부르셨어요?"
"……크흠. 애들은 좀 어때? 새해 첫날부터 출근하는데 불만이 있는 것 같진 않아?"

'에라이.'

그게 걱정이라면 그냥 오늘 하루 휴장을 했으면 되지 않는가.

하지만 이렇게 말해 봐야 자신은 힘이 없다는 말만 돌아올 테니 우빈으로선 꾹 참을 수밖에 없었다.

"뭐 불만이 좀 있긴 한데, 다들 그러려니 하죠."

송어축제가 개막한 지 벌써 4년째다.

2007년 개막한 평창송어축제. 그때부터 계속 이 한철 반짝 아르바이트를 해 온 친구들이기에 무슨 부조리가 있어도 그러려니 하게 된 것이다.

"부, 부조리는 무슨!"

"죄송합니다. 말이 헛나왔네요. 그럼 용무는 끝이세요?"

곧 9시, 개장을 해야 될 시간이다.

아침부터 오는 관광객은 없지만, 그래도 문은 열어 둬야 했다.

그리고 관광객이 오기 전 주차장과 현장 내에 쌓인 눈을 치워야 했기에 낭비할 시간이 없었다.

"넌 뭐가 그렇게 바쁘냐? 너만 바빠?"

"다들 바쁜 거 아시잖아요."

"이 자식이! 그거 꼭 나보고 들으라는 것 같다?!"

"용선 형님."

흠칫!

"……끄응. 그 왜 축제 개막일부터 매일 오는 사람들

있잖냐."

그 말에 우빈의 미간이 절로 좁혀진다.

겨울 강원도의 유명한 축제인 화천산천어축제보다 훨씬 더 좋고 멋진 축제를 만들겠다며 기획한 평창송어축제.

예년보다 오대천이 빨리 얼어붙으면서 개막도 며칠 빨리하게 됐는데, 벌써 일주일째 출근 도장을 찍으며 축제를 난장판으로 만드는 사내들이 있다.

덩치가 크고 말이나 인상도 험악한 사람들.

"설마 우리보고 막으라는 그런 말 아니시죠?"

"야, 그게······."

"못합니다."

"인마!"

사내가 벌떡 일어났지만, 우빈은 요지부동이다.

그 사람들이 얼마나 무섭고 험한지 모른단 말인가.

그렇지 않아도 축제 개막일부터 분위기를 험악하게 만드는 그 사람들을 막아서려고 했던 몇 명이 그때 얻어맞은 충격으로 아직까지 출근을 못하고 있다.

그럼에도 청년회는 아무런 대책도, 하물며 다친 청년들의 병원비도 지급해 주지 않고 있다.

정말 한동네 사람만 아니었다면 한 대 쳐 버렸을지도 모른다.

"차라리 경찰을 부르세요. 청년회장님이 평창 경찰서장님과 호형호제한다면서요."

"아니, 진상 몇 명 때문에 경찰을 부르는 게 말이 돼?! 그렇게 경찰이 오면 어떻게 되겠어! 관광객들이 경찰 무서워서 제대로 즐길 수나 있겠어?!"

"몰라요. 막으려면 형님이 막으세요. 그럼 말 끝나신 것 같으니까 가보겠습니다."

"야! 야, 이 새끼야!"

쿵!

문을 닫고 나온 우빈은 바닥에 침을 뱉었다.

"씨발. 자기도 무서워서 아무것도 못하면서."

혀를 찬 우빈은 얼굴을 구기며 축제 행사장 입구로 향했다.

삑! 삐익!

도로에서 주차장으로 진입하는 차들을 향해 울리는 호루라기 소리에 사람들이 미간을 찌푸리면서도 잔뜩 기대하는 얼굴로 걸음을 옮긴다.

"아빠, 송어가 뭐야?"

"송어는 말이야. 연어목 연어과의 회귀성 어류인데…… 컥?!"

"이따가 아빠가 잡아서 보여 줄 거야. 우리 채아, 그때까지 기다릴 수 있지?"

"응!"

"와아! 썰매다! 아빠 저기, 저기!"

"어이구. 천천히 가."

웅성웅성 새해 첫날부터 모여든 사람들도 북적이는 행사장.

마스크에 귀마개까지 한 채 행사장 안으로 들어오는 사람들을 매표소로 인도하던 우빈이 그 푸근한 모습들에 미소를 짓는다.

새해 첫날부터 출근을 한 게 썩 기분 좋진 않지만, 먼 곳에서 힘들게 평창을 찾아와 준 사람들에 감사함과 뿌듯함을 느낀다.

하지만 그것도 잠시.

"아!"

행사장 안으로 들어오는 단연코 이질적인 사람들.

다른 관광객들로 하여금 깜짝 놀라 분분히 비켜서게 만드는 커다란 덩치에 험악한 인상들에 우빈이 한숨을 내쉰다.

'저 자식들은 새해 첫날에도 왔네.'

분명 서로 아는 사이 같은데, 서로 모른 척 거리를 두고 들어오는 사내들.

"매표소는 저쪽입니다!"

우렁차게 외친 우빈이 사내들의 뒤를 따라 매표소로 향한다.

그렇게 따라가니 역시나······.

"테, 텐트 낚시는 3만 5천 원인데요······."

"아, 난 텐트 필요 없고, 얼음낚시만 하겠다고. 이해 안 돼?"

겨울 축제 〈143〉

"하, 하지만……."
"하지만 뭐? 뭐!"
"거 빨리 좀 합시다!"
"뭐야?! 어떤 새끼야!"

덩치 큰 사내들끼리 시비가 붙자 순간 얼어붙는 매표소.

줄을 서 있던 관광객들이 겁을 먹으며 물러서려 하자 얼굴을 구긴 우빈이 매표소를 담당하는 동네 여동생을 향해 고개를 숙인다.

그에 그녀의 얼굴이 울상이 된다.

지금껏 텐트가 필요 없다며 저렴한 티켓을 결제해 놓고선, 무작정 텐트에서 낚시를 해 왔던 사내들.

이번에 또 그럴 것이 분명하고, 이로 인해 발생하는 민원과 차액은 아르바이트생이 온전히 감행해야 했기 때문이다.

'그냥 해.'
'히잉.'
"아, 알겠습니다. 2만 5천 원입니다."
"진작 이럴 것이지, 왜 시간을 뺏어? 짜증 나게 말이야. 자, 여기!"

촤악!

천 원짜리들이 허공에 뿌려진다.

그 모습에 우빈은 주먹을 꽉 쥐었다.

하지만 나설 수가 없다.

지독한 무력감이 그의 몸을 감쌌다.

* * *

"바람막이는 필요 없다니까! 내 말이 이해 안 돼?"
그 사내가 시작이었다.
일행이 아닌 것처럼 꾸민 사내들은 모두 얼음낚시 티켓만 구매한 후 희희낙락 매표소를 떠났다.
"흑!"
무서운 사람들이 떠나고 나자 매표소를 뛰쳐나오는 동네 여동생.
'개새끼들!'
우빈은 허리에 찬 무전기를 들었다.
"그놈들 왔으니까 잘 안내해 드려."
ㅡ……예. 보입니다.
"괜히 시비 걸지 말고."
똥은 더러워서 피하는 거라지만 이 똥들은 무섭다.
입술을 깨문 우빈은 매표소 천막 뒤편에서 울고 있는 여동생에게 다가갔다.
"괜찮아?"
"오빠! 허어어엉!"
우빈에게 안겨든 동네 여동생이 울음을 터트리고, 우빈은 그런 그녀를 다독인다.
"그래, 그래. 잘 참았어. 네가 최고다."

"저 사람들 어떻게 못해요?"

"조금만 더 참아 보자. 언제까지 저러진 않을 테니까."

이러는 이유를 모르겠지만, 돈이 무작정 쓰지는 않을 거다.

곧 돈이 떨어질 거고, 그러면 이런 일을 더 이상 겪지 않아도 됐다.

"당장 내일이라도 돌아갈 수 있겠지."

"흐으윽!"

우빈은 품을 더욱 파고드는 동네 여동생을 다독이고는 그녀가 진정을 하자 그제야 다시 자신의 자리로 향했다.

멈칫!

"씨발."

그는 다시 무전기를 들었다.

"운형아, 어디야?"

-저 썰매장이요! 왜요?

"썰매장에 몇 명 있는데?"

-저 포함 다섯?

"그럼 너 내 자리로 와라. 나는 낚시터 좀 가야 할 것 같으니까."

-……그 새끼들 또 왔어요?

"부탁해."

무전을 종료한 우빈은 몸을 돌려 낚시터인 오대천 얼음 벌판으로 향했다.

-치익! 형! 이 사람들이!

낚시터에 우빈이 모습을 드러내자마자 사방에서 빗발치는 무전들. 역시나 얼음낚시터 곳곳에서 방금 전 그 사람들과 스태프들이 마찰을 빚고 있다.

"그냥 보내 드려. 텐트 번호 체크해서 매표소에 통보하고."

-……씨발. 그냥 경찰 부르면 안 돼요?

"알잖아. 경찰 와서 소란스러워지면, 사람들이 안 오는 거."

거기다 저 진상들이 인터넷에다 평가를 나쁘게 하면, 평창송어축제에 타격을 입는다. 그뿐만 아니라 현재 아르바이트를 하고 있는 다른 친구들도 그만둬야 한다.

아니, 아르바이트를 그만두는 건 문제가 없다.

문제는 청년회의 대선배님들이다.

그들이 괜히 분란을 일으켜 축제를 망쳤다며 애들을 혼낼 테고, 그러면 동네의 모든 어르신들이 손가락질을 할 거다.

청년회는 어른들이고, 자신들은 어리니까.

모두 자신들의 잘못이 될 거다.

우빈이 걱정을 하는 건 바로 그 부분이었다.

-하아. 알았어요.

스태프들이 그들을 텐트 낚시터로 안내하자 우빈은 한숨을 푹 내쉬었다.

"진짜 거지 같네……."

다 때려치우고 싶다.

겨울 축제 〈147〉

그냥 한 대 갈기고, 더 이상 이 축제와 연관되고 싶지 않았다.

하지만 그럴 수 없다. 가장 형인 자신이 관둬 버리면 위에서 스태프들을 어떻게 다룰지 모른다.

우빈은 고개를 저으며 그들의 뒤를 따랐다.

"꺄악!"

"오! 실한 것들 많이 잡았는데? 어떻게 잡았어?"

"왜, 왜 이러세요!"

"아니, 그냥 함께 축제 즐기러 온 사람들끼리 노하우 좀 공유하자는 거지. 그런데 아가씨 예쁘다? 이름이 뭐야?"

울컥!

여자 둘과 남자 둘이 있는 텐트에 몸을 들이미는 사내들 중 한 명.

"씨발!"

결국 우빈의 분노가 폭발한다.

"어이-!"

'응?'

몸을 날리려던 우빈은 눈앞에서 펼쳐진 광경에 눈을 부릅떴다.

* * *

"일주일 후에 서울에서 형님이 내려오실 거다. 오늘부터 본격적으로 해."

오늘 아침 자신들이 모시는 형님의 말을 떠올린 강남범 동방파의 조직원들이 눈을 빛내며 평창송어축제 행사장으로 향한다.

벌써 일주일째 추위에 떨었던 그들.

이제 일주일만 참으면 이 즐길 것도 없는 거지 같은 시골 동네도 안녕이다.

'본격적으로 하란 말이지…….'

그동안 선을 지켜야 해서 제대로 난장을 치지 못한 그들의 입가에 잔혹한 미소가 맺힌다.

'스트레스 좀 풀겠는데?'

"이, 이 티켓으로 결제하시면 텐트 낚시는 하실 수 없는데……."

"아, 씨발! 그래서 뭐? 씨발, 그냥 달라는 걸로 주면 되지 뭘 그렇게 말이 많아?"

"어, 얼른 끊어 드리겠습니다!"

"진작에 그럴 것이지."

턱! 턱!

"잘하자, 새끼야."

"예, 예……."

티켓을 펄럭이며 오대천 위로 올라선 조직원은 자연스럽게 텐트 낚시터로 향한다.

그에 STAFF라는 글자가 박힌 조끼를 입은 남자가 그를 막아섰지만, 이내 위협을 하며 물리친 그는 의기양양하게 텐트가 줄줄이 세워진 곳으로 향한다.

'오?'

순간 눈에 확 들어오는 여자 둘.

여자 둘이서만 온 것인지 얼음구멍을 뚫어져라 쳐다보는 이십대 초반 여성들의 모습에 조직원의 눈이 휙 돌아간다.

"이야, 둘이 왔어?"

"꺄악!"

"누, 누구세요?"

"누구세요? 큭큭. 언니들 귀엽네."

너무 귀여워 볼을 한 입 깨물어 주고 싶다.

"오! 실한 것들 많이 잡았는데? 어떻게 잡았어?"

한 여성의 옆으로 가 어깨를 끌어안는 그.

"왜, 왜 이러세요!"

"아니, 그냥 함께 축제 즐기러 온 사람들끼리 노하우 좀 공유하자는 거지. 그런데 아가씨 예쁘다? 이름이 뭐야?"

"비, 비켜 주세요. 시, 신고할 거예요."

"에헤이. 이 오빠 그렇게 나쁜 사람 아니야. 둘이 온 거야?"

어깨를 끌어안던 손을 내려 허리를 움켜쥐자 깜짝 놀란 여성이 도움을 청하듯 주변을 쳐다본다.

그것이 그의 가학성을 자극한다.

"아이고. 피부도 뽀송뽀송하네. 이 오빠 나쁜 사람 아니니······."

"어이!"

턱!
어깨에 올려지는 누군가의 손.
"어떤 새끼가······."
퍼억!
"어?"
그는 갑자기 뒤집어지는 세상에 눈을 동그랗게 떴다. 그리고 뒤이어 얼굴을 향해 날아드는 신발에 경악했다.
빠아악!
"······크아아악!"
종혁은 얼굴을 붙잡고 버둥거리는 돼지 한 마리를 차갑게 노려보며 한숨을 내쉬었다.
'사고 쳤네.'

* * *

2010년 12월 31일, 서울경찰청 근처 커피숍.
"서울청 강력범죄수사대 3팀장 최동현 경감입니다."
"신안경찰서장 최종혁 총경입니다."
안다. 경찰개혁의 선봉장, 본청의 불도저 최종혁.
경찰대학교 출신의 엘리트 중 엘리트.
그래서 더 짜증이 난다.
"왜 신안서에서 얘들을 탐내는 겁니까?"
남의 회사 일에 신경을 끄라는 경고에 종혁이 싱긋 웃는다.

'니들이 잘했으면 내가 나서겠니?'

"이놈들 이름은 압니까?"

움찔!

"신안서장님이 신경 쓸 일이 아닙니다."

"이 새끼들 이름은 강남범동방파입니다. 뒷방 늙은이가 된 유대춘의 유지를 잇겠다는 놈들이죠."

"……신경 쓸 일이 아니라니까요."

"2005년 가리봉동, 한식구파 조직원 3명 집단 구타. 그중 한 명은 사망, 두 명은 중상해."

움찔!

"2006년 북창동 PC방에서 업주 3명에게 구타 및 감금. 영업 손실비 명목으로 이백여 만 원 갈취."

"이보세요, 서장님."

"2009년 압구정동 패싸움. 그중 16명 상해, 3명 사망. 뭐 이외에 기타 등등 여러 가지가 있죠."

3팀장의 눈이 파르르 떨린다. 종혁이 말한 것 중 그가 알고 있는 건 작년 압구정 한복판에서 발생한 패싸움뿐이었기 때문이다.

그로 인해 강남경찰서뿐만 아니라 서울경찰청까지 발칵 뒤집혀야 했다.

다급히 출동을 했지만, 놈들은 이미 도주. 주변 CCTV를 모두 뒤져 몇 놈의 몽타주만 어렵사리 딸 수 있었다.

그 몽타주를 아는 인맥들에게 모두 돌려 겨우 알아낸 놈들 조직의 이름이 바로 강남범동방파. 이 이름만 겨우 알아낸 거다.

그런데 그중 한 놈의 얼굴을 옆에 앉은 이성동 반장이 보낸 것이었다.

그래서 교통정리를 하려고 나왔는데, 심장이 서늘해진다.

아무래도 이놈들을 뺏길 것 같다는 거지 같은 기분이 들었다.

"어떡할래요? 나 빼실래요? 아니면 겨울 지나기 전에 빨리 놈들 잡고 끝내실래요?"

"……한 식구끼리 이러깁니까?"

"방금 전엔 남의 회사 일이라면서요."

되로 주고 말로 받은 상황.

3팀장이 앓는 소리를 낸다.

갈등에 휩싸이는 그를 보며 종혁은 쐐기를 박기로 했다.

"참고로 얘들 백 명이 넘습니다."

쿠당탕!

경악하며 일어난 이성동 반장과 3팀장이 종혁을 쳐다보고, 종혁은 진실이라며 고개를 끄덕인다.

"미친……."

의자에 털썩 앉는 그들.

더 이상의 고민을 할 이유가 없었다.

"……후. 좋습니다. 그런데 결정하기 전에 묻고 싶은 게 있습니다."

"우리 서에 놀고 계시는 분들이 계셔서요. 인사고과 채워야죠."

주민의 숫자가 적고, 워낙 시골이다 보니 강력계가 강력계다운 일을 하지 못하고 있다.

곧 종혁 자신이 일을 벌이기 전에 실전 감각을 다듬어 놓을 필요가 있었다.

거기다 자신의 부하 직원들이다. 본청으로 복귀하기 전에 인사고과를 듬뿍 안겨 주고 싶었다.

"그건 방금 전 한 식구라고 하신 3팀장님도 마찬가지고요."

움찔!

"설마……."

"예. 그냥 수사본부 차리시죠."

웬만하면 교통정리를 마무리할 때까지 기다리려고 했는데, 딱 보니 양보를 하지 않을 것 같다.

그래서 그냥 여기 모인 세 명이 이놈들을 사이좋게 나눠 먹는 거다.

세 명이 나눠 먹어도 일망타진만 한다면 충분한 성과.

이 정도면 과거의 상사였던 이성동에게도, 보다 더 긍정적으로 변한 그에게도 충분한 선물이 될 것 같다.

쿵!

이성동과 3팀장의 입이 떡 벌어졌다.

* * *

합의가 되자 수사본부가 차려지는 건 순식간이었다.

물론 먼 신안경찰서가 왜 끼어드냐는 잡음이 없던 것은 아니었지만, 종혁이 가진 정보가 얼마나 많은지 모르기에 서울경찰청은 울며 겨자 먹기로 신안경찰서의 합류를 승인하는 수밖에 없었다.
"후우."
허공으로 퍼지는 하얀 입김.
-새해 첫날인디…….
"명절 선물로 배나 사과보다 두툼한 봉투가 낫지 않겠습니까?"
움찔!
상여금이란 말에 평창송어축제 행사장 이곳저곳에 퍼져 있는 경찰들의 눈빛이 돌변한다.
조직원의 숫자가 백 명 이상이다.
가장의 권위 혹은 그동안 사고 싶어도 사지 못했던 걸 살 액수 정도는 충분히 나올 거다.
그들은 보다 진지하게 주변을 둘러보기 시작했고, 종혁은 그 모습을 보며 키득키득 웃었다.
"춥네……. 서장님, 많이 춥네요."
옆에 앉아 꿍얼거리며 종혁을 원망스럽게 쳐다보는 이성동 반장.
"그렇게 추우시면 이동본부에 들어가 계시는 게 어떻겠습니까?"
"……서장님이 여기 계시는데 저보고 따뜻한 곳에 들어가 있으라고요?"

"저 그런 거 신경 쓰는 사람 아닙니다."
"제가 신경 씁니다, 제가!"
"에이. 그래도 좋으시면서."
취미가 낚시인 이성동.
이렇게 꿍얼거리고 있지만, 작전을 핑계로 취미인 낚시를 할 수 있어서 지금쯤 행복할 거다. 옆에서 잔소리하는 아내가 없어서 더더욱.
흠칫!
"……제 취미가 낚시란 걸 말했던가요?"
"그 낚싯대요."
꽈배기처럼 꼬인, 이곳 행사장에서 판매하는 견지낚싯대가 아니라 릴까지 갖춘 전문 낚시 장비.
"어흠흠."
헛기침을 한 이성동 반장이 입술을 달싹인다.
뭔가 할 말이 있는 듯한 그의 모습.
종혁이 담배를 물며 행사장을 둘러본다.
"이 축제가 1월 말까지 진행된다고 하더군요."
"아."
놈들을 치고 들어가는 건 그리 어렵지가 않다.
하지만 그래선 증거를 확보할 수가 없다. 놈들에게 중형을 때릴 증거를.
'이 새끼들이 지금 어디 있는지 모르니까.'
강남범동방파의 두목을 비롯한 간부들의 현재 위치.
거의 매일 바뀌는 이놈들의 행방을 알지 못한 채 드러

난 놈들만 족쳤다가는 놈들이 저지른 범죄들의 증거가 인멸될 테고, 또 두목을 비롯한 간부들이 나타날 때까지 기다렸다가는 이 평창송어축제의 관계자들과 관광객들이 더 큰 피해를 입는다.

그건 종혁이 원하는 게 아니었다.

"일단 여기부터 정리하죠."

"……허허. 좀 있다가 송어회에 한잔 어떠십니까?"

"가장 적게 잡은 사람이 회식 쏘는 걸로?"

"흐. 우리 서장님이 낚시할 줄 아시네."

여러 사람이 함께하는 낚시는 내기가 제맛이다.

눈빛이 돌변한 이성동은 낚시 가방을 열어젖히며 몇 개 빌려 드리냐는 듯 종혁을 봤고, 종혁은 피식 웃었다.

"장인은 도구를 탓하지 않죠."

"나중에 반칙이니 뭐니 그런 말 하시면 안 됩니다."

"나중에 울상이나 짓지 마세요. 저 많이 먹습니다."

"허허."

오랜만에 호승심이 치솟은 이성동이 채비를 교체하려던 순간이었다.

-떴습니다.

종혁과 이성동, 그리고 행사장 이곳저곳에 퍼져 있던 경찰들의 낯빛이 굳는다.

강남범동방파 조직원들을 따라 움직이는 형사들의 시선.

몇 명은 핸드폰을 꺼내 놈들이 진상을 부리는 모습을

촬영한다.
 그러다······.
 "꺄악!"
 텐트 낚시터를 올리는 여성의 비명 소리.
 이성동이 이를 악물며 종혁의 팔뚝을 잡는다.
 "좆같지만, 놈들에 대한 증거 확보가 먼저인 거 아시잖습니까."
 안다. 하지만 이걸 보고도 참는다면 경찰이라고 할 수 있을까.
 "괜찮습니다. 다 생각이 있거든요."
 종혁은 이성동의 손을 떼며 일어선다.
 그리고 무전기를 든다.
 "지금부터 아무도 절 아는 척하지 마세요."
 지금 이 자리에 있는 모든 경찰들을 향한 명령.
 성큼성큼 걸어간 종혁은 여성을 추행하는 조직원의 어깨를 잡았다.
 "어이."
 쿵! 빠아아악!
 놈의 얼굴을 날려 버린 종혁은 벌떡 일어나는 다른 조직원들을 일견하며 발을 들었다.
 "개새끼."
 퍼어억!
 종혁의 발이 바닥을 기는 놈의 배를 걷어찼다.

3장. 무법자들

무법자들

"꺄악!"

사람들이 놀라 물러서고, 종혁이 배를 움켜쥐고 끙끙거리는 놈을 보며 머리를 쓸어 올린다.

"웬 말뼉다구 같은 놈이 기어 들어와서."

놈의 얼굴 앞에 종혁이 쪼그리고 앉는다.

"어이. 어이."

짝! 짝!

"너, 너 이 새끼……."

쩌억!

짜증을 담아 뺨을 후려치자 놈의 입에서 피가 터진다.

"놀러 왔으면 그냥 조용히 놀다 갈 것이지, 왜사 물을 흐리나?"

종혁의 입에서 흘러나오는 강원도 사투리.

"이 동네가 그렇게 만만해 보였나? 응?"

쩍! 쩍!

"말을 안 하네? 내 말이 안 들리나? 뭐야, 니 자나? 에이, 자네."

"어이!"

고개를 돌린 종혁은 씩씩거리며 다가오는 다른 조직원의 모습에 고개를 모로 기울였다.

"누구? 아, 일행? 그렇다면 내가 미안해요. 솔직히 이쪽도 잘한 거 없잖아요. 왜 엄한 아가씨들을 추행하고 그래요. 친구 관리를 좀 똑바로 해야겠어요."

"이 개새끼가!"

종혁의 얼굴을 향해 날아드는 두꺼운 발.

피식 웃은 종혁이 발등을 그대로 후려친다.

빠아악!

"……끄아아악!"

"친구끼리 아주 똑같네."

"끄으윽! 너, 너 뭐야?"

발등을 움켜쥔 채 주저앉아 종혁을 죽일 듯 노려보는 사내.

종혁은 피식 웃었다.

"뭐긴. 오랜만에 고향 내려온 사람이지."

빠득!

"……이 동네에서 생활하는 놈이냐?"

"생활? 아, 너 깡패 양아치나? 이야, 요새 깡패 양아치들도 좋게 사나 보다야. 이런 데를 다 놀러 오고."

"넌 뒤졌다, 이 개새끼야."

촤악!

"꺄아악!"

놈의 품에서 뽑혀 나오는 칼.

느려지는 시간 속, 종혁은 칼을 빼자마자 달려드는 놈의 팔을 휘감으며 그대로 몸을 뒤로 뉘었다.

그에 강남범동방파 조직원이 속절없이 딸려 오고, 종혁은 놈의 팔을 휘감은 자신의 팔을 위로 잡아 올린다.

뿌드드드득!

"끄아아아악! 흐아아악!"

부러지듯 관절에서 뼈가 뽑혀 버리며 인대가 끊긴 팔꿈치를 움켜쥔 조직원이 얼음 바닥 위를 뒹굴자 종혁이 누웠던 몸을 일으키며 담배를 문다.

그러며 주변을 살피다 혀를 찬다.

'흠. 똑똑한 놈이 있나 보네.'

이를 악물며 이쪽을 노려보지만 달려들지 않는 조직원들.

아쉬워한 종혁이 팔꿈치를 잡은 채 이쪽을 공포에 질린 눈으로 쳐다보는 조직원을 본다.

찰칵! 치이익!

"왜? 칼 빼 들면 내가 무서워 할 줄 알았나?"

"너, 너 정체가 뭐야······."

"자라."

쩍!
주먹으로 턱을 돌려 버린 종혁은 손을 보곤 혀를 찼다.
"에이. 피 묻었네."
삐요오옹!
"아, 왔네. 여기요, 여기!"
종혁은 저 멀리 다가오는 경찰차를 향해 손을 흔들었다.
그의 미소는 참 해맑았다.

"저 개……!"
-참아.
"하지만 형님!"
-우리가 건달이라고 소문낼래?
낸다고 해도 지금은 아니다.
나중에 서울에서 다른 형님이 내려오셔야 정체를 드러낼 수 있다. 아니면 경찰 등 골치 아픈 일이 생긴다.
-애들 다 빠져나오라고 하고, 한 놈만 파출소에 가 있으라고 해.
"아."
무슨 뜻인지 알겠다.
"알겠습니다, 형님."
강남범동방파 조직원은 경찰들과 마주하는 종혁을 보며 입술을 비틀었다.

* * *

신고를 받고 출동한 경찰들이 바닥에 널브러진 조직원 둘과 종혁을 멍한 눈으로 번갈아 본다.

보통 덩치가 아님에도 뭘 어떻게 맞은 건지 얼굴이 피투성이가 된 조직원들과 어서 수갑을 채우라는 듯 양손을 내미는 종혁.

"어…… 선생님을 폭행 현행범으로 체포합니다. 선생님은……."

"들은 걸로 할 테니까 그냥 넘어 갑서."

"……강원도분이셨네. 그런데 왜사……."

"진술서 쓰면서 다 말해 드릴게요."

"예. 선생님은 현 시간부로 체포되는 겁니다."

철컥!

"막내, 너는 구급차 두 대 불러서 저분들 옮겨라. 저러다 죽겠다."

"예."

"선생님은 저와 함께 가시죠."

종혁은 순순히 경찰을 따라나서며 수사본부의 경찰들 중 한 명에게 따라오라고 눈짓을 보냈고, 이내 순찰차에 올라탔다.

"아니, 열 받는 일 있어도 좀만 참지, 뭐 한다고 사람을 그리 만듭니까?"

입고 있는 옷도 깔끔하고 좋은 게 잘사는 집 아들 같은

무법자들 〈165〉

데 왜 사람을 팬 것일까.

장년인 경찰은 가슴이 답답했다.

"이건 쌍방으로도 엮을 수 없잖아요."

통통!

뒷좌석과 앞좌석을 분리시키는 강화플라스틱판이 두드려지자 장년인 경찰은 얼굴을 구겼다.

"왜사 부르…… 헉!"

투명한 플라스틱판에 붙여진 경찰공무원증.

"추운 날 저 때문에 더 고생이 많으십니다. 반갑습니다. 최종혁 총경입니다."

"추, 충성!"

"예, 충성. 사건 때문에 잠시 신세를 진 것뿐이니 양해 부탁드립니다."

"사, 사건?"

"예. 그러니 저와 입 한번 맞춰 주실 수 있겠습니까?"

종혁은 경찰을 보며 눈을 빛냈고, 경찰은 눈을 동그랗게 떴다.

딸랑!

파출소의 문이 열리자 고개를 든 경찰들이 의아해한다.

"무슨 일로 오셨습니까?"

"아, 제가 화장실이 급해서 그런데 화장실 좀 이용할 수 있겠습니까?"

"……김 순경!"
"예!"
파출소 화장실은 웬만해선 민원인 혼자 이용할 수가 없다.

화장실까지 가는 길에 경찰만 알아야 하는 기밀 문건이 있을 수 있고, 안에서 무슨 일이 벌어질지 모르기 때문이다.

몸을 일으킨 젊은 경찰은 덩치 큰 남성을 화장실로 데려갔고, 이내 곧 다시 파출소의 문이 열린다.

딸랑!

다시 고개를 든 경찰들은 눈을 동그랗게 떴다.

"잘한다, 잘해!"
"아! 아아!"

종혁의 귀를 잡은 채 들어오는 평창파출소의 경찰.

"아프다니까요!"
"아픈 거 아는 놈이 왜사 사람을 그따위로 만드나?! 앉아라, 이 멍청한 놈아!"

종혁을 자신의 자리 맞은편 의자에 앉힌 경찰.

자리에 앉은 경찰이 얼굴을 구기고, 종혁은 꼬집힌 귀를 박박 문지른다.

그런 그들을 보는 파출소 내의 경찰들이 당황한다.

신고를 받고 출동한 경찰이 가해자를 데려왔는데, 누가 봐도 아는 사이인 듯 친밀해 보이는 모습.

그런데 문제는 여기 있는 경찰들 모두 종혁을 처음 본

다는 것이다. 인구가 8천여 명인 평창읍. 웬만해선 다 아는 사이였다.

"그럼 우리 평창을 보러 온 관광객들을 추행하는데 그걸 가만히 놔둬요?"

"그래서 20년 만에 고향에 돌아오자마자 사람 둘을 병신으로 만들었나! 전화기는 뭐한다고 들고 다니나!"

"그건 반성한다니까요……."

종혁은 꿍얼거리며 몸을 돌렸고, 경찰은 혀를 찼다.

그런 그들의 모습에 결국 궁금증을 참지 못한 옆 경찰이 슬그머니 입을 연다.

"임 경사님, 누구래요?"

"니 기억 안 나나? 저기 옛날 문방구 손자!"

"아! 아아아!"

질문을 던진 경찰뿐만 아니라 평창에서 나고 자란 다른 경찰들도 놀라 까무러친다.

약 이십여 년 전, 자식 따라 미국으로 건너간 문방구 할아버지.

이곳에 있는 삼십대 이상의 경찰들 중 어릴 적 문방구에서 엿 한 번 얻어먹어 보지 않은 적이 없기에 그들의 얼굴에 반가움이 서린다.

"와. 걔가 벌써 이렇게 컸어? 야, 너 내가 누군지 기억하냐?"

"이야, 잘 컸네. 근데 얘를 왜 데려온 거야?"

"왜 데려오긴. 송어축제 행사장에서 사람 둘을 병신으

로 만들어서 데려왔지."

"……어이구."

"그건 여자를 추행하려고 해서 그랬다니까요!"

"신고! 신고, 인마!"

종혁을 데려온 경찰이 서류철을 들자 종혁은 움츠렸고, 종혁이 파출소에 들어오자마자 바로 화장실을 나왔던 강남범동방파의 조직원이 눈을 가늘게 뜨며 파출소 한구석에 세워진 정수기로 향한다.

"됐고. 일단 어디서 자는데? 집은 구했나?"

"아, 구했어요."

종혁은 수사본부의 주소를 말했고, 경찰은 그 주소를 그대로 받아 적었다.

딸랑!

순간 다물어지는 종혁과 경찰의 입.

고개를 돌린 종혁은 사라진 조직원에 눈을 가늘게 떴다.

"알았어. 그 사람들 깨어나면 다시 부를 테니까 너도 가 봐라."

"수고하셨습니다."

고개를 숙이며 눈빛을 교환한 종혁은 파출소를 빠져나갔고, 그런 그의 모습에 경찰들은 당황했다.

"뭐이냐. 이리 빨리 끝내도 되나?"

"이름도 알고, 나이도 알고, 주소도 아는데 더 할 것 있드래요?"

"그렇다면 그런 거이긴 한데……."

경찰들은 찜찜한 표정을 지었고, 종혁과 합을 맞춘 경찰은 파출소 문을 보며 걱정 어린 표정을 지었다.

'이거 지원은 안 해 줘도 되나 모르겠네.'

대체 이 평창에서 무슨 일이 벌어지고 있는 것일까.

무슨 험한 일이 벌어지기에 서울경찰청뿐만 아니라 저 멀리 신안에서도 형사들이 올라온 걸까.

그는 부디 동네가 시끄럽지 않게 끝나길 바랐다.

언제나 조용한 동네, 평창이.

* * *

평창의 한 모텔.

네 명의 이십대 사내가 바닥에 머리를 박고 있고, 그보다 나이가 조금 많은 사내가 삼십대 사내 앞에 무릎을 꿇고 있다.

"애들 상태는?"

"둘 다 최소 3개월은 쉬어야 한다고 합니다, 형님."

한 놈은 이가 6개나 부러지다 못해 턱뼈와 광대뼈가 아작이 났고, 다른 한 놈은 팔꿈치에 장애가 남을 거란 소견을 받았는데 턱뼈가 박살 난 탓에 최소 한 달은 죽만 먹어야 한다.

스윽!

삼십대 사내가 옆에 놔둔 야구방망이를 들고 일어나 바

닥에 머리를 박고 있는 사내들의 엉덩이를 후려쳤다.

뻐어억!

"건달이란 새끼들이! 일반인한테! 쥐 터져서! 병신이 돼?!"

빽! 빽! 빽!

야구방망이가 엉덩이를 후려칠 때마다 무너지는 자세들.

비명이 입 밖으로 튀어나오려 했지만, 억지로 누른 사내들이 다시 바닥에 머리를 박으며 엉덩이를 치켜세운다.

"죄송합니다, 형님!"

"시정하겠습니다, 형님!"

모텔 방을 쩌렁쩌렁하게 울리는 외침.

"병신 새끼들."

야구방망이를 집어 던진 삼십대 사내가 아직도 무릎을 꿇고 있는 사내를 향해 입을 연다.

"그 새끼는?"

"형님. 경찰과 아는 사이입니다, 형님."

"닥쳐, 이 병신 새끼야! 그럼 건달이 당했는데, 병신같이 참고 있으라고?!"

"……마침 근처가 놈이 사는 집입니다."

"저기 가서 대가리 박고 있어."

"예, 형님!"

무릎을 꿇고 있던 사내가 몸을 일으키자, 삼십대 사내

가 생각에 잠긴다.

'일단 다 데려가야겠지?'

아까 봤을 때 사람을 치는 게 범상치 않았다.

실력도 실력이지만, 그 잔인했던 손속.

순간 같은 업계 사람인 줄 알았다.

하지만 파출소에 다녀온 조직원의 말에 의하면 그건 아닌 것 같다고 했다.

'미국에서 왔다라……'

"에이."

미국 하면 가장 먼저 떠오르는 것이 바로 총.

그는 이내 고개를 저었다.

총기 소지가 불법인 한국. 물론 그렇다고 해서 총을 구하지 못하는 건 아니지만, 설사 총을 가지고 있다고 해도 상관없었다.

방금 전 조직원에게 말한 것처럼 이쪽이 먼저 맞았다. 이걸 보복하지 않는다면, 밥숟가락을 놓는 수밖에 없었다.

자존심 문제였다.

'그래도 혹시 모르니 연장을 차고 가야겠네.'

그의 눈빛이 스산하게 빛날 때였다.

지이잉! 지이잉!

"예! 식사는 하셨습니까, 형님. 전화 받았습니다, 형님."

-별문제 없지?

움찔!

"예, 형님! 별문제 없습니다, 형님!"

-……문제 있는 것 같은데?

"아닙니다, 형님! 정말 문제없습니다, 형님!"

-흐음. 그래, 알았어. 완전히 선 넘지 말고. 일주일 뒤에 보자.

"예, 형님! 들어가십시오, 형님!"

전화 상대가 앞에 있는 것도 아닌데 몸을 일으켜 허리를 90도로 숙였던 삼십대 사내는 이를 악물었다.

"하, 씨발. 뭐라고 변명하냐."

데리고 있는 조직원 두 명이 병신이 됐다.

왜 그렇게 됐는지 꾸며내야 했다. 일반인에게 당했다고 한다면 아무리 보복을 했다고 하더라도 징계를 받을 테니 말이다.

그는 지끈거리는 관자놀이를 꾹꾹 눌렀다.

평창 읍내에 어둠이 내려앉고도 한참의 시간이 흐른 후.

모텔의 문이 열리며 검은 정장을 입은 강남범동방파 조직원들이 걸어 나온다.

저녁 10시, 늦은 시간이라서 그런지 인적 하나 없는 적막한 거리. 그들이 내뿜는 살기가 거리를 흉흉하게 물들인다.

이윽고 한 빌라 건물 앞에 도착한 그들이 잠시 멈춰 선다.

"들어가자."

우르르 올라간 그들은 종혁이 머무는 방 앞에 섰다.

그리고 초인종 카메라에 비치지 않도록 현관문 양옆 벽에 몸을 붙였고, 한 조직원이 품 안에서 칼을 꺼내 든다.

그리고 초인종을 누른다.

띵동!

조용한 복도를 올리는 초인종 소리에 숨을 죽이는 그들.

이윽고 안에서 목소리가 들려온다.

-네. 누구세요!

"배달입니다!"

안에 있는 종혁이 배달을 시켰든, 시키지 않았든 상관없다. 일단 현관문을 열기만 하면 그대로 칼을 쑤실 테니 말이다.

-네, 열려 있어요!

"예?"

-열려 있다고요!

당황하며 삼십대 사내를 바라보는 조직원.

마찬가지로 당황했던 삼십대 사내는 이내 눈빛을 굳히며 고개를 끄덕였고, 조직원은 문을 잡아당기며 몸을 안으로 날렸다.

그건 다른 조직원들도 마찬가지였다.

그런데…….

"헉!"

"뭐, 뭐야!"

안으로 얼마 들어가지도 못한 채 굳어 버린 조직원들.

그럴 수밖에 없다.

그들의 목표인 종혁뿐만 아니라 험악한 인상의 형사 6명이 각목이나 야구방망이를 든 채 대기하고 있었기 때문이다.

삼십대 사내는 얼굴을 구겼다.

'씨발! 생활 뛰는 놈 아니라며!'

그 순간이었다.

양옆 집의 문이 열리더니 형사들이 뛰어나와 그들의 퇴로를 막는다.

"어이! 칼 버려! 쉽게, 쉽게 가자!"

'짭새!'

미국에서 온 놈이 아니라 경찰이었다.

"……씨발! 뚫어!"

종혁은 등을 돌리는 놈들을 향해 몸을 날렸다.

꽈앙!

모두가 등을 돌린 게 아니다.

종혁들을 향해 두 놈이 칼을 쳐들며 달려든다.

제일 선두에 선 종혁의 배를 향해 날아드는 칼날.

느려진 시간 속, 종혁의 몸이 급히 제동을 걸며 허리가 틀어진다.

그와 동시에 휘둘러져 칼을 든 손목 안쪽을 후려치는 주먹.

뿌지직!

살이 뭉개지고 뼈가 부서지는 감촉과 함께 가장 먼저 달려든 놈의 팔이 튕겨져 나가고, 활짝 열리는 가슴을 향해, 그 심장을 향해 종혁의 주먹이 휘둘러진다.

꽈앙!

입에서 심장으로 향하는 숨통이 끊기는 소리가 귀를 자극함과 동시에 뒤로 날아가는 조직원.

함께 있던 형사들에게 달려드는 조직원을 힐끔 본 종혁이 퇴로가 막힌 현관문을 뚫기 위해 등을 돌리고 있는 조직원을 향해 달려든다.

형사 두 명이 달라붙어 처리하고 있으니 신경을 꺼도 된다. 그보다는 대가리로 보이던 놈의 확보가 우선이다.

종혁은 등을 돌린 조직원의 옆구리를 향해 주먹을 휘둘렀다.

콰지직!

다시 주먹을 자극하는 뼈가 부러지는 감촉.

종혁은 옆구리를 잡고 무너지는 놈도 무시하며 방금 전 도망치라는 명령을 내린 놈을 향해 달려든다.

왜인지 도망치는 것에 집중하지 않고 핸드폰을 꺼내어 뭔가를 하는 그.

그러다 이쪽을 발견하곤 기겁하는 그를 향해 이를 드러낸다.

"가만히 있어, 새끼야."

막아야 한다.

회귀 전 강남범동방파의 유명했던 행동 강령 중 하나.
경찰이나 검찰에 걸릴 것 같으면 연락처를 모두 지워라.
 핸드폰을 잡은 손을 움켜쥔 종혁은 놀라 반항하려는 놈의 배를 향해 무릎을 쳐올렸다.
 퍼어엉!
 놈이 허공에 붕 뜨는 것과 동시에 다시 원래대로 돌아온 시간.
 "커허억?!"
 종혁은 한 방에 힘이 풀린 놈에게서 핸드폰을 뺏으며 거의 현관문을 벗어난, 칼을 붕붕 휘두르기에 경찰들이 쉬이 달려들지 못해 거의 현관문을 벗어난 남은 놈들을 향해 달려들었다.
 그리고 그 뒤통수를 향해 주먹을 휘둘렀다.
 쩌어억!

* * *

삐용! 삐용!
 "아이고, 수고하십니다. 또 민폐를 끼치네요."
 얼굴에 튄 피를 닦으며 사과하는 종혁의 모습에 희게 질린 평창파출소 경찰들이 고개를 젓는다.
 패싸움이 벌어진 것 같다는 신고를 받고 출동했더니 아까 경찰서에서 만났던 문방구 할아버지의 손자, 종혁이 그 자리에 있자 크게 혼을 내려고 한 그들.

그러나 곧 종혁의 진짜 정체를 듣게 되었고, 그들은 이렇게 질려 버릴 수밖에 없었다.

총경. 4만여 명 평창 군민의 치안을 책임지는 치안 총괄, 평창경찰서의 서장과 같은 계급이었다.

아닌 밤중의 날벼락에 그들은 모든 상황을 알아차리곤 낮에 실수를 한 게 없나 필사적으로 머리를 굴리며 안쪽을 본다.

"그런데 저놈들은……."

빌라 거실 한구석에 무릎을 꿇은 채 고개를 숙이고 있는 덩치들. 딱 봐도 상태가 위험해 보이는 그들의 모습에 경찰들의 심장이 놀란다.

"하하. 평창서와는 내일까지 교통정리를 할 테니 너무 걱정 마십시오. 그럼 수고하십시오."

"추, 충성! 필요한 게 있으시면 언제든 연락하십쇼!"

"예, 조심히 가세요. 아, 그리고 이건 맛있는 거라도 사서 파출소 식구분들과 나눠 드십시오."

기겁하며 거부하는 경찰들의 손에 수표를 쥐여 준 종혁은 문을 닫으며 끙끙거리고 있는 조직원들에게 다가갔다.

"야, 이 중에 누가 네 윗대가리냐?"

종혁이 핸드폰을 내밀자 이들 중 대가리가 반발한다.

종혁이 너무 빨리 달려들어 단 하나의 전화번호도 지우지 못한 핸드폰.

"씨발! 이거 함정 수사야!"

"함정 수사 이 지랄하네."

이 상황에 당황한 건 오히려 종혁이다.

이놈들을 한 번에 엮어 낼 계획의 일환으로 오늘 낮에 둘을 병신으로 만들었다.

그리고 내일 다음 단계를 밟을 예정이었다.

일명 얼쩡거리기.

경찰에 잡혀갔는데도 앞을 얼쩡거리면 이놈들에게 주어지는 선택지는 좁혀질 수밖에 없다.

눈이 뒤집혀 달려들거나, 아니면 이를 악물고 참거나. 그것도 아니면 그냥 철수하거나.

종혁은 이들이 철수하길 바랐다.

그래서 이놈들이 본인들의 윗대가리로 안내하길 바랐다.

그런데 이렇게 될 줄이야.

깡패 새끼들 뒤가 없는 건 익히 알고 있지만, 이렇게까지 생각이 없을 줄은 몰랐다.

"아니, 파출소에 사람을 보내 내 위치나 정체를 알아낼 정도로 조심성도 많은 새끼들이 왜 이런 짓을 한 거지?"

역시 태생은 무시할 수 없는 것 같다.

"그리고 새끼야. 니들 깡패 새끼들한텐 함정 수사 이런 거 적용 안 돼."

정말 억지로 적용을 시켜 봐야 종혁 자신을 담그러 온 행위. 이것만 함정 수사로 엮어 풀려날 수 있을 거다.

그러나 이것이 아니더라도 평창송어축제에서 난장을

부리던 정황, 아니 증거를 확보해 놓은 상태다.

"거기다 부녀자 추행까지. 내가 업무 방해에 협박까지 제대로 엮으면 너흰 무조건 실형이야."

"개소리하지 마!"

업무 방해, 성추행 모두 벌금으로 끝날 수 있다.

"야. 나 총경이야. 31살인데 총경이라고. 이 말이 뭔 뜻인지 몰라?"

섬뜩!

엘리트 중 엘리트 경찰.

"총경이 단순히 사건만 잘 해결한다고 해서 이 나이에 올라갈 수 있는 계급일까? 아니, 됐고. 골라 봐."

"뭐, 뭘……."

"서울중앙지검으로 갈래, 아니면 남부지검으로 갈래? 법원도 어떤 판사한테 판결받을래? 어차피 강남범동방파가 아니라고 말할 거지?"

"흡?!"

조직의 이름이 튀어나오자 설마 눈앞의 경찰이 자신들의 정체를 알고 있을 거라곤 생각 못했던 그는 경악했다.

종혁이 평창 사람 같다기에 평창경찰서 형사들인 줄 알았던 그.

"부정하고 싶으면 부정해 봐. 적당한 이름 만들어 붙여서 너희 패거리들 범죄단체조직죄로 엮으면 돼."

쿵!

종혁은 재차 경악하는 그의 옷을 잡아 그대로 내렸다.

콰드득!
단숨에 찢어지는 그의 옷.
"크윽!?"
"이렇게 몸뚱어리에 그림들도 있으니, 검사님이나 판사님들도 다 깡패로 생각해 주실 테고."
이 말이 결정타였다.
"……왜 이러십니까."
"왜 이러긴. 니들 다 엮어서 뽑아내려고 하는 거지. 그러니까 조금이라도 형량 덜 받으려면 불어."
이 전화번호 중 네 윗대가리가 누구냐.
코앞에 내밀어지는 핸드폰에 그는 고개를 푹 숙였다.

* * *

평창송어축제를 먹으려고 했던 강남범동방파 조직원 여섯 명은 그들이 잡아 놓았던 숙소인 모텔에 감금됐다.
"와아. 다행이다."
거리를 본 종혁이 안도의 한숨을 푹 내쉰다.
다행히도 내리지 않은 눈.
역시 정도를 벗어난 눈은 쓰레기였다.
고개를 저은 종혁이 평창송어축제 행사장으로 향한다.
"어?"
행사장 입구에서 관광객들을 매표소로 안내하던 우빈이 종혁을 보며 깜짝 놀란다.

경찰에 잡혀갔는데 괜찮은 걸까, 처벌을 받는 건 아닐까, 그런데도 왜 여기에 온 걸까 그런 걱정 어린 눈빛에 종혁이 다가가 그의 어깨를 두드린다.

"이제부터 그놈들은 못 올 테니까 안심하셔도 됩니다. 그리고 늦게 해결해서 죄송합니다."

"예?"

"고마우면 좀 있다가 어묵 국물이나 배달해 줘요. 여긴 다 좋은데 너무 추워."

인간적으로 너무 춥다.

"하긴 물이 30센티 언다는 것부터가 비정상적인 거지."

우빈의 어깨를 다시 두드린 종혁은 털레털레 매표소로 향했고, 우빈은 그런 종혁을 멍하니 바라봤다.

그리고 그 모습을 모두 본 이성동 반장은 혀를 내둘렀다.

"……저 양반 원래 저럽니까?"

참 많은 뜻이 내포된 물음에 신안경찰서 강력 1팀장이 뿌듯해한다.

"그만큼 범죄 척결에 대해 진심이시라는 거 아니겠습니까."

"아니, 서장으로서의 업무를 말한 겁니다만."

"아, 그건……."

할 말이 없다.

걸핏하면 현장으로 달려가는, 아니 그러다 못해 진두지

휘를 하는 종혁.

솔직히 부하 직원으로서 사무실을 내팽개친 그의 모습이 썩 좋다고는 할 수 없다.

"그래도 자기 할 일은 다 하고 저러는 양반이니 뭐……."

"그건 대단하네. 아니, 괴물인가?"

"대단하다는 걸로 마무리합시다."

괴물이라는 말에는 적극 동의하지만, 그래도 자신의 상사다. 더 이상 흉보면 자기 얼굴에 침 뱉기였다.

"거기 아저씨 둘. 다 들립니다."

"허흠."

헛기침을 한 이성동과 강력 1팀장이 종혁을 따라붙는다.

"그러면 이제 뭘 하실 생각이십니까?"

"뭘 하긴요. 기다려야죠."

이번에 검거한 놈들의 바로 윗대가리가 찾아올 때까지.

"……정말 괜찮습니까?"

"괜찮아요. 고생하는 건 현재의 제가 아니니까요."

고생을 하는 건 미래의 자신.

'힘내라, 미래의 나.'

이놈들을 일망타진할 때까지 쌓일 일감에 치일 미래의 자신을 향해 종혁은 심심한 명복을 빌어 보았다.

*　*　*

부우웅!

서울의 한 거리를 느릿하게 달리는 차가 한 식당 앞에 멈춰 선다.

"도착했습니다, 형님."

그렇게 말하자마자 얼른 운전석에서 내려 뒷문을 여는 이십대 중반의 사내.

"음."

인상이 날카롭고 덩치가 큰 사십대 사내, 강남범동방파의 간부 이정백이 차에서 내려 앞에 있는 식당에 들어간다.

우글우글.

고소한 고기 굽는 냄새와 사람들로 가득한 식당.

카운터에 서 있던 사장이 하얗게 질리며 다급히 카운터를 빠져나온다.

"오, 오셨습니까."

땀을 뻘뻘 흘리는 사장.

"2주일 만입니다, 사장님. 장사는 여전히 잘되는군요."

"모, 모두 사장님께서 걱정해 주신 덕분입니다."

"제가 한 게 있나요. 모두 사장님 음식 솜씨가 좋아서 이렇게 번창하시는 거죠. 난장을 까는 새끼들은 없고요?"

"어, 없습니다!"

"그런 놈 있으면 언제든 연락 주세요. 그러려고 보호비를 받는 거 아니겠습니까. 물수건 같은 게 부족하진 않으시죠?"

"예, 예."

"음? 부족해야 될 텐데?"

이정백의 눈살이 일그러지자 사장의 얼굴이 하얗게 질린다.

"아, 안 그래도 내일 발주하기로 했습니다!"

"그래, 그럴 것 같더라니까요. 그런데 고기 냄새가 좋네."

"시, 식사를 아직 안 하셨다면 드시고 가시죠?"

"아아, 됐습니다. 돌아볼 곳이 많아서."

"그, 그래도 이렇게 가시면 제 마음이……."

"어이구. 그렇게 말하시니 어쩔 수가 없네요. 간단히 주십시오."

"예, 예."

빈자리로 안내된 이정백.

곧 사장이 직접 고기를 가져와 굽는다.

"이, 이제 드시면 됩니다."

"역시 고기도 구울 줄 아는 사람이 구워야 한다니까."

때깔이 죽인다.

"사장님도 드시죠?"

"저, 전 일을 해야 돼서……."

"혼자 먹으라고?"

울상이 된 사장은 결국 이정백의 맞은편에 앉을 수밖에 없었고, 이정백은 소주를 들어 강제적으로 술을 권했다.

결국 술까지 마시게 된 사장.

이정백은 술을 주거니 받거니 웃음을 터트린다. 오직

이정백만 진심으로 웃는 대화를 하며.

"그럼 잘 먹고 갑니다."

"이, 이건 제 성의입니다."

안주머니로 쑥 들어오는 하얀 봉투에 이정백의 눈살이 다시 꿈틀거린다.

"사장님, 내가 말했죠. 우리는 정당한 보호비 외에 상인을 삥 뜯는 그런 양아치들 아니라고."

"나, 날이 더 추워지지 않았습니까. 사장님이 너무 걱정돼서 옷 한 벌이라도 해 드리고 시, 싶어서 드리는 겁니다. 제 성의를 무시하지 말아 주십시오."

"……어흠. 그렇게까지 말하신다면야. 밑에 애기들에게 사장님이 겨울옷 사 주셨다고 말해 놓겠습니다."

"예, 예."

"그럼 번창하세요."

이정백은 흡족히 웃으며 식당을 나섰고, 그가 차를 타고 사라지자 사장이 이를 악문다.

"개새끼……."

'뭐? 양아치가 아니라고?'

그런 놈이 보호비 외에 따로 용돈을 챙겨 주지 않으면 자기 밑에 있는 깡패들을 모두 여기 식당으로 보낸단 말인가.

그들이 깽판을 치는 건 아니다. 그냥 식사를 먹으러 오는 거다.

하지만 이정백의 부하인 걸 뻔히 아는데 밥값을 받을

수 있을까. 그러면서 먹기는 또 얼마나 염치없이 먹는지.
 차라리 이렇게 용돈을 챙겨 주는 게 싸게 먹히는 편이다.
"여보……."
"뭐하러 나왔어."
"그냥 신고하는 게 어때요?"
 금방이라도 눈물을 흘릴 듯 울상을 짓는 아내의 모습에 사장은 얼굴을 구겼다.
"저기 옆 동의 식당 이야기 못 들었어?"
 깡패들이 괴롭힌다고 신고를 했는데, 깡패 중 가장 나이가 어린 한 명만 잡혀 들어갔다고 한다.
 그리고 저 깡패들의 보복이 시작됐다.
 영업 방해는 물론이고, 가족들을 향한 협박까지.
 한 달 매출이 수천만 원이었다던 식당은 결국 문을 닫을 수밖에 없었다.
"하지만 이렇게 살 순 없잖아요! 저놈들이 억지로 대출까지 하게 해서 이자까지 나가는데!"
"……조금만 참자. 그러면 될 거야."
 사장은 결국 울음을 터트리는 아내를 데리고 식당을 나섰다.

 부우웅!
 다시 도로를 달린 이정백의 차가 멈춰 선 곳은 강남의 한 유흥주점이었다.

"역시 관리직도 쉬운 게 아니야."
"그렇습니까, 형님?"
"방금도 봐. 상인 관리를 위해 억지로 밥을 먹어야 했잖아."

선거일이 되면 시장에 들러 음식들을 꾸역꾸역 먹는 정치인들의 심정이 이해될 정도다.

그렇게 말하며 뒷문으로 들어가 주류 창고로 향한 그.

창고 가득 쌓인 술들을 본 이정백의 입가에 흡족한 미소가 맺힌다.

"역시 장사는 물 장사가 최고지."

만취한 놈들에게 물을 탄 가짜 양주를 판매한다.

돈이 복사되는 기적이지 않은가.

"오셨습니까, 형님!"

주류 창고에서 유흥주점으로 이어지는 문이 열리며 한 삽십대 사내가 헐레벌떡 들어온다.

"마중 나가지 못해서 죄송합니다, 형님!"
"내가 일부러 들어온 건데, 뭘. 됐어. 그보다 주류들은 이게 전부야?"
"예, 형님. 그렇습니다, 형님."
"그러면 이대로 자리 확보해 놔."
"……무슨 일인지 여쭤봐도 되겠습니까, 형님."
"큰형님이 신사업을 시작한다더라."

한 번 이 유흥주점에 들른 손님들을 단골로 만들 신사업.

아이템이 뭔지 말해 주진 않았지만, 건달 생활을 한 지 벌써 20년이 넘었다. 뭔지 대충 예상이 갔다.
'그거겠지.'
"아! 알겠습니다, 형님! 저 그런데……."
"왜?"
"성준이는 일을 잘하고 있다고 합니까, 형님?"
이정백은 피식 웃었다.
"그래도 동기라고 신경이 쓰이나 보다?"
"죄송합니다, 형님."
"아니야. 평창에서 잘하고 있는 것 같더라."
"다행입니다, 형님. 알겠습니다, 형님."
이정백은 고개를 끄덕였다.
'다행이지.'
평창송어축제는 겨우 시작일 뿐이니 말이다.
지자체가 사활을 걸고 관광객을 유치하는 축제에 그렇게 많은 예산이 투입된다는 걸 알게 된 후 얼마나 놀랐던가.
주인 없는 금덩이가 굴러다니는 노다지밭.
이후 여러 축제들을 조사해 보니 평창송어축제가 가장 만만해서 간 보기에 들어간 것일 뿐, 내년에 평창송어축제의 집행부를 차지하게 된다면 그 노하우를 바탕으로 다른 강원도 축제들을 모두 집어삼킬 예정이다.
'그리고 전국 축제도…….'
그렇게만 된다면 큰형님, 보스의 오른팔이 되는 것도

꿈은 아니다.
'조직의 2인자가…….'
입술을 비튼 그는 보기만 해도 배가 부르는 주류들을 가만히 바라보다 몸을 돌렸다.

* * *

일주일 후, 평창송어축제의 행사장에 모습을 드러낸 이정백이 핸드폰을 든다.
"도착했다. 어디야?"
-버, 벌써 도착하셨습니까, 형님? 지금 행사장 안입니다, 형님! 지금 나가겠습니다, 형님!
'응?'
잠시 핸드폰을 귀에서 떼고 바라보는 이정백.
'추워서 그런 건가?'
목소리가 묘하게 떨린다.
"그래. 얼른 와라."
통화를 종료한 이정백이 차에서 내려 담배를 문다.
"춥습니다, 형님."
"됐어."
차를 너무 오래 타고 와서 그런지 몸이 찌뿌둥하다. 맑은 공기를 마셔야 할 것 같다.
찰칵! 치이익!
"후우우."

걸음을 옮긴 이정백이 행사장 안쪽으로 향한다. 축제를 찾은 사람들이 얼마나 많은지 직접 확인하기 위해서다.

어차피 자신의 것이 될 금덩이.

확인을 하는 게 옳았다.

"어서 오세요! 평창송어축제입니다! 매표소는 저쪽입니다!"

"음."

낯빛이 밝은 우빈의 인사에 고개를 끄덕인 이정백이 더 안쪽으로 걸음을 옮기다 저 멀리서 다가오는 부하를 발견하곤 멈춰 선다.

그런데…….

오싹!

갑자기 치미는 한기. 아니 이건 촉, 본능이라고 할 수 있다.

의아해한 이정백의 눈이 부하의 주변을 빠르게 훑는다.

"씨발!"

부하의 뒤에서 아닌 척 따라오는 세 명.

그리고 어색한 부하의 얼굴.

이를 악문 이정백은 다급히 차로 달려가 문을 닫는다.

"왜, 왜 그러십니까, 형님?"

"닥치고 얼른 출발해!"

짭새다. 왜인지 모르겠지만, 짭새가 붙은 거다.

"예, 예. 알겠습니다, 형님!"

그 순간이었다.

'어?'

갑자기 이정백의 옆에서 드리워지는 그림자와 차 앞을 가로막는 다른 차.

쫘아앙!

순간 터져 나가는 차창과 함께 쑥 들어온 손이 이정백의 멱살을 잡아 끌어낸다.

"하, 새끼가 일을 귀찮게 만들고 있어."

종혁은 이 눈치 빠른 쥐새끼를 어떻게 요리해야 할까 고민을 하기 시작했다.

"으아악!"

바닥에 내팽개쳐진 이정백이 다급히 몸을 일으킨다.

"뭡니까! 누굽니까!"

일단 모른 척한다.

강남범동방파의 행동 강령 중 하나.

결코 동료를 팔아먹지 않는다.

상황이 완전히 어그러진 것 같지만, 이정백은 그걸 믿을 수밖에 없었다.

이것만이 살길이었기 때문이다.

그런 그의 모습에 핸드폰부터 뺏었던 종혁과 차를 포위하던 형사들이 어이없다는 듯 웃는다.

"이야. 그렇게 나오시겠다? 어이, 이정백."

"내 이름은 또 어떻게 안 겁니까! 그리고 내 핸드폰 돌려주세요!"

"강남범동방파의 간부이자, 저기 이성준을 비롯한 행동대장 셋을 데리고 있는 놈."

'제길!'

역시나 모두 들켰다.

하지만 그는 시치미를 뗐다.

"강남범동방파? 그게 무슨 뭡니까?"

"와, 이 새끼. 너 왜 연기 안 하냐?"

계속 뻔뻔한 이정백의 모습에 종혁은 뒤로 손을 까딱였다.

그에 평창송어축제를 집어삼키기 위한 첨병으로 파견된 놈들이 끌려온다.

"얘도 모르시겠다고? 네 핸드폰 뒤져서 얘 전화번호 나오면 어떡할래?"

"이 사람이 누군데 이럽니까? 아니, 차 빼세요! 더 이상 이렇게 협박을 하시면 저도 신고하겠습니다!"

"해."

"예?"

"하라고, 새끼야. 여기 핸드폰 줄까?"

종혁은 한숨을 내쉬었다.

더 이상 들어 줄 수가 없었다.

"야. 형이 형을 한 번 소개해 볼 테니까 잘 들어. 형이 올해로 서른한 살인데, 계급이 총경이야. 재작년까지 본청 특수범죄수사대의 대장이었고, 작년까지 경찰청 홍보부장, 작년부터는 경찰서장이야. 그리고 이쪽은 서울청 강력계와 강력범죄수사대 반장님들. 이 소개에서 뭐 느끼는 거 없냐?"

머리 좀 굴릴 줄 아는 깡패라면 이 약력이 얼마나 말이 안 되는지 알 수밖에 없다.

정말 그렇다는 듯 이정백의 낯빛이 하얗게 질린다.

"……이런 씨발."

평창경찰서의 형사가 아니라 서울에서 내려온 것이다. 강남범동방파, 자신들을 잡기 위해.

종혁은 그를 향해 한 발 다가서며 입술을 비틀었고, 이정백은 종혁을 독기 어린 눈으로 노려봤다.

"그럼 이해한 걸로 받아들일게. 이정백 씨, 당신을 일단 공갈협박 및 업무방해 교사 혐의로 체포……."

"그래. 내가 강남범동방파의 보스 이정백이다."

쿵!

"야, 이 새끼야!"

뻐억!

그의 턱을 돌려 버린 종혁의 주먹.

옆으로 주춤 물러난 이정백이 입과 코에서 흐르는 피를 닦으며 비릿하게 웃는다.

"내가 보스 맞아. 내가 맞다고, 이 새끼야!"

까드득!

뒷목을 잡은 종혁은 이성동 반장을 봤다.

당황하고 있는 그와 서울경찰청 강력범죄수사대의 팀장.

"하아."
골치 아프게 됐다.
종혁은 한숨을 푹 내쉬었다.
"이 핸드폰이랑 저 차량 GPS 기록 포렌식 맡기고, 저 놈 핸드폰도 뺏어서 포렌식 맡기세요."
"예, 예!"
"넌 나랑 이야기 좀 하자."
종혁은 이정백의 멱살을 잡아끌었다.

* * *

-여기서 마무리하지, 최 서장.
"하지만 서울청장님!"
-마무리는 우리가 하지. 수고했어.
달칵!
통화가 종료된 핸드폰을 노려보던 종혁이 핸드폰을 집어 던진다.
"씨발!"
이럴 줄 알았다.
이정백을 끝으로 사건을 마무리하려는 게 아니다.
간부인 이정백을 낚아챘으니 그 윗선까지, 조직의 보스까지 타고 올라가는 건 시간문제라고 생각하는 것일 터.
방금 전의 마지막 멘트가 그 증거다.
이정백이 쏘아 올린 작은 공이 종혁의 뒤통수를 후려친

거다.

"와."

너무도 오랜만에 자신이 차린 밥상을 뺏겼다.

어이가 없었다.

"아니, 내가 아무리 신안서라고 해도 이건 아니지!"

관할이 다르니 배척을 하는 건 이해한다.

물론 머리로만.

자신이 아니었으면, 이놈들의 존재를 내년이나 되어서야 알았을 서울경찰청. 아니, 내년부터서야 파고들었을 서울경찰청.

'그래, 씨발. 어디 맘대로 해 봐!'

만나 주지도 않은 채 전화로만 통보를 하는 서울경찰청장의 모습에 종혁은 제대로 삐져 버렸다.

그나마 다행이라면 결국 서울경찰청이 결국 이들을 일망타진한다는 것이다.

무엇보다 평창송어축제에서 피바람이 불지 않게 된 것도.

내년 축제에서 집행부에게 칼질을 하는 걸로 인해 확실하게 실체가 드러나게 된 강남범동방파.

그걸 막은 것만이 겨우 위로가 돼 줄 뿐이었다.

이정백의 폭거 아래 고생하던 상인이나 다른 민간인들이 평안을 찾은 것도 말이다.

"아니, 완벽한 일망타진은 아니지."

일망타진은 맞지만 놈들 중 행동대원들 대부분은 범죄

단체결성도 아니고, 단순 가담도 아니고, 협박 같은 소소한 죄목으로 형을 살게 된다.

강남범동방파의 대가리와 몸통을 찾아내지 못한 형사들이 아래 조직원들과 거래를 한 것이다.

강남범동방파는 그렇게 대한민국에서 사라지게 된다.

"이 반장님도 나가리가 됐으려나······."

정말 미안해하는 모습으로 헤어진 이성동 반장.

이정백의 거짓된 증언에 앞으로 돌아갈 상황을 눈치챈 거다.

어쩌면 수사본부에서 퇴출되지 않았을 수도 있지만, 퇴출될 확률이 높다. 그래도 같은 서울경찰청 소속이니 나중에 놈들을 일망타진할 때 지원 요청 정도나 할 거다.

"쯧. 이 반장님에겐 따로 선물을 드려야겠네."

보너스와 인사고과를 듬뿍 받게 해 주겠다고 호언장담했는데, 그 약속을 지키지 못하게 됐다.

입안이 텁텁했다.

"에이, 씨발."

벌떡 일어난 종혁이 방문을 열고 나간다.

"서장님!"

"미안합니다. 내가 괜히 설레발을 쳐서 헛걸음을 하게 만들었네요."

"아, 아닙니다!"

"저흰 괜찮습니다, 서장님!"

"예! 서장님은 괜찮으십니까?"

무법자들 〈197〉

방금 전 분노에 찬 외침을 들었다. 그걸 듣고도 짜증을 낼 경찰은 이 자리에 없었다.

거기다 종혁이 자신들에게 얼마나 잘해 주었던가.

"하, 진짜 서울깍쟁이들 못 쓰겠네! 아, 물론 서장님을 말하는 건 아닙니다."

"씨벌것들. 그냥 다 놓쳐 버려라!"

"서장님! 서울청 깍쟁이들에게 말하지 않은 정보 있습니까? 있다고 해 주십시오!"

있다.

종혁은 입술을 비틀었다.

"아마 이정백의 입을 열기가 꽤 힘들 겁니다."

경찰이나 검찰에 잡혔을 때, 어떻게 행동해야 할지에 대한 강령을 하나하나 세세하게 짜 놓은 강남범동방파.

교도소에서 푹 썩을 각오까지 하면서 위를 지키려고 한 놈의 입을 쉽게 열진 못할 거다.

'그래서 조직원들과 그런 거래를 했던 거지.'

꽤 탁월해서 회귀 전 종혁도 이마를 탁 쳤던 방법.

그런데 그 방법을 고안해 낸 형사가 당장 어제까지 호흡을 맞췄던 강력범죄수사대 3팀의 반장과 형사들이 아니라는 점이다.

아니, 담당도 서울경찰청이 아니라 경기경찰청이었다.

'어디 뺑이 한번 쳐 보쇼.'

"오오오!"

피식!

종혁은 진심으로, 오히려 자신을 걱정해 주는 신안서 형사들의 모습에 가슴이 따뜻해지는 걸 느꼈다.
"에이, 기분입니다. 오늘 자고 내일 내려갑시다! 각자 방 하나씩 골라 잡으세요! 제가 오늘 이 신화호텔 쏩니다! 드시고 싶은 거 먹고 싶은 거 다 드세요!"
"헉!"
"우오오오오……!"
"서장님! 서장님!"

* * *

벽 한쪽에 커다란 잉어 그림과 일본도 두 자루가 걸린 화려한 사무실.
안경을 낀 중년인이 앞에 놓인 서류철에 사인을 한다.
똑똑!
"들어와."
문이 열리며 들어오는 삼십대 후반의 사내.
"큰형님."
"사무실이야."
"죄송합니다, 회장님."
허리를 깊이 숙이는 사내의 모습에 중년인은 옆에 쌓인 다음 결재 서류를 가져온다.
"무슨 일이야?"
"어제 이 상무가 경찰에 잡혔다고 합니다, 회장님."

탁!

볼펜을 내려놓은 중년인, 강남범동방파의 보스 오정훈이 고개를 든다.

"어쩌다?"

"확실치는 않지만, 평창에서 작업을 하던 게 어그러진 것 같습니다, 회장님."

평창. 자신의 조직 강남범동방파의 강원도 진출 선봉이 될 장소.

평창송어축제를 기점으로 변변한 조직이 없는 강원도 모든 시군을 잡아먹으려고 했던 계획이 어그러졌단 소리에 오정훈이 담배를 문다.

찰칵! 치이익!

"왜 이제야 알게 된 거지?"

어제 잡혔다면 어제 알려졌어야 했다.

"서울청에서 비공개 수사본부를 조직해서 그런 것 같습니다, 회장님."

움찔!

전 국민이 다 알게 되는 특별대책수사본부가 아닌 비공개 수사가 원칙인 비공개 수사본부.

그들이 자신의 조직을 노린다는 것에 짜증과 불안이 솟구치면서도 의문이 생긴다.

비공개가 무슨 뜻인가.

수사본부에 소속된 경찰 말고는 그 누구도 수사본부의 정보를 알 수 없기에 비공개인 것이다.

그런 오정훈의 기색을 알아차린 사내가 입을 연다.

"이 상무가 검거되면서 원래의 수사본부가 해산되고, 강력범죄수사대 3팀을 주축으로 한 수사본부가 조직됐다고 합니다, 회장님."

이 덕분에 정보를 입수할 수 있었던 것이다. 수사본부에서 빠진 서울경찰청 강력계 이성동 반장 팀의 가벼운 입 덕분에.

졸지에 쫓겨난 그들은 술김에 하소연을 한 것이지만 말이다.

"수사 인력은?"

"강력 3팀과 수사지원과 한 팀입니다, 회장님."

그렇다면 다행이다. 그 정도면 말이 수사본부지, 그냥 일개 수사팀이 수사를 하는 것뿐이다.

인식 프로그램 시리즈라는 게 전국 경찰들에게 퍼졌다지만, 오정훈은 아무리 그걸 이용하더라도 자신에게 도달하지 못할 거라고 생각했다.

"걱정 마십시오. 이 상무가 입을 열 일은 없을 겁니다, 회장님."

박 전무의 호언장담에 오정훈의 눈이 가늘어진다.

"이 상무를 박 전무 자네가 데려왔던가?"

"예. 교도소에서 목숨을 구해 줬고, 이 상무 조모상도 제가 치러 줬습니다. 이 상무가 배신을 할 일은 없습니다, 회장님."

바로 이런 이유 때문이다.

조직의 간부들, 그리고 일부 행동대장들 모두 서로가 서로에게 빚이 있다.
　안심을 한 오정훈이 고개를 끄덕인다.
　"이 상무에게 변호사 지원해 주고……."
　말을 흐리는 순간 돌변하는 그의 눈빛.
　"어떤 짭새 새끼가 이 상무를 딴 거야?"
　"그 시작은 최종혁이라는 신안경찰서장인 것 같습니다, 회장님."
　"신안?"
　박 전무의 입에서 종혁이 자신들의 조직을 인식하게 된 계기가 흘러나온다.
　"뭐야. 그러면 문제가 없잖아."
　"원래부터 서울청 강력대에서 저희 조직 이름을 알고 있긴 했는데, 이 최종혁이란 놈이 저희 조직 이름을 콕 찍어서 언급했다고 합니다, 회장님."
　"어떻게 알고?"
　"그건 변호사가 이 상무를 접견하면 알게 될 것 같습니다, 회장님."
　"……그 새끼 뭐하는 새끼야?"
　박 전무가 종혁의 프로필을 내민다.
　"……영화도 이렇게 찍으면 삼류라는 소리를 들을 것 같은데."
　어쩔 수 없이 경찰들과 밀접한 삶을 사는 오정훈이 봐도 말이 안 되는 약력.

"그런데 신안이라…… 좌천인가?"
"신생 경찰서이긴 하지만 그렇다고 판단됩니다. 회장님."

정말 경찰 상부에서 키워 주기로 작정한 엘리트라면 먼 신안이 아니라 서울이나 수도권, 혹은 대도시의 경찰서장을 맡아야 한다.

이건 좌천됐다고 볼 수밖에 없다.

'하늘 높은 줄 모르고 건방을 떨다가 팽을 당한 거군.'

그렇게 견적이 뜨자 오정훈의 입가가 비틀어진다.

"건달 체면에 이대로 가만히 당하고만 있으면 다른 놈들에게 얕보일 테고……."

일반 조직원이라면 또 모른다. 그런데 조직의 중추라고 할 수 있는 간부까지 잘려 나갔다.

아무리 경찰이라지만, 좌천을 당한 놈에게 얻어맞았는데도 가만있는다면 서울의 다른 조직들이 자신을 얕볼 것이다.

자신이 그 위세를 빌린 범동방파까지.

그렇게 얕보이는 순간 자신의 조직은 여러 조직들의 타깃이 될 뿐이다.

이건 자존심 싸움이었다.

"이렇게 하지."

좌천을 당했다지만 그래도 경찰이다. 그것도 총경.

피의 보복은 다른 방식으로 해야 됐다.

오정훈은 방법을 말했고, 박 전무는 깜짝 놀랐다.

"하지만 회장님! 그건……."
"이놈은 건달이 아니잖아."
그렇기에 건달 사이의 불문율을 지킬 필요는 없다.
"이 일 끝나면 그 강력계 팀장과 팀원들도 작업 들어가."
"……예. 알겠습니다. 아무도 모르게 하겠습니다, 회장님."
"나가 봐. 이 상무도 달래고."
"예. 알겠습니다, 회장님!"
허리를 깊이 숙인 박 전무는 회장실을 빠져나갔고, 그걸 보던 오정훈은 종혁의 프로필을 쓰레기통에 버리며 다른 결재 서류를 가져왔다.
사무실은 다시 적막에 휩싸였다.

한편 밖으로 나온 박 전무가 눈을 가늘게 뜬다.
"최종혁이라……."
피식!
"이게 또 이렇게 얽히는군."
입술을 비튼 박 전무는 핸드폰을 들었다.
"어. 나야. 우리와 연결되어 있지 않은 청부업자들 좀 알아봐."

* * *

눈이 소복소복 내리는 거리.

모자를 깊이 눌러쓰고 마스크를 쓴 한 남성이 어느 건물 앞에 선다.

빌딩의 입구 위에 적힌 글자, 정혁빌딩.

안으로 발을 내딛던 사내가 입구 옆 관리실을 힐끔 바라본다.

"하아암."

멍하니 TV를 보다 하품을 하는 젊은 관리인.

"응? 어, 잠깐. 누구십니까?"

"급해서 그런데 화장실 좀 쓸 수 없을까요?"

"아, 요새 이런 분들 많으시네. 날이 추워져서 그런가? 쯧, 알았어요. 안쪽으로 가시면 됩니다."

"네, 감사합니다."

'쉽네.'

처음 입구에 관리실이 있고, 경비원이 계속 상주한다는 것에 얼마나 놀랐던가.

그러나 지켜보니 있느니만 못한 수준이었다.

거의 자동문 수준.

마스크 안쪽, 입술을 비튼 남성이 안쪽에 있는 화장실로 향하다 그 옆의 계단을 타고 조심히 위로 올라간다.

그러다 잠시 2층에 멈춰 서서 정혁뷔페라고 적힌 불이 꺼진 식당을 바라본다.

저녁 9시. 목표물은 지금 집에 있을 시간이다.

다시 조심히 계단을 걸어 올라간 그가 맨 꼭대기, 엘리베이터 바로 맞은편에 있는 문을 향해 손을 가져간다.

그 순간이었다.

터억!

'흡?!'

갑자기 입을 틀어막은 우악스런 손길.

남성은 반사적으로 품에서 칼을 꺼내 뒤로 내지른다.

하지만······.

펑! 펑!

복도를 크게 채운 소음과 남성의 양 다리에 내려꽂힌 막대한 고통. 그리고 마스크를 썼음에도 콧속으로 빨려 드는 화약 냄새.

'끄으으으윽!'

"쉬, 쉬. 조용히 해야지?"

뭔가. 대체 뭐란 말인가.

속절없이 엘리베이터로 끌려가는 남성의 두 눈이 공포로 질리기 시작했다.

뚜벅뚜벅!

싸늘한 복도를 빠르게 걷는 종혁의 얼굴에서 감정이 사라져 있다.

언젠가 생길 줄 알았던 일.

그래서 대비를 했던 일.

그러나 막상 닥치고 나니 머리끝까지 열이 뻗친다.

'이 개새끼들이 감히 또-!'

그의 전신에서 끔찍한 살의가 뿜어져 나온다.

"최."

문 앞에 선 SVR 요원이 막아서자 종혁이 고개가 삐딱하게 기울어진다.

"볼 것이 못 됩니다, 최."

"비켜요."

오싹!

"음."

SVR 요원으로 활동하며 산전수전을 다 겪은 그의 심장을 할퀴는 삭막한 목소리.

요원은 결국 비켜설 수밖에 없었고, 문을 열고 들어간 종혁의 코로 비릿한 피 냄새가 빨려 든다.

"최."

"나탈리아."

피가 튄 그녀의 얼굴과 손.

"엄마는요?"

"걱정 마세요. 고정숙 씨는 아무것도 모르고 있으니까."

종혁의 집은 현관문 밖에서 수류탄이 터져도 모를 정도의 방음 공사가 되어 있다. 같은 시각 고정숙은 밖에서 무슨 일이 벌어졌는지 전혀 눈치채지 못한 채 편안하게 TV를 보고 있었다.

"현재는 잠이 든 상태고요."

"……감사합니다."

"최!"

차마 두려워 안부 전화조차 못했던 종혁이 후들거리는

다리를 짚으며 허리를 깊이 숙인다.

다행이다.

회귀 전, 못난 아들 때문에 비명에 가셨던 어머니.

그런데 또 못난 아들 때문에 돌아가실 뻔했다.

이번엔 지켜 드릴 수 있어서 정말 다행이었다. 아무것도 모른 채 일상을 누릴 수 있어서 다행이었다.

허리를 숙이는 종혁의 모습에 당황했던 나탈리아가 이내 작은 미소를 짓는다.

"이제야 우리 SVR이 일다운 일을 했네요."

장난기가 섞인 그녀의 모습에 종혁이 울컥한다.

'대체 뭘 줘야 하지?'

가진 돈, 앞으로 벌 돈으로 할 수 있는 모든 일들이 종혁의 머릿속을 스쳐 지나간다.

"최. 우린 친구죠?"

친구끼린 고맙다는 말을 하는 게 아니다.

그런 그녀의 푸근한 미소에 종혁이 다시 울컥한다.

'나중에 주려고 했는데……'

과거, 놈들 회사가 러시아에서 벌이려 했던 다단계 투자 사기.

금광을 미끼로 수많은 피해자를 낳을 뻔한 사건을 막으며 거두었던 놈들의 현지 직원들, 하마터면 억울하게 사기에 이용을 당할 뻔했던 채굴 기술자들을 본격적으로 움직일 때가 온 것 같다.

"예. 친구죠."

종혁의 머릿속에서 러시아에 잠든 수많은 광맥이 스쳐 지나간다.

회귀 전 한국의 사기꾼들이 아이템으로 삼았던 금광 투자 사기. 그중 상당수가 러시아의 광산이었는데, 훗날 몇몇 광산은 정말 금광인 것으로 밝혀지기도 했다.

그리고 먼 미래에 모습을 드러내며 전 세계를 발칵 뒤집는 러시아 최대 금광까지.

"지금도, 그리고 앞으로도 계속 친구일 겁니다."

주먹을 꽉 쥔 종혁의 시선이 방 중앙 의자에 앉은, 사람이 아니라 고깃덩이라고 해도 믿을 법한 형태를 한 히트맨에게로 향한다.

죽일까, 살릴까.

툭 쳤다가는 죽어 버릴 것 같은 참혹한 모습에 종혁의 주먹이 아쉬움에 부르르 떨리고, 나탈리아는 난처한 표정을 짓는다.

'이런.'

아무래도 종혁이 또 뭔가를 주려는 것 같다. 아직 러시아가 갚아야 할 빚이 너무 많은데도 또 뭔가를.

막대한 채무, 그 부담감이 그녀의 가슴을 짓누른다.

"후우. 놈들입니까?"

"……아무래도 아닌 것 같아요."

"아니라고요?"

깜짝 놀란 종혁이 나탈리아를 본다.

"……놈들의 표식이 없는 겁니까?"

나탈리아가 고개를 끄덕이며 인조가죽 커버를 씌운 책 한 권을 내민다.

"놈의 안가에서 찾은 물건이에요."

의아해하며 받아 든 종혁의 표정이 이내 딱딱하게 굳는다.

"이, 이건?"

살인 명부다.

1999년부터 작성된 살인 명부.

강도 살인, 강간 살인, 방화, 낙하물에 의한 사망, 교통사고 사망 등 종혁이 알지 못하는 수많은 사건과 그 사건을 의뢰한 의뢰자들의 신원이 한가득 들어 있다.

그중 마지막 장에 적힌 내용이 종혁의 시선을 붙든다.

목표- 고정숙
의뢰 내용- 배와 허벅지에 칼침 한 방씩. 살해 X.
특이점- 전국에서 알아주는 부동산 부자임에도 경호원이 없음.

"까드드득!"

어머니 고정숙의 사진까지 붙은 의뢰 내용에 종혁의 분노가 들끓는다.

"현재까지 확인을 마친 사건들의 모든 인과 관계를 따져 봤을 때, 저놈은 아무래도 놈들과 연관이 없는 살인청부업자 같아요."

"……그 말이 놈들이 아니라는 소리는 아니죠."

놈들이 꼬리를 드러내지 않으면서 이쪽을 간 보려 하는, 아니 경고를 하는 것일 수도 있다. 놈들 회사와 전혀 상관이 없는 청부업자를 이용해서.

그렇게 말하던 종혁은 이내 낯빛이 굳혔다.

자신도 생각해 낸 걸 나탈리아가 모르고 있을까. 그것까지 모두 확인을 마친 뒤에야 방금과 같은 가설을 말한 것이 분명했다.

"설마 내가 잡아 처넣은?"

나탈리아가 다시 고개를 끄덕이며 웬 사내의 사진을 내민다.

"여러 ATM에 돈을 나눠서 수차례 저 청부업자의 계좌로 돈을 입금한 놈들이 만난 놈이에요."

쿵!

'이 새끼는?'

아는 얼굴이다.

그렇기에 어머니 고정숙에게 닥칠 뻔했던 이유 모를 위협이 누구에서 비롯된 것인지 이해해 버리고 만다.

나탈리아는 굳어 있는 종혁을 향해 나른히 웃었다.

"강남범동방파. 익숙한 이름이지 않나요?"

아름답고도 위험한 미소.

이를 악문 종혁이 뻣뻣해지는 뒷목을 주무른다.

"……하! 이 개새끼들 봐라?"

까드득!

'웬만하면 서울청에 맡기려고 했는데…….'

안 될 것 같다.

놈들은 자신이 목숨을 내놓고서라도 지켜야 하는 소중한 보물, 역린을 건드렸다.

"말만 하세요, 최. 이놈들 목을 모두 따서 당신에게 드릴 테니까!"

이르지만 신년 선물로.

종혁은 미소가 더 위험해지는 나탈리아를 바라보다 고개를 저었다.

"아니요. 그것만으로는 부족하죠."

"흐음?"

부족하다. 너무 부족하다.

사람들은 자다 죽는 걸 보고 호상이라고 한다.

SVR이 움직이면 놈들의 말로는 그런 호상일 수밖에 없다.

"잘해 봐야 몸에 총알 구멍 몇 개 나는 수준이겠죠."

감히 어머니 고정숙을 건드리려고 했는데, 고작 그 수준으로 끝낼 수 있을까.

"호오……?"

종혁은 이번엔 대체 어떤 재밌는 일을 하려는 걸까 호기심을 드러내는 나탈리아를 보며 핸드폰을 들었다.

"태홍아, 100억이다."

쿵!

-무슨…….

"너 혼자 다 처먹어도 좋고, 전국 조직들에게 알려도 좋으니까 일주일 안에 강남범동방파, 이 개새끼들에 대해 전부 알아 와. 그럼 100억 준다."

-……예?

"참고로 얘들 해체된 후에 얘들이 차렸던 업장은 다 너희 거다. 딱 알아 온 만큼만 인정해 줄 거야."

쿵!

종혁은 입을 다무는 이태홍에 입술을 비틀었다.

'자, 이제 서로 물고 뜯어라.'

개새끼들이 개새끼들을.

나탈리아는 흉흉하게 웃는 종혁의 모습에 배꼽을 잡으며 끅끅 웃었다.

* * *

전화가 끊긴 핸드폰을 멍하니 바라보던 이태홍의 낯빛이 굳는다.

"매제."

"예? 네, 형님."

새콤한 냄새를 가득 풍기는 빨간 양념을 듬뿍 입에 듬뿍 묻힌 이태홍의 매제 김동철이 의아해한다.

"누가 어떤 새끼들에 대해 알아 오면 100억을 준대."

"어떤 미친놈이요?"

"오빠, 누가 100억 준대?! 그거 우리 자기한테 맡겨!"

이태홍은 옆에서 우아하게 새우 요리를 한 입 베어 물다가 눈을 동그랗게 뜨는 만삭의 동생을 일견했다.

"경찰이."

"……사기꾼이네! 오빤 나이가 몇 살인데 아직까지 그런 말에 속아? 신경 끄고 밥이나 먹어!"

"넌 좀 조용히 해!"

차라리 사기라면 좋겠다.

하지만 지금 이런 말도 안 되는 제안을 한 사람은 그럴 능력이 충분히 있는 사람이었다.

"아무튼! 그 미친놈이 어떤 새끼들……."

하나뿐인 여동생 선미의 남산처럼 부푼 배와 그녀의 옆에 앉아 열심히 중국 음식을 먹는 어린 조카들을 본 이태홍이 황급히 말을 고친다.

"어떤 사람들에 대해 알아 오기만 하면 100억을 준대."

진지한 그의 모습에 김동철도 입술을 닦으며 진지해진다.

"어떤 사람들을 말입니까?"

"같은 건달."

움찔!

"어……."

"그럼 그거네. 그 새, 아니 그 사람들에게 된통 당한 재력가가 빡, 열 받아서 현상금 건 거. 대체 얼마나 열이 받았으면 100억을 현상금으로 거냐?"

이태홍과 김동철의 시선이 여동생이자 아내인 선미에

게로 향한다.

"얼마나 알아 오래? 아, 그 돈이면 전부겠구나. 기한은 얼마나 되는데?"

"일주일."

"에이, 우리 자기 콩고물 좀 떨어지나 했더니……."

움찔!

"야. 네 오빠가 이태흥이야. 이 내가 그 돈을 혼자 다 먹을 수 없을 것 같아?"

"목포 조직 아니지?"

정곡을 찌른 말에 이태흥은 입을 다물었고, 선미는 첫째 딸의 입가에 묻은 양념을 닦아주며 입을 열었다.

"전국 건달들에게 싹 다 연락 돌려서 그 사람들 업장, 창고, 조직원, 죄목, 연관된 조직과 권력자들, 싹 다 알아봐서 가져다…… 그렇구나. 그것뿐만이 아니구나. 와, 이 사람 무서운 사람이네."

"……뭐가 아니라는 건데?"

"아무래도 몰이사냥까지 하라는 것 같아."

"몰이사냥?"

"응. 다 물어뜯은 후에 숨통만 붙여 놓으라고. 오빠, 이거 잘못 먹으면 교도소 가겠다."

오싹!

"뭐?!"

"이 사람, 건달들에 대해 유감이 많은 사람 같아."

'유감이야 많겠지!'

경찰이니까.
하지만 그게 문제가 아니다.
"그래서 이 기회에 쳐낼 놈들을 다 쳐내겠다고?"
"나라면?"
'쓰벌?'
아니다. 그럴 리가 없다. 종혁이 자신의 입으로 태흥건설은 인정해 준다고 하지 않았던가.
선미는 혼란해하는 오빠 이태흥을 보며 한숨을 내쉬었다.
"에휴. 오빠, 그 사람이 대체 얼마나 무서운 거야?"
"뭐?"
"얼마나 무섭기에 몇 백억, 아니 몇 천억짜리 판이 눈앞에 있는데도 망설이고 있어? 평소 오빠라면 절대 놓치지 않았을 일이잖아."
쿵!
"……그렇게 쳐내진 놈들의 구역을 먹어 치워라?"
온몸이 저릿해지며 열이 오른다.
선미는 흥분하는 오빠를 보며 다시 한숨을 내쉬었다.
"그렇게 먹어 치우면 감당은 되고? 그냥 적당히 사업체 몇 개랑 지분만 챙겨. 건설 회사 몇 개만 통합시켜도 도급 순위가 몇 단계는 뛸걸?"
그 가치만 해도 지금 준다는 100억 이상은 될 거다.
"그 사람도 딱 그것만 원하는 것 같고."
선을 넘는 순간 이쪽이 엿 될 것 같은 불길한 느낌.

"잘되면 우리 자기 지분도 좀 챙겨 줘."

그렇게 말한 선미는 칠칠맞게 소스를 묻히고 먹는 남편 김동철의 입을 닦아 주었고, 멍하니 여동생을 바라보던 이태홍은 얼굴을 구겼다.

"매제, 한 대만 맞자."

"가, 갑자기 왜 그러십니까!"

"우리 자기 때리기만 해, 진짜!"

선미가 김동철을 막아서자 이태홍은 얼굴을 더 구겼다.

이렇게나 똑똑한 여동생 선미. 공부만 계속했어도 최소 판검사는 됐을 하나뿐인 여동생.

그런 여동생을 꼬드겨 대학 중퇴 유부녀로 만든 게 바로 매제다.

저 능력 없는 주제에 욕심만 많은 놈팡이가.

이러니 화가 안 날 수가 있나.

씩씩거리던 이태홍은 이내 생각에 잠겼다.

'100억은 그냥 미끼다?'

딱 알아 온 만큼만 인정해 주겠다던 종혁의 말엔 그런 의도가 숨어 있었던 것이다. 후에 그 자리를 차지할 조직을 체크해 놓고, 나중에 실적이 필요하면 쓸어버리려는 의도.

'그래! 이거였어!'

강남범동방파를 물어뜯으면서 발생할 범죄의 증거들만 해도 충분히 구속감.

'맞아. 그놈은 충분히 그러고도 남을 놈이야.'

문제는 종혁은 이태홍 자신이 이걸 알아차릴 거란 걸 분명 예상하고 있었을 거란 점이다.

'나이도 어린놈이 어찌나 이쪽의 생리에 대해 밝은지.'

역시 여동생의 말이 맞는 것 같다.

'이 개새끼!'

하지만 그래도 달려들 수밖에 없다.

이 현상금에 생각 없이 달려들 전국 조직들을 생각하면, 그들마저 소탕된 후를 생각하면 몇 천억의 자금이 주인 없이 굴러다니는 거다.

이걸 달려들지 않으면 바보 병신인 거다.

'나처럼 이걸 독약이라고 생각하는 놈들도 많겠지만……'

아닌 놈들이 훨씬 많을 거다.

그리고 종혁도 그걸 노리는 것일 것이다. 돈 욕심에 눈이 돌아가 선을 넘는 놈들을 일거에 쳐낼 기회를.

어차피 건달들끼리 치고받는 것뿐이니 경찰과 검찰, 정부로선 반길 수밖에 없는 일.

심지어 조직폭력배 일제 소탕에 관한 명분까지 줄 수 있다.

"전국이 시끄러워지겠군."

하지만 잘만 하면 전라도에서 그 누구도 건드릴 수 없는 철옹성을, 아니 전라도 전체를 먹어 치울 수 있을 것 같다.

흉흉한 미소를 지은 이태홍은 핸드폰을 들었다.

"어! 김 회장! 나야, 목포의 이 회장! 혹시 강남범동방파란 놈들에 대해 알아? 이름만 들어 보면 범동방파 하부…… 오, 알아?"

이 기회에 쳐낼 놈, 함께할 놈을 가르는 거다.

멀지 않은 미래, 전라도 전체를 아우를 자신의 왕국을 위해!

이태흥의 미소가 더 짙어지기 시작했다.

* * *

사악! 삭!

서울의 한 식당 앞에 있는 쓰레기를 쓸던 장년인 사장이 잠시 허리를 펴다 하늘을 본다.

흐릿한 하늘처럼 흐릿한 그의 낯빛.

"무슨 일이지?"

그 개새끼, 이정백에게서 연락이 오지 않은 지 벌써 보름째다.

수금은 2주마다 한 번씩 해도 연락은 거의 매주마다 하는 이정백. 또 매주 금요일이나 토요일에는 이정백의 부하들이 슬그머니 식당을 둘러보고 간다.

그리고 물수건 등을 강매한다.

그렇게 한 번에 사는 양이 무려 2주일 치. 매달 한 달 치의 물수건 등이 식당 창고에 쌓이다가 쓰레기로 내버려지는 거다.

심지어 또 그럴 때마다 용돈을 줘야 한다.

그런 이정백이, 어제 왔어야 했던 오질 않으니 사장으로선 걱정이 더 많아질 수밖에 없었다.

'이번엔 뭘 더 얼마나 뜯으려고!'

어쩌면 보호비를 더 올리려는 수작일 수도 있다.

"그, 그렇다면……?"

곧 가게를 엉망으로 만들 진상들이 나타날 수 있었다.

울상이 된 사장은 결국 담배를 물고 만다.

'하. 식당 앞에선 담배를 피우면 안 되는데.'

들어오던 손님도 돌아 나가게 만드는 게 바로 식당 주인이 식당 앞에서 담배를 피우는 거다.

하지만 속이 답답해서 어쩔 수가 없었다.

찰칵! 치이익!

"빌어먹을. 이번엔 대체 얼마를 올리려고. 그냥 가게를 팔아 버릴…… 응?"

끼이이익! 치이익!

갑자기 가게 앞 도로에 서더니 문이 열리는 버스.

그 안에서 똑같은 추리닝을 입은 짧은 머리에 덩치 크고 인상이 험악한 남자들이 내리자 사장의 다리가 풀려 버린다.

'왔구나!'

드디어 왔다. 이정백이 보낸 조폭들이.

사장은 눈을 질끈 감으며 힘들게 몸을 일으켰다.

"아이고, 사장님 되시죠?"

"보호비를 올려 드리겠습니다!"

"예? 으하핫. 이거 저희 얼굴을 보고 이상한 오해를 하셨나 본데, 저희 그런 사람들 아닙니다. 보십시오!"

사장은 몸을 돌린 사내들의 등에 박힌 글자에 눈을 동그랗게 떴다.

태흥건설 운동동아리 천하장사

"어제 단체 예약을 했는데, 자리랑 고기 충분하죠?"

인상이 무척이나 험악한 중년인은 사장을 보며 의미심장하게 웃었다.

* * *

부우웅! 스르륵!

서울의 외곽, 고풍스런 한옥으로 지어진 한정식 식당의 주차장으로 고급 세단 한 대가 들어서자 주차장에 서 있던 검은 양복을 입은 수많은 사내들이 일제히 주목을 한다.

탁!

"내가 제일 늦은 건가."

이태흥이 문을 열고 내리자 허리를 깊이 숙이는 검은 양복의 사내들.

그들을 무시한 이태흥이 대문을 넘어 식당 안으로 들어선다.

스륵!

안내된 방의 문을 열고 들어가자 그를 향해 주목되는 시선들.

인상이 험악한 장년인들의 시선에, 한가득 기백을 내뿜는 그들의 박력에 이태홍이 입술을 비튼다.

"이거 늦었습니다. 오랜만입니다, 선배님들."

"목포에서 출발한 거면 늦을 수 있지."

"오랜만입니다, 이 회장."

몸을 일으켜 서로 악수를 하는 여섯 명의 장년인.

빈자리에 앉은 이태홍이 담배를 꺼내 문다.

"후우우."

방 안을 뿌옇게 물들이는 담배 연기에 장년인들, 전국에서 내로라하는 전국구 조직의 회장들이 눈을 가늘게 뜬다.

'참을성 없기는.'

누가 건달 아니랄까 봐 인내심이 부족하다.

그에 속으로 웃은 이태홍이 담배를 끈다.

"공사다망한 분들을 모셔 놓고 너무 여유를 부렸나 보군요."

"허흠."

"큼."

"그럼 바로 본론으로 들어가겠습니다. 평소 저와 친분이 깊은 어느 재력가분께서 제게 100억의 현상금을 걸었습니다."

"그러니까 우리보고 강남범동방파를 물어뜯으라는 말

아닙니까."

"정확히는 그놈들에 대한 모든 걸 알아 오라는 것이었습니다."

"최종혁이가?"

움찔!

이태홍이 진한 경상도 사투리를 쓰는 인물을 바라본다.

부산을 꽉 잡고 있는 조직인 삼성파 계열의 보스.

현재 독립해 서울의 일각을 지배하는 범삼성파의 보스가, 조직원의 숫자만 무려 85명인 그가 나른하게 웃으며 담배를 문다.

"가만 생각해 보니 와 전라도 사람이 강남범동방파를 노리나 싶데? 이 회장이 아는 사람이라고 해 봤자 전라도에서 콧방귀나 좀 뀌는 사람이나 목포 국회의원일 낀데……."

아무리 생각해 봐도 전라도 재력가가 강남범동방파와 마찰이 있을 일은 없을 테고, 그렇다고 국회의원이 강남범동방파의 작태에 기분이 상한 것 치곤 현상금의 액수가 너무 크다.

그렇다고 이태홍이 그런 국회의원에게 잘 보이려 꼬리를 흔든다고 치기에도 또 너무 큰 액수.

그러다 보니 하나의 결론에 도달하게 됐다.

"돈이 넘쳐흐르는 최종혁이가 강남범동방파 애들을 우째하려고 서울청과 짝짜꿍하려카다 나가리됐다카드만은 그 일 때문이가?"

본청의 불도저 최종혁.

수천억의 자산이 있음에도 경찰이나 하는 미친 또라이.

그리고 수사에 돈을 아끼지 않는 미친 새끼.

비록 종혁이 그들에게 무슨 짓을 한 건 아니지만, 이 자리에 있는 사람들 중 그 이름 한 번 들어 보지 못한 사람은 없었다.

모든 것이 낱낱이 밝혀진 상황에 이태홍은 도리어 웃었다.

"그래서 문제 있습니까?"

"문제? 많제!"

정말 최종혁이 이 일을 사주한 거라면, 이 일이 경찰 본청과 연관이 있는 거라면 문제가 커진다.

"그러니 다들 이 대가리에 든 거 없는 다른 조직들을 앞세우려는 거잖습니까. 아닙니까?"

움찔!

이번엔 장년인들의 몸이 굳었다가 그들 모두 의미심장한 미소를 짓는다.

맞다. 다들 그 생각을 가지고 이 자리에 참석한 거다.

괜히 이쪽이 피 볼 일 있나. 다른 놈들 다 던져 주고, 자신들은 모두가 뒈진 전쟁이 끝난 이후 남겨질 전리품들만 주우면 되는 거다.

"……선은 어디까지고?"

"불법적인 일, 범죄만 저지르지 않으면 될 겁니다."
어차피 건달들의 일. 약간의 협박 정도는 용인될 거다.
"그라믄 100억이라꼬?"
"전 그중 15억과 건설사 몇 개만 먹겠습니다."
움찔!
다시 장년인들의 몸이 굳는다.
"······전라도를 지배하려는 겁니까, 이 회장?"
"어딜요."

종혁이 두 눈을 시퍼렇게 뜨고 있는데 그게 가능키나 할까. 종혁의 묵인하에 전라도의 어둠을 손에 넣는 것뿐이다.

"아마 여기 계신 분들도 다 그렇게 되실 테고요."

여동생의 말도 있고 해서 곰곰이 더 생각을 해 보니 이런 결론에 도달한 그.

종혁이 본청으로 돌아갔을 때 대한민국의 어둠, 최소한 이 자리에 참석한 건달들의 목에 목줄을 채워 한 손에 쥔 채 흔들겠다는 것이었다.

쾅!

"내 이럴 줄 알았지! 그 미친놈이 좌천을 당해?! 누구야! 그딴 말 같지도 않은 말을 한 놈이!"

종혁이 신안으로 내려갈 때만 해도 전임 경찰청장의 목을 직접 날린 죗값을 받는 거라고 생각했는데, 이태홍의 반응을 보니 아닌 것 같다.

그냥 때가 됐기에 지방 순회를 도는 것뿐이었다.

즉, 종혁은 언젠가 다시 경찰 본청으로 돌아갈 인물이라는 뜻이고, 이 일은 종혁이 자신들에게 보내는 일종의 경고였다.

본청 복귀 과시용 첫 제물이 되고 싶지 않으면 알아서 행동하라는.

"이거 최 대장이 자기 입으로 그렇게 말한 겁니까?"

이태홍은 고개를 저었다.

"혹여 그런 의도가 아니라도 최 서장이 우리 쪽으로 눈을 돌리면 감당할 수 있겠습니까?"

고작 조직 하나 날리겠다고 100억을 쓰는 미친놈이다.

그 100억을 이 중 하나에게 준다고 약속하며 옆에 앉은 놈을 치라고 하면 무조건 전쟁이 벌어진다.

그렇게 하면 그 100억을 다 소화시키지 못한 채로 경찰에 일망타진. 100억은 다시 종혁의 손에 들어가게 될 것이다.

그런 작업을 몇 번만 하면 이 서울, 아니 대한민국은 깡패 청정 구역이 될 수밖에 없다. 물론 그게 다른 재앙을, 더 큰 재앙을 불러오기에 경찰과 검찰들도 자신들을 묵인을 해 주는 것이지만 말이다.

"나중에 좆되기 싫으면 알아서 숙이고 들어가자는 뜻이군."

"작은 빚이라도 달아 두면 나중에 써먹을 일이 있겠죠."

이태홍이 그렇게 말하자 다들 생각이 많아진다.

'이대로 돌아서 러시안룰렛을 돌려? 아니면 가까운 미래에 경찰 고위 간부가 될 미친 또라이와 인연을 만들어?'

뭐든 골치가 아프다.

"……후우. 이 회장, 왜 하필 우리요?"

"최소한 통나무 장사, 뽕 장사는 안 하잖습니까."

이게 건달을 경멸하는 종혁의 마지노선이 아닐까 싶다. 자신도 통나무, 장기 매매와 마약 판매는 하지 않으니 말이다.

"빌어먹을. 된통 걸렸군."

"하지만 포기하기엔 너무 큰 판이죠. 어쩌시겠습니까. 고? 다이?"

장년인들의 얼굴이 구겨진다.

"……씨발! 못 먹어도 고!"

텅!

"나도 고!"

경찰 고위 간부가 확실히 되는 간부에게 빚을 지어 두면서 수십, 수백억을 먹을 판이다.

이 판에서 빠지면 병신 소리를 듣게 될 거다.

아니, 여기서 빠지면 분명 이 중 누군가가 자신의 행동을 종혁에게 낱낱이 고해 바칠 거다.

그런 끔찍한 상황은 피해야 했다.

모두가 손을 들자 모든 것이 계획대로 진행된 이태흥은 입술을 비틀었다.

"그럼 여러분이 가진 정보를 공유하는 시간을 갖겠습니다. 이 새끼들 지금 어디서 뭘 하고 있습니까?"

* * *

─호오. 너 의외로 머리 좋다?
오싹!
─아니, 촉이 좋은 건가? 알았으니까, 니들이 이 뒤에 뭔 지랄을 하든 신경을 안 쓸 테니 마약이랑 장기 매매, 일반인 피해만 막아.

너희끼리 지지고 볶는 건 신경을 안 쓴다는 말.
─아, 선봉 세울 애들 명단 작성되면 나한테 넘겨. 너희들이 예쁘게 주울 수 있게 무주공산으로 만들어 줄 테니까. 그리고 내가 말하면 바로 납작 엎드리고. 못 주운 건 나중에라도 챙길 수 있게 해 줄 테니까.

통화가 종료된 핸드폰을 두려움 가득한 눈으로 바라보던 이태홍은 고개를 푹 숙였다.
"씨발. 진짜 이거였네."
'무서운 새끼.'
이런 게 진짜 경찰일까.
아니면 이놈이 규격 외의 괴물, 외계인인 걸까.
뭐든 이태홍은 서울의 조직들을 향해 명복을 빌어 줄 수밖에 없었다.
그리고 가까운 시일 내에 서울에 올라갈 종혁과 얼굴을

마주할 강남범동방파 놈들의 명복도.

"그나저나 일반인의 피해가 없어야 한다라…… 그러면 되겠군."

아무래도 소소한 업장들부터 작업해 이 전쟁에서 민간인을 배제해야 할 것 같다.

이태홍의 눈이 빛나기 시작했다.

* * *

다시 시간을 돌려 이정백에게 보호비를 뜯기던 식당 안.

"으하하핫!"

태홍건설의 사원들이 호탕하게 웃으며 술과 고기를 흡입한다.

그러나 손님들 그 누구도 그들을 시끄럽다고 생각하지 않는다.

좀 시끄러울 수 있다고, 양해를 부탁한다고 그들의 자리에 내어진 술과 고기들 때문이다.

사장도 그런 태홍건설의 조직원들을 흐뭇하게 바라본다.

'맨날 이러면 참 좋을 텐데…….'

엄청난 주문량에, 깔끔한 매너까지.

처음에 오해를 해서 너무 미안해 죽을 지경이다.

"이게 주방 식구들만 먹는 특수 부위인데, 맛 좀 보시라고 가져왔습니다."

"오! 잘 먹겠습니다! 인마들아!"

"감사히 먹겠습니다!"

"잘 먹겠습니다, 사장님!"

"아이고, 뭘요. 많이들 드세요."

딸랑!

밝게 웃으며 돌아서던 사장이 그 기분 그대로 반갑게 손님을 맞이하려던 순간이었다.

"어서 오세……."

담배를 문 채 들어오는 험악한 인상의 사내 네 명.

"여어. 오랜만입니다, 사장님?"

"어휴. 우리 큰형님 없는 동안 사정 좀 폈나 봐? 얼굴에 기름기가 좔좔 흐르네?"

"……오셨어요. 자리로 안내해 드리겠습니다."

이정백에게 용돈을 찔러 주지 않을 때마다 가게를 찾는 개새끼들이다.

드디어 올 것이 왔음에 사장의 억장이 무너진다.

털썩!

"어구구. 나도 나이가 들었나. 난 일단 삼겹살 10인분. 된장찌개 두 개. 너흰?"

"뭘 물어봐. 그냥 똑같이 다 시켜."

"들었죠?"

"……예. 곧 음식 준비해 드리겠습니다."

"아, 사장님. 우리 계산할 게 있죠? 물수건들은 좀 어때요?"
"안 그래도 내일 발주를 넣으려고 했습니다."
"오케이. 우리 사장님 깔끔하시다. 그럼 보호비는 다 먹고 나가면서 계산하기로 합시다."
"예."
고개를 꾸벅 숙이고 돌아선 사장이 이를 악물다 걱정스럽게 쳐다보는 아내를 향해 활짝 웃어 준다.
이 자리까지 오는 동안 이보다 더 험한 꼴도 겪어 봤는데, 고작 이 정도에 무너지랴.
그의 마음이 단단해진다.
'그래도 다행이네.'
보호세 인상에 관한 이야기는 꺼내지 않아서 말이다.
'그럼 어떻게 된 거지?'
이정백은 왜 보이지 않는 걸까.
사장은 궁금해하다가 이내 관둬 버린다. 뭐든 어차피 개새끼일 테니 말이다.

한편 사장이 떠난 자리 강남범동방파 조직원 네 명의 표정이 가라앉는다.
"정말 큰형님이 짭새 새끼들한테 잡혀간 거라고?"
"위에서 말했잖아. 평창에 갔던 식구들이 불었다고."
무려 보름 동안 연락이 안 된 큰형님, 이정백.
며칠 전 위에서 연락이 오지 않았다면 그들은 아직까지도 숙소를 벗어나지 못했을 것이다.

무법자들 〈231〉

쾅!

"그게 말이 돼?"

평창으로 간 식구들이 어떤 식구들인가.

자신들 중 가장 충성심이 강했기에 간 식구들이다. 그런 식구들이 배신을 했다는 걸 그들은 인정할 수 없었다.

"씨브럴. 그럼 어쩌라고. 위에서 그렇게 말했는데."

며칠 전 찾아와 그렇게 말하며 선택을 강요한 상부.

이대로 다른 파벌에 흡수될 거냐, 아니면 가진 업장을 몇 개 내놓고 존속을 할 거냐.

당연히 그들로선 존속을 택할 수밖에 없었다.

혹여 평창 식구들이 배신을 했더라도 이정백이라면 곧 나올 테니까.

그때를 위한 지지 기반을 보존해야 됐다.

"너도 같이 들었잖아."

"너? 하, 이 개새끼가. 야. 나 너보다 1년 선배야, 이 씹새꺄."

순간 살벌한 기운이 퍼지자 주변 사람들의 시선이 주목된다.

"그래서 뭐? 큰형님이 말 안 하든? 다른 조직에서 뭘 어쨌든 한식구 된 이상 다 같은 식구라고?"

다른 조직에서 1년 일찍 생활을 했더라도 이젠 같은 동료. 2년 이상 차이가 나지 않으면 그냥 동료라고 했다.

"와, 이 개새끼가……."

한 조직원이 일어서며 점퍼를 벗자 그와 시비가 붙은

다른 조직원도 질세라 옷을 벗으며 몸을 일으킨다.
 이러면 안 된다는 걸 안다.
 이정백이 가장 싫어하는 게 바로 관리하는 업장에서 같은 식구끼리 치고받는 것이니까.
 하지만 이정백이 부재중인 이상 한 번 밀리면 끝. 어제까지 야, 야 부르던 놈을 형님으로 모실 순 없었다.
 그렇게 둘의 분위기가 흉흉해지자 주변 손님들이 슬그머니 몸을 일으킨다.
 "잘 먹고 갑니다."
 "아니, 왜 더 드시지 않고……."
 "배가 불러서요……."
 그러며 이정백의 부하들을 보니 사장의 얼굴이 무너진다.
 "죄, 죄송합니다. 다음에 서비스 드릴 테니 꼭 다시 찾아와 주세요."
 "어휴. 어디 저게 사장님 잘못인가요. 수고하세요."
 "죄송합니다. 안녕히 가세요."
 눈물로 손님들을 떠나보낸 사장이 이를 악문다.
 이젠 더 이상 참을 수 없다.
 그동안 진상을 부리긴 했어도 이렇게 손님을 쫓아내진 않았던 저들. 그런데 이걸 묵인하게 되면 정말 장사를 접어야 할 수도 있겠다는 위기감이 든다.
 '그래! 한 번 죽지, 두 번 죽어?!'
 가족을 위해서, 힘들게 키워 온 이 식당을 위해서 사장은 주먹을 꽉 쥐며 발을 내디뎠다.

그때였다.

"어이! 조용히 좀 먹지?"

"어이? 어이가 없네. 빰따구를 찢어 버릴……."

말을 하던 강남범동방파의 조직원의 입이 다물어진다.

어느새 자신들을 감싸고 있는 험악한 인상의 덩치들.

낯익은 냄새가 물씬 풍김에 그들은 주춤 물러설 수밖에 없었다.

"뭐, 뭐야! 씨발! 너희들은 뭐야!"

"눈깔을 똥구멍에 달았나. 아까 들어올 때 이거 안 보였냐?"

태흥건설 운동동아리 천하장사.

'태흥건설?'

"……모, 목포 태흥파?!"

"다행이네. 그 의미 없는 눈깔에 구멍을 뚫어 주지 않게 돼서."

움찔!

"이, 이게 뭐하는 짓입니까! 여기가 우리 강남범동방파가 관리하는 업소인 거 모릅니까?! 지금 전쟁을 하자는 겁니까?!"

전쟁. 같은 건달들끼리도 웬만해선 꺼내지 않는 말.

"걱정 마. 너희 다른 업장들에서도 다 이런 일이 벌어지고 있을 테니까."

놈들이 보호비를 받는 일반 매장들 모두 말이다.

"자, 그럼 친구들. 더 이상 가게 폐 끼치지 말고 나갈까?"

그들에게 어깨동무를 하는 태흥파 간부의 입이 사납게 찢어졌다.

* * *

후다닥!

"어떤 개새끼들이야!"

마른 하늘의 날벼락.

아직 해가 지지 않은 오후, 허름한 건물 안에서 인상이 험악한 사람들이 뛰쳐나와 승합차에 오른다.

오늘 수금을 나간 동생들이 얻어터져 병원에 입원을 했단다.

건달이 병신처럼 일반인들에게 얻어터진 것이 쪽팔리긴 하지만, 일단 그놈들을 잡아 족쳐야 했다.

"다 탔냐!"

"예, 형님!"

'빌어먹을!'

승합차 한 대를 꽉 채운 조직원들이건만, 보조석에 앉은 사내의 얼굴이 구겨진다.

'우리 일파가 어쩌다!'

본래 조직원의 숫자가 지금보다 두 배는 더 많았던 강남범동방파의 간부 이정백의 일파.

그러나 평창으로 갔던 조직원들이 잡혀 들어가고, 얼마 지나지 않아 이정백까지 잡혀 들어가면서 숫자가 반절로 쪼그라들게 됐다.

이대로라면 언제든 다른 간부들에게 삼켜질 수도 있는 상황.

웅크려 뱀의 쓸개를 핥는 독심으로 이정백이 나올 때까지 어떻게든 버텨야 했다.

"……출발해!"

부르릉!

시동이 걸린 차가 숙소를 벗어나 동료 조직원이 얻어터진 곳을 향해 나아가던 순간이었다.

부아아앙! 끼익!

굴다리를 지나려는 순간 그들의 앞을 가로막는 한 대의 승합차.

"저건 또 뭐야!"

"혀, 형님!"

다급히 뒤를 돌아본 보조석의 사내가 눈을 부릅뜬다.

그들의 뒤도 다른 승합차가 달려와 막는다.

'습격!'

함정이다.

수금을 나간 조직원들은 일반인에게 맞은 게 아니라 다른 조직의 습격을 받았고, 자신들을 꼬드겨 낸 거다.

"씨발! 밀어 버려!"

부아아앙!

앞뒤를 막은 승합차에서 사람이 내리는데도 그대로 내달리는 그들의 승합차.

"피해!"

꽈아아앙!

'크흑!'

숨이 턱 막히는 충격이 전신을 때리지만, 운전석에 앉은 조직원은 다급히 후진기어를 넣으며 액셀을 밟는다.

그 순간이었다.

"이 개새끼들이!"

콰앙!

"으악!"

부서지는 사이드미러에 기겁하며 액셀에서 발을 떼는 운전석의 조직원.

"지금이다!"

"죽여!"

"우와아아아!"

콰장창! 꽝꽝!

이정백 일파의 조직원들이 탄 승합차를 두들기는 쇠파이프와 야구방망이.

그에 이정백 일파의 조직원들은 겁에 질린 얼굴로 몸을 웅크렸다.

"나와, 이 새끼들아! 나와!"

결국 부서진 차창 사이로 들어오는 손들.

자신들을 지킬 최후의 보루가 사라짐에 이정백 일파 조

직원들의 눈이 희번덕 떠진다.

"주, 죽여 버려-!"

드르륵!

"우와아아아아!"

이정백 일파 조직원들이 정체불명의 습격자들을 향해 달려들었다.

"끄으윽!"

굴다리 아래, 피투성이가 된 이정백 일파의 조직원들 앞에 삼십대 중반의 사내가 쪼그려 앉는다.

"하, 새끼들. 그냥 꿇으면 될 거 가지고 사람 땀 빼게 하고 있어, 아, 오랜만이다?"

"다, 당신이 왜 우릴……."

아는 얼굴이다.

전라도 광주를 구역으로 삼고 있는 조직, 감석파.

눈앞의 인물은 그 감석파의 간부로, 이 바닥에서 꽤나 알아주는 인물이었다.

눈을 겨우 뜬 강남범동방파 조직원의 뺨을 후려친 감석파의 간부가 속으로 한숨을 내쉰다.

'그러게.'

자신도 이게 뭔 짓인지 모르겠다.

어젯밤 갑자기 목포 태흥파와 연계를 하기로 했다며 강남범동방파를 쑤시자고 말한 조직의 보스.

이후 목포의 태흥파에게 이놈들의 숙소 위치를 전달받

은 그는 곧장 부하들을 이끌고 움직였다.

다른 누군가에게 이용을 당한다는 기분에 썩 내키진 않았지만, 받아들이지 않을 수 없었다.

이 습격에 걸린 수고비만 무려 1억. 거기에 지금 습격한 이정백 일파가 관리하는 업장의 60퍼센트도 넘겨받기로 했다.

이를 계기로 자신도 독립하여 조직을 만들 수 있을지도 모르는 일이었기에 결코 놓칠 수 없는 기회였다.

"씨, 씨발 새끼들! 너희가 이러고도 무사할 것 같아?! 우리 강남범동방파 조직원 숫자가······."

쩍!

눈을 겨우 뜬 강남범동방파 조직원의 뺨을 후려친 감석파의 간부가 이를 드러낸다.

"이 새끼가 아직 상황 파악이 안 되나 보네."

스르응!

감석파 간부의 품 안에서 칼을 빼자 이정백 일파 조직원들이 파랗게 질린다.

"야. 설마 우리가 아무런 준비도 없이 이렇게 쑤시고 들어왔겠냐? 누굴 병신으로 보나."

조직원의 숫자가 100명을 넘어서는 강남범동방파. 감석파는 그 절반에도 미치지 못했다.

미친 게 아니고서야 아무런 대책 없이 이렇게 들어올 리가 없는 것이다.

"우리만 너흴 치고 들어온 게 아니거든."

그가 알고 있는 것만 해도 전국구 조직 세 곳에, 서울 경기 군소 조직 15개가 달려들고 있다. 지금쯤이면 이미 이 조직들이 강남범동방파의 다른 업장들도 쑤시고 들어간 상태일 거다.

"개소리!"

개소리다. 개소리여야 했다.

그렇게 많은 조직들이 왜 자신들을 노린단 말인가.

"개소리인지 아닌지는 병원에서 알아보면 될 거고. 자, 그럼 시간 없으니까 빨리빨리 시작하자. 아가야, 내가 몇 가지 물어볼 텐데, 병신 되기 싫으면 성실히 답해. 괜히 의리 지키다 병신 된다고 해도 윗대가리들이 너흴 돌봐주진 않으니까."

몸이 성해야 행동대원으로도 써먹을 수 있는 거지, 불구가 된 행동대원은 아무런 쓸모도 없는 그냥 밥버러지였다.

"……퉤!"

그러나 차마 의리를 배신할 수 없었던 그는 감석파 간부를 향해 침을 뱉었다.

"하, 아직도 상황 파악이 안 되나 보네?"

코웃음을 친 감석파의 간부가 손에 쥔 칼을 옆으로 넘기며 일어선다.

그리고 칼을 넘겨받은 감석파의 조직원이 이정백 일파 조직원의 앞에 쪼그려 앉으며 그 발목을 억세게 움켜쥔다.

오싹!

"뭐, 뭐하는 거야! 놔! 놔!"

"하, 새끼. 겁나 팔딱거리네."

쑤욱!

"꺽?!"

종아리를 파고든 칼날에 이정백 일파 조직원이 눈을 부릅뜨고, 정말 찌를 줄 몰랐던 이정백 일파의 다른 조직원들이 눈을 부릅뜬다.

그러나 감석파의 조직원은 얼굴에 튄 피를 태연하게 닦으며 간부를 본다.

"어떻게 할까요, 형님? 다리 한쪽이 잘리면 그래도 목발 짚으면서 살 수 있는데, 다리 두 쪽이 잘리면 평생 휠체어 타고 다녀야잖습니까, 형님."

"그놈은 그냥 두 개 다 잘라 버려. 어차피 입은 많이 있잖아."

"알겠습니다, 형님."

스으윽!

칼날이 아킬레스건에 닿자 이정백 일파 조직원이 기겁한다.

"자, 잠깐! 잠깐-!"

"잠깐은 무슨."

서걱! 서걱!

"……끄아아아아악!"

"하, 시끄럽네. 확 그냥 멱을 따 버려야 조용해지는데.

야! 누가 이 새끼 입 틀어막을 것 좀 가져와 봐!"

"예, 알겠습니다. 형님!"

한 조직원이 상의를 벗어 넘기자 고개를 끄덕인 그가 다리가 썰리고 있는 놈의 입안에 상의를 구겨 넣는다.

그러곤 몸을 일으켜 이정백 일파의 다른 조직원들을 향해 다가간다.

"오, 오지 마!"

"씨발! 오지 말라고!"

발버둥을 치는 이정백 일파의 조직원들.

감석파의 조직원은 그중 가까이 있는 놈의 허벅지에 칼을 쑤셔 넣는다.

"아악! 악!"

그리고 다시 발목을 잡는 손길.

온몸의 피가 빠져나가는 아찔한 기분에 이정백 일파 조직원의 몸이 굳는다.

"잠깐."

"예, 형님?"

감석파 간부가 발목이 붙들린 조직원을 보며 담배를 문다.

찰칵! 치이익!

"어이, 후배. 어떡할래. 네 동료처럼 조직에 대한 의리 지키다 병신 될래, 아니면 그냥 여기서 다 불고 몸 성히 생활 접을래?"

"……"

"됐다. 그냥 잘라."
"예, 형님!"
섬뜩!
"자, 잠깐!"
'크흑! 죄송합니다, 형님!'
됐다. 감석파 간부는 다 말하려는 듯한 표정을 짓는 강남범동방파의 조직원을 보며 흐뭇이 웃었다.
"잠깐은 반말이고, 새끼야."
감석파의 간부가 강남범동방파 조직원을 향해 다가갔다.

* * *

"가지 마! 가지 말고, 이쪽으로 오라고, 새끼야!"
습격이다.
자신들 강남범동방파를 향한 전방위적인 습격.
단숨에 모든 업장과 숙소를 치고 들어온 것을 보면 자신들에 대해 완전히 조사를 마치고 쳐들어온 거다.
절대 개별적으로 움직이면 안 된다.
"빌어먹을!"
쾅!
테이블을 내려친 강남범동방파의 2인자인 박 전무가 몸을 부들부들 떤다.
"설마 최종혁이?"

강남범동방파의 보스 오정훈이 최종혁에게 보복을 하려고 하기에, 이번 기회에 그동안 당한 것을 되갚아 주기 위해 모른 척 살인청부업자를 움직였던 박 전무.

그 고정숙 암살이 실패하자마자 이런 일이 발생했다.

최종혁에 대해 잘 아는 박 전무로서는 이번 일과 최종혁을 가장 먼저 떠올릴 수밖에 없었다.

하지만 한편으로는 긴가민가했다. 아무리 최종혁이 미친놈이라지만, 지금 펼쳐지고 있는 상황은 선을 넘었다.

"이 미친 새끼들! 다 같이 죽자는 거야, 뭐야!"

서울 한복판에서 칼부림이 일어났다. 그것도 여러 곳에서.

서울경찰청뿐만 아니라 경찰 본청과 검찰에서도 나설 일이었다.

"그걸 모를 리 없을 텐데……."

벌컥!

"어떻게 된 일이야!"

"회장님!"

사무실의 문이 열리며 술 냄새를 풍기는 오정훈이 들어온다. 오늘 바이어와의 중요한 미팅 자리가 있어 나갔던 오정훈.

"습격입니다, 회장님!"

그런데 숫자가 너무 많다. 못해도 200명 이상이다.

"……뭐라고?"

이 대한민국에서 조직원 숫자가 200명이 넘는 조직이

얼마나 있을까. 분명 열 곳을 넘지 않을 거다.

그들 중 누가, 왜 자신들을 공격한단 말인가.

"그게 아닙니다, 회장님!"

박 전무는 현 상황을 최대한 간략히 설명했고, 그 설명을 모두 들은 오정훈은 미간을 좁혔다.

"우리가 자신들 영역까지 치고 들어올 거라 생각한 건가?"

대한민국 최고의 조직을 논할 때 반드시 언급되는 범동방파. 그 범동방파의 유지를 잇겠다는 기치를 내건 이후, 강남범동방파는 빠른 속도로 세력을 늘려 갔다.

그 과정에서 다른 조직을 공격하고, 그들의 영역을 빼앗는 건 불가결한 일이었다.

그러니 언제 자신들도 공격을 당할지 모른다고 생각한 다른 조직들이 먼저 힘을 합쳐 선제공격을 가했다 해도 이상한 일은 아니었다.

오정훈도 언제든 이런 일이 있을 수 있다고 생각했으니까.

하지만.

'……아니야.'

아니다. 촉이 그렇지 않다고 말하고 있다.

오정훈은 무려 100명이 넘는 조직원을 거느리는 조직의 보스였다. 그 자리를 꽁으로 차지한 것은 결코 아니었다.

그런 그의 촉이 아니라 외치고 있었다.

아무리 강남범동방파가 위협이 된다 한들, 자기밖에 모르는 이기적인 놈들이 이렇게 단체로 힘을 합칠 수 있을 리가 없었다.

잠시 고민에 잠겼던 오정훈이 낮게 읊조렸다.

"……설마 큰형님이?"

"큰형님? 유대춘 큰형님 말씀이십니까?"

그 위세가 많이 줄었다지만 여전히 대한민국 최대 조직 중 한 곳인 범동방파, 그리고 건강이 악화되어 두문분출한다는 범동방파의 보스 김양춘.

그러면 다른 조직들을 규합시킬 만한 힘이 충분히 있었다.

"큰형님이 왜 우리를 공격한단 겁니까?"

범동방파의 이름을 써도 된다고 말한 게 바로 유대춘이지 않던가.

"건강을 회복한 걸지도 모르지."

보스인 유대춘의 건강이 악화되며 천천히 몰락의 길을 걷고 있던 범동방파.

그런데 그 유대춘이 건강을 회복했다면 이야기는 달라진다.

내려놓았던 욕심이 다시 생길 수밖에 없을 터였다.

'일리 있어!'

최종혁이 자신이 속한 경찰뿐만 아니라 검찰까지 뒤집어질 수도 있는 일을 벌였다는 가설보다는 훨씬 설득력이 있다.

까득!

오정훈은 이를 바득바득 갈았다.

'빌어먹을 새끼! 그냥 곱게 갈 것이지!'

수법도 더럽기 짝이 없다.

자신이 범동방파의 유지를 잇겠다고 한 걸 인정해 줄 땐 언제고, 이렇게 뒤통수를 친단 말인가.

오정훈의 눈이 악독해지기 시작한다.

"애들은? 얼마나 살았어?"

"절반만 겨우 몸을 피했습니다, 회장님."

그리고 이쪽으로 오고 있다.

간부들만 그 위치를 알고 있는 강남범동방파의 아지트이자 사업체.

"절반이면 60명 정도겠군. 고삐리 애새끼들까지 합하면 얼마나 돼?"

자신들 강남범동방파에 들어오기 위해 애를 쓰는, 또 훈련소에서 건달이 되기 위해 열심히 연장질과 사상을 배우고 있는 십대 애새끼들.

"100명은 더 충당할 수 있습니다. 하지만 업장들은 이미 다 넘어간 것 같습니다, 회장님."

문제는 또 있다.

검찰과 경찰이 그 무거운 엉덩이를 들다 못해 몽둥이까지 들었을 것이 분명했다.

"괜찮아."

업장들이야 언제든 다시 복구할 수 있다.

검찰과 경찰들도 자신들이 상납을 하는 권력자들을 움직이면 무마시킬 수 있다.

"그러니 애새끼들까지 다 모아. 오늘…… 유대춘 큰형님을 완전히 은퇴시킨다."

"회장님!"

이 일의 배후에 있을 유대춘을 은퇴시키고, 범동방파를 해체시킨 후, 이 일에 참가한 조직들을 징치한다.

이 일로 인해 수많은 조직원이 희생될 테지만, 범동방파를 잡았다는 그 위명 하나로 몇 년이면 거뜬히 재기할 수 있을 터.

'아니지. 그것만 있으면…….'

2년이면 충분했다. 길어도 2년 후면 지금보다 몇 배는 더 큰 조직을 꾸릴 수 있다.

범동방파를 잡았는데, 그 누가 강남범동방파에 투신하지 않을까.

강남범동방파가 전국 최대 조직이 되는 거다.

"그래. 차라리 이럴 걸 너무 길게 돌아왔어."

'오늘 그냥 종지부를 찍읍시다, 큰형님.'

오정훈의 눈이 위험하게 빛나기 시작했다.

* * *

"야, 이 개새끼들아!"

서울경찰청과 경찰 본청에서 벼락처럼 튀어나온 질책.

서울 곳곳에서 조직들 간의 패싸움이 일어남에 경찰은 단 2시간도 안 되어 특별수사대책본부, 특수본을 꾸릴 수밖에 없었다.

웅성웅성!

"이 새끼들이 갑자기 뭘 잘못 처먹었나."

"아이, 씨. 휴가 중에 이게 뭔 난리야?"

다급히 본청 대강당으로 날아온 서울경찰청 강력범죄수사대와 본청 광역수사대, 특수범죄수사과.

'빌어먹을! 대체 왜!'

왜 갑자기 이렇게 되어 버린 걸까.

현재 서울경찰청에서 강남범동방파에 대한 수사본부를 꾸리고 있는 강력범죄수사대 팀장이 이를 악문다.

도통 입을 열지 않는 이정백.

하지만 이제 거의 다 왔다. 지난 며칠간 흔들면서 이정백을 어르고 달래지 않았는가.

이제 조금만 남았는데, 웬 미친놈들이 강남범동방파를 조지고 있단다.

이것도 본청에서 날아든 정보. 아니었다면 서울에서 일어난 피바람이 누구 것인지도 몰랐을 거다.

그로선 미치고 팔딱 뛸 노릇이었다.

벌컥!

문이 열리며 네 사람이 들어오자 모여 있던 경찰관들이 벌떡 몸을 일으킨다.

하지만 강력범죄수사대 팀장은 달랐다.

한 사람을 보며 눈을 부릅뜬 그.

"반갑습니다. 이번 특수본의 본부장을 맡게 된 치안상황관리관 정용진 경무관입니다."

"제1부본부장을 맡게 된 특수범죄수사과 과장 김종두 총경입니다."

"제2본부장을 맡게 된 본청 광역수사대……."

들리지 않는다. 서울경찰청 강력범죄수사대 팀장의 귀엔 사람들의 소개가 들리지 않았다.

그는 오직 마지막으로 소개하는 한 사람만을 불신에 찬 시선으로 노려보고 있었다.

"반갑습니다. 이번 특수본에서 자문을 맡은 신안경찰서장 최종혁 총경입니다."

쿵!

내려앉는 그의 심장.

'저, 저자가 왜 여기에……!'

그때였다.

지이잉! 지이잉!

"아, 잠시만요. 예, 접니다. 아아, 그래요?"

피식!

갑자기 뒤틀리는 종혁의 입술에 경찰들이 의아해진다.

종혁은 그런 그들을 일견하며 정용진을 봤다.

"관리관님."

"예, 최 총경."

"아무래도 유대춘이 곧 은퇴를 할 것 같습니다."

콰앙!
수사본부에 초대형 폭탄이 떨어졌다.

* * *

한편 시간을 돌려, 여러 조직들과의 대담을 마친 이태흥과의 통화를 종료한 종혁이 의미심장한 미소를 짓는다.
"제법 똑똑하네."
"100억이란 돈이 작은 액수는 아니잖아요, 최."
나탈리아가 보드카를 입에 가져가며 입술을 비튼다.
이제부터 여러 조직들에 의해 무차별 습격을 당할 강남범동방파.
SVR의 총알이 그들을 머리를 꿰뚫지 못해서 아쉬울 뿐이다.
"흐음."
"왜 그러세요, 나탈리아?"
"그렇게 당한 강남범동방파는 어떻게 반응할까 해서요."
"뭐, 이판사판으로 부딪치려고 하겠죠."
일단 쪽수에서부터 차이가 너무 컸다.
강남범동방파가 지금의 업장을 모두 지킨다는 건 불가능에 가까웠고, 하나둘 업장을 뺏기다 보면 결국 절벽 끝으로 내몰릴 게 뻔한 상황.
그렇다고 업장 몇 곳을 포기한 채 인원을 한데 집중시킨다 할지라도 싸움이 되지 않을 만큼 수적 차이가 컸다.

그렇다면 남은 방법은 많지 않았다.

도망치거나, 부딪치고 깨지거나.

하지만 손에 쥔 것을 부딪쳐 보지도 않고 포기할 놈들이 아니니, 분명 누구 한 명이라도 물어뜯어 같이 죽으려고 할 터였다.

결국 어딘가에선 커다란 전쟁이 벌어진다는 것.

그러니 이제 슬슬 이놈들을 일거에 쓸어 담을 준비를 해야 된다.

"그럼 감시를 부탁할게요."

"고마워요, 최."

상황이 이렇게 된 이상 필요가 없는 SVR.

그럼에도 종혁은 굳이 SVR을 이 작전에 껴 주었다. 오직 나탈리아 본인이 가지고 있는 부채감을 덜어 주기 위해서.

싱긋 웃은 종혁은 핸드폰을 들었다.

"예, 청장님."

현 대한민국 경찰청장인 장희락.

"깡패 새끼들 움직임이 심상치 않습니다. 이번 기회에 한번 털어 내 보시는 건 어떻습니까?"

종혁의 입술이 비틀렸다.

* * *

어두운 밤, 서울 어느 빌딩의 지하주차장.

"돈은 바로 입금해 주지."

통화를 종료한 오정훈이 돌아서자 그의 눈에 검은 양복을 입은 백오십여 명의 덩치들이 들어온다.

십대 혹은 십대를 겨우 벗어난 앳된 외모의 사내 백여 명과 몸 여기저기에 붕대와 반창고를 두른 이삼십대 오십여 명의 조직원.

회칼이나 식칼, 야구방망이 등을 든 채 잔뜩 흥분한 그들의 모습에 오정훈이 고개를 끄덕인다.

조직원들을 믿긴 하지만, 어디서 말이 새어 나갈지 모르기에 그저 복수를 하겠다고 말한 그.

"준비됐습니다, 회장님."

'드디어!'

대한민국 깡패의 역사를 바꿀 위대한 한 걸음을 위한 준비.

'곧 뵙겠습니다, 큰형님!'

온몸에서 치솟는 소름에 오정훈은 주먹을 꽉 쥐었다.

"가자!"

허리를 숙이는 박 전무를 뒤로한 그가 가까이 있는 고급 세단에 오르자 강남범동방파 조직원들도 함성을 지르며 줄줄이 서 있는 승합차와 버스에 오른다.

"출발해."

"예, 회장님!"

부르릉!

지하주차장을 떠난 차량들이 경기도 양평으로 향했다.

* * *

"스읍. 후우."

눈이 내리는 경기도 양평의 어느 별장 저택, 마당의 테이블에 앉은 노인이 별이 뜬 밤하늘을 보며 담배 연기를 내뿜는다.

호리호리한 체격이지만, 결코 작아 보이지 않는 그.

한때 대한민국의 밤거리를 공포에 떨게 했던 범동방파의 두목, 유대춘이다.

링거를 한 팔에 꽂은 채 병색이 완연한 그가 입술을 달싹인다.

"정훈이가 큰코다쳤다고."

옛날의 범동방파의 유지를 잇겠다면서 독립해 나간 되바라진 놈, 오정훈.

"아무래도 오래 버티진 못할 거 같습니다, 큰형님."

서울의 조직뿐만 아니라, 광주의 감석파와 목포의 태흥파 등 지방 조직들까지 합세했다.

그야말로 전국적으로 공격을 당하는 상황.

제아무리 최근 강남범동방파의 기세가 좋다지만, 버틸 수 있을 리 없었다.

"경찰의 반응은?"

"특수본이 꾸려졌다고 합니다. 본부장은 정용진 경무관이라는데……."

몇 년 전 간편신고관리과를 맡은 것을 제외하면 이렇다

할 약력이 조사되지 않는다.

그들 범동방파로서는 이가 갈리는 부서인 간편신고관리과.

익명 제보가 실시간으로, 그것도 전국 모든 수사 부서들에 연결되다 보니 범동방파에 앙심을 품은 이들이 쉴 새 없이 신고를 하는 탓에 꽤 애를 먹고 있는 중이다.

"본청 정보국 양반이구만."

같은 경찰들에게도 베일에 싸여 있는 본청의 정보국.

유대춘도 겨우 조직의 이름만 들어 봤을 뿐이다.

"그리고 미친개 김종두, 불도저 최종혁이 붙었습니다."

본청 광역수사대장도 만만치가 않다.

그들 입장으로선 한 명 한 명이 모두 저승사자다.

유대춘은 다시 담배 연기를 뿜었다.

"경찰이 예전 같지가 않아."

예전이었으면 한 사나흘 후에나 늦장 대응을 했을 경찰.

그런데 지금은 아니다. 무슨 일만 터졌다 하면 곧바로 수사본부가 꾸려지고, 예전과 달리 제 한 몸 아끼지 않고 달려든다.

그들 범동방파에게 뒷돈을 받아먹던 경찰들도 대부분 강제 퇴직을 당한 상황.

건달로서 생활하기가 점점 힘들어진다.

"정훈이와 정훈이에게 달려든 조직들의 보스에게 연락해. 내가 좀 보자고 한다고."

"……중재를 하시려는 겁니까, 큰형님."

"그래야지."

그렇지 않으면 대한민국 모든 건달이 쓸려 나갈 판이다.

1990년, 범죄와의 전쟁을 선포했던 당시의 대통령.

그 탓에 대한민국의 어둠에 기생하던 거의 모든 건달이 곤욕을 치러야 했다.

그런 일이 다시 발생할 수 있었다. 어떻게든 막아야 했다.

"안 오면 죽여 버린다 하고."

"알겠습니다. 바로 연락을 돌리……."

띠리링! 띠리링!

"죄송합니다, 큰형님."

"받아."

"예."

유대춘에게서 멀리 떨어진 장년인이 얼굴을 구기며 전화를 받는다.

하지만 그것도 잠시.

하얗게 질린 그가 유대춘을 향해 달려든다.

"큰형님-!"

부우우웅! 꽈아아앙!

저 멀리 부서지는 대문과 대문을 밀고 들어오는 버스 한 대.

눈을 부릅뜬 유대춘이 벌떡 몸을 일으켰다.

* * *

"후욱! 훅!"

하얀 눈이 소복소복 내리는 거리를 달리는 차 안.

운전석에서 들려오는 거친 숨소리를 일견한 오정훈이 창밖을 바라본다.

아무것도 없는 양평의 외진 길.

논밭 위로 농막 같은 작은 조립식 건물 하나가 그의 눈에 들어온다.

그리고 그 앞에 나와 있는 덩치 큰 사내 한 명도.

이쪽을 향해 고개를 끄덕이곤 돌아서서 다시 건물 안으로 들어가는 그.

오정훈의 입가가 비틀어진다.

"됐군."

됐다. 저 감시자에게 돈을 먹여 눈을 가려 놨으니, 이제 유대춘의 별장까지 그를 막아설 사람은 없다.

혹여 짭새나 유대춘을 치러 온 간 큰 놈들이 있을 때, 사전에 알아차리고 연락을 하는 감시자.

한때 오정훈도 저 감시자 역할을 맡았었다.

"앞장서."

핸드폰을 내려놓은 그가 옛 추억에 젖는 순간이었다.

부우웅!

그가 탄 차를 추월해 선두에 서는 버스 한 대.

그렇게 십여 분 정도 달렸을까.

곧게 뻗은 길 끝에 높다란 담벼락이 쳐진, 검은 정장을 입은 건달들이 대문을 지키는 커다란 저택이 나타난다.

유대춘이 요양을 하고 있는 별장.

"후욱! 훅! 회, 회장님!"

운전석에 앉은 조직원뿐만이 아니다. 오정훈의 숨소리도 어느새 거칠어져 있다.

지금부터다.

대한민국 건달의 역사가 바뀌는 순간이!

오정훈은 다시 핸드폰을 들었다.

"그대로 밀어 버려!"

-예, 회장님!

부아아아앙!

속도를 높이는 버스가 그대로 대문을 밀고 들어간다.

쫘아아앙!

막히는 것 없이 그대로 밀고 들어가는 버스.

그 뒤를 이어 오정훈이 탄 차와 승합차들이 대문 안으로 난입한다.

끼이익!

멈춰 서는 차량들.

담배를 물며 차에서 내린 오정훈이 저택 앞마당 여기저기에 서 있다가 놀라 이쪽을 쳐다보는 범동방파 조직원들과 엉거주춤 엉덩이를 든 유대춘을 발견하곤 주먹을 불끈 쥐었다.

"잡아!"

"우아아아아!"
"크, 큰형님을 보호해-!"
"우와아아아아!"
서로를 향해 달려드는 두 깡패 무리들.
오정훈은 저택 안으로 뛰어 들어가는 유대춘을 향해 걸음을 옮기며 칼을 빼 들었다.
"오정훈, 이 개자식! 죽어라!"
그를 향해 달려드는 범동방파의 조직원.
순간 눈빛이 서늘해진 오정훈이 몸을 숙이며 칼을 휘두른다.
퍼억!
"끄악!"
목과 어깨 사이에 틀어박힌 칼을 빼 든 오정훈은 그를 옆으로 밀며 다시 걸음을 옮겼다.
"애새끼는 꺼져."
목표는 유대춘. 그가 도망가게 놔둘 순 없었다.
오정훈은 빠르게 걸음을 옮겼다.

* * *

"허억! 헉!"
'저 병신 새끼!'
여러 조직들이 연합해 강남범동방파를 급습한 일의 배후에 자신이 있다고 오판한 게 틀림없다.

아니면 그 일을 기회 삼아 자신을 제끼려 한 것이다.

유대춘 자신이 살아 있는 한 언제까지고 범동방파의 2군 소리를 들을 수밖에 없는 강남범동방파.

링거 바늘을 뽑으며 달리는 유대춘이 이를 뿌득뿌득 간다.

"큰형님! 이쪽입니다!"

"윽?!"

저택 뒤 산으로 통하는 후문을 가리키는 수족의 외침에 유대춘이 몸을 틀다 순간 러그를 밟고 미끄러진다.

쿠당탕!

"큰형님! 괜찮으십니까, 큰형님!"

"커흑! 괜찮…… 컥!"

겨우 대답하던 유대춘이 얼굴을 구긴다.

고작 얼마나 뛰었다고 숨이 넘어갈 것 같다.

몇 년 전 폐암 수술을 했던 그. 말기였기에 수술은 불가피했고, 이후 반송장처럼 살아왔다.

다행히 전이가 되지 않아 폐 하나의 절반을 떼어 내는 것으로 끝.

이후 이곳에서 요양을 하며 몸을 회복했는데, 오랫동안 회복을 하며 이제 어느 정도 거동을 할 수 있을 거라고 생각했는데 오산이었다.

그 잠깐 뛰었다고 숨이 넘어가는 것을 보면 완전히 회복을 하는 건 영영 안 될 것 같다.

그에 유대춘의 눈빛이 차갑게 가라앉는다.

"너희끼리 가!"

"큰형님!"

"가라고, 이 새끼야……! 커흑!"

그래야 자신이 산다. 오정훈이 자신이 후문으로 도망친 것으로 오해하고 따라갈 테니 말이다.

또 이 체력에 눈 내리는 산을 오를 자신이 없었다.

"……몸 보중하십시오, 큰형님! 크흑!"

그의 수족은 다급히 부하들을 이끌고 후문을 통해 달려 나가 산으로 향했고, 후문을 열어 놓은 채 나가는 부하를 쳐다보던 그는 다리를 절뚝이며 2층으로 향한다.

"막아! 큰형님이 피신하실 때까지 막아!"

"뚫어-!"

난리가 난 현관.

이를 악물며 2층의 서재로 향한 그가 벽 한 면에 빼곡하게 세워진 책장으로 향한다.

콱!

"끄읍!"

책장 하나를 잡고 잡아당기는 그.

그러자 책장이 끌려 나오며 3평 정도의 공간이 나타난다. 혹시 모를 상황을 대비해 그가 만들어 놓은 패닉룸이었다.

다시 책장을 닫은 그는 어둠이 내려앉자 숨을 죽였다.

"와아아!"

"죽여!"

살벌한 소음이 그의 귀를 희미하게 자극한다.
"후우."
빠득!
"이 개새끼……."
살아 나가기만 한다면 오정훈부터 죽여 버리리.
소리 없이 복수를 천명한 유대춘은 바닥을 더듬더듬 더듬어 물 한 병을 찾아 입에 가져갔다.
일주일 정도 버틸 수 있는 식량을 구비해 놓는 패닉룸.
일주일, 아니 일주일도 필요 없다.
하루면 뒷산으로 도망친 2인자가 서울 전역에 흩어져 있는 조직원들을 이끌고 와 오정훈과 강남범동방파를 밀어내고 자신을 구해 낼 거다.
"빌어먹을! 핸드폰만 있었어도!"
그랬다면 바로 자신이 구조를 요청했을 텐데, 안타깝게도 핸드폰을 안방에 두고 왔다.
정신없이 도망치다 보니 이제야 기억이 난 핸드폰의 존재. 2인자 김춘식이 부디 다른 부하들에게 연락을 했기만을 바랄 뿐이다.
그렇게 얼마나 이를 갈았을까.
'음?'
방금까지 시끄러웠던 바깥이 조용하다.
오정훈이 이 별장을 지키는 범동방파 조직원 30명을 모두 불구로 만들었든가, 아니면 천우신조로 자신의 부하들이 이겼든가.

뭐든 그는 숨을 죽이며 바깥을 향해 귀를 기울이며 다시 한숨을 내쉬었다.

'오정훈이 이 개새끼가 이겼다고 해도 열린 후문으로 갔겠지.'

그 순간이었다.

사박!

책장 바깥에서 들리는 희미한 소리에 그의 심장이 철렁 내려앉는다.

쿵! 쿵!

"안에 계신 거 다 압니다, 큰형님. 나오십시오."

'저, 저 새끼가 여길 어떻게!'

수족들 중에서도 정말 믿을 만한 수족들밖에 모르는 패닉룸.

유대춘은 양손으로 입을 틀어막으며 숨을 죽였다.

"예전에 제게 술을 주실 때 기억 안 나십니까? 폐를 떼어 냈으면서도 퇴원 기념으로 술을 드셨을 때입니다. 그때 큰형님이 잔뜩 취하셔서 춘식이 형님께 말하셨죠."

여기에 패닉룸을 만들라고, 수술은 잘 끝났지만 자신을 얕본 놈들이 쳐들어올 수 있다고 말이다.

"그때 목소리가 얼마나 큰지, 화장실에 들어가 있던 제가 다 들었잖습니까."

'미친!'

술에 취했다고 아무 소리나 지껄인 과거의 자신을 때려죽이고 싶다.

"안 나오십니까?"
'나가겠냐, 이 개새끼야!'
어차피 오정훈도 반반일 거다. 자신이 여기에 있다고 확신을 내리진 못할 거다.
공포에 질린 유대춘은 그렇게 합리적이지 못한 판단을 내렸다.
"하. 누가 깡패 대가리 아니랄까 봐 끝까지 추하시네. 야, 이거 열어."
"예, 회장님!"
'아, 안 돼!'
유대춘은 다급히 무기를 찾아 손을 더듬었다.
하지만 그의 손에 쥐어지는 건 겨우 육포나 물 따위뿐.
그사이 그가 열고 들어왔던 책장의 문이 열린다.
그리고 유대춘과 오정훈의 눈이 마주친다.
피식!
"겁먹어 마루 밑에 숨은 개새끼도 아니고, 대한민국 최대 조직 범동방파의 보스가 이게 뭐하는 짓입니까?"
"너 이 새끼……!"
겨우 양주병을 집은 유대춘이 몸을 일으키며 오정훈의 머리를 향해 양주병을 휘두른다.
터억!
그러나 속절없이 잡혀 버리는 양주병.
오정훈의 눈빛이 차갑게 가라앉는다.
"그동안 고생하셨습니다. 잘 가십시오, 큰형님."

"이 개새……."
푸우욱!

　　　　＊　＊　＊

다시 시간을 돌려 본청에 마련된 특별대책수사본부.
쿠당탕!
"달려!"
특수본에 모인 모든 경찰이 대강당을 빠져나간다.
한때 서울의 밤거리를 주름잡았던 대조직 범동방파의 보스, 유대춘이 은퇴를 당한단다.
그것도 강남범동방파에 의해.
왜 상황이 그렇게 되는지 모르겠지만, 그들은 일단 달렸다.
그 위세가 줄었다고 한들 그래도 유대춘이다. 그를 따르는 조직은 여전히 많았다.
그가 사망하면 폭주할 범동방파, 그리고 범동방파의 산하 조직들.
그들은 이번 일에 엮인 모든 조직에게 피의 복수를 시작할 터.
대한민국의 밤이 떠들썩해질 거다.
날 듯 본청을 빠져나간 경찰들은 얼른 차량에 올랐고, 그건 종혁과 정용진, 김종두도 마찬가지였다.
"정말 오정훈이 유대춘을 친 겁니까?!"

"예. 확실한 정보원에게 입수한 정보입니다."

강남범동방파가 어떻게 움직이든 대응할 수 있도록 강남범동방파의 모든 조직원을 감시해 준 SVR.

덕분에 이토록 빠르게 대응을 할 수 있었다.

"씨발! 이게 뭔 난리야!"

종혁은 엉덩이를 들썩이는 김종두를 보며 한숨을 내쉬었다.

하지만 그것도 잠시.

곧 그의 입가에 미소가 번진다.

'이 대한민국의 기생충 하나가 드디어 사라지는구만.'

참 지독히도 죽지 않았던 기생충.

'어차피 3년에 뒤에 뒈질 거 3년 먼저 죽는다 생각해라.'

3년 뒤 건강이 악화되어 사망을 하는 유대춘.

놈의 손에 의해 피눈물을 흘린 사람이 몇이던가.

놈이 죽는다 한들 종혁으로선 아무런 감흥도 느낄 수 없었다.

그렇게 얼마나 달렸을까.

"어? 종혁아! 저거!"

양평에 들어선 종혁은 저 멀리 맞은편에서 달려오는 버스와 그 뒤를 줄줄이 따르는 승합차들을 보며 눈을 빛냈다.

성광교회 겨울수련회.

동일관광.

그런 글귀가 붙은 앞 범퍼가 찌그러진 버스를 본 김종두가 눈을 가늘게 뜬다.

온몸이 오싹해지는 느낌.

촉이 서는 순간이었다.

"사고가 났나 보네요."

팽팽하게 당겨지던 긴장의 끈을 끊어 버리는 종혁의 음성에 김종두가 다급히 종혁을 본다.

어느새 앞만 보고 있는 종혁.

'아닌가?'

촉이 자신보다 더 비상한 종혁이 무시를 하고 있다.

김종두와 정용진 과장의 눈이 더 가늘어질 때, 종혁의 입이 다시 열린다.

"찬송가 소리 안 들리세요?"

―천사들의 노래가 하늘에서 들리니…….

정말로 그들의 귓가를 희미하게 파고드는 찬송가 소리.

"……이런 날씨에 뭔 수련회를 가나 모르겠네."

"뭐, 신앙이 날씨를 따지겠습니까."

종혁은 그렇게 말하며 자신을 계속 쳐다보는 정용진의 눈빛을 외면하고 앞을 쳐다봤다.

그렇게 얼마나 달렸을까.

차량 두 대는 넉넉히 지나갈 외길이 나오자 그들의 긴장이 다시금 팽팽하게 당겨진다.

"곧 진입합니다. 모두 장비들 다시 점검하세요."

-치익! 2호차 수신!
-3호차 수신 완료.
무전기를 내려놓은 정용진도 가슴에 찬 총을 꺼내 약실을 점검한다.
'부디 늦지 않았기를.'
부디 지금까지도 싸우고 있기를.
유대춘이 사망하지 않았기를.
정용진은 간절히 빌며 핸드폰을 들었다.
"특수본 본부장 정용진 경무관입니다. 기동대 지금 어디쯤입니까."
-지금 후미가 보입니다!
"도착하면 바로 하차해서 퇴로부터 막으세요."
-예!
"관리관님!"
운전석에 앉은 경찰의 외침과 함께 부서져 활짝 열린 유대춘 별장의 대문이 보인다.
긴장이 바짝 선 정용진이 다급히 무전기를 든다.
"모두 다치지 맙시다! 진입! 진입!"
부아아아앙! 끼이이익!
부서진 대문 안으로 난입을 하자마자 재빨리 차에서 내리는 그들.
다급히 패싸움 현장을 향해 발을 떼려던 그들은 그대로 멈출 수밖에 없었다.
뭔 일이 있어도 크게 있었다는 듯 진흙탕이 된 정원 여기저기에 흩뿌려진 다량의 피. 문제는 시신이나 부상자가 전혀 보이지 않는다는 것이었다.
'빌어먹을!'
끝났다. 상황이 모두 끝난 거다.
"보, 본부장님."
"……119에 연락하고 샅샅이 뒤져요!"
혹시 모른다. 이 참변에 몸을 숨긴 깡패들이 있을지도 모른다.
"예!"
경찰들이 다급히 연장을 꼬나들며 흩어진다.
그렇게 몇 분이 흐르자…….
-치익! 보, 본부장님-!
저택의 2층에서 터져 나오는 외침.
다급히 걸음을 옮긴 정용진과 김종두은 서재에 벌어져 있는 참극에 눈을 감을 수밖에 없었다.
복부에 두 방의 자상을 입은 유대춘.
종혁은 뭐가 그리 원통한지 두 눈을 부릅뜬 채 혀를 빼물고 죽은 유대춘의 코에 손을 가져갔다.
"……사망했습니다."
"아아악! 씨부럴!"
현 시간부로 최소 몇 주, 피가 마르는 야근 확정이었다.
'아, 야근은 별론데.'
김종두의 고함에 종혁은 씁쓸히 웃었다.

무법자들 〈269〉

* * *

웅성웅성!

"아이고. 이거 시원섭섭하네."

"그러게 말이야. 유대춘이 이렇게 갈 거라고 누가 예상이나 했겠어. 끄흑! 어, 시원하다."

망자를 앞에 두고 할 생각은 아니지만, 십 년 묵은 체증이 내려가는 것 같다.

수십 년간 경찰을 괴롭힌 범동방파의 보스 유대춘.

세상이 좋아져 몇 번이나 교도소를 보낼 수 있었지만, 그가 한참 활개를 치던 80년도에는 검찰도 함부로 터치할 수 없는 개새끼였다.

그런 놈이 깡패답게 비명에 갔으니 속이 시원할 수밖에 없었다.

"본부장님!"

경찰들이 저택 후문을 바라봤다가 한숨을 내쉰다.

들것에 실려 오는 네 명의 사람. 아니, 네 구의 시신.

"저 새끼 춘식이 아니야?"

"맞네, 춘식이."

이름이 참 촌스러운 김춘식. 유대춘의 오른팔이자 범동방파의 2인자다. 그가 시신이 되어 실려 오고 있다.

'하, 요 새끼 봐라?'

시신이나 부상자들까지 싹 다 치운 오정훈, 이놈이 우대춘과 김춘식은 남겨 뒀다.

과시용이다.

자신이 유대춘을 죽였다는 걸 온 세상에 알리려는 거다.

"꽤 머리가 돌아가는 새끼네."

여기저기에 피가 상당히 뿌려져 있긴 하지만, 시신이라 곤 유대춘을 비롯해 다섯 구가 전부였다.

아마 오정훈 이놈은 나중에 자기 밑에 있는 조직원 한두 놈만 유대춘과 김춘식의 살인범으로 자수시킬 생각일 터.

제아무리 특수본을 설치했다고 하더라도, 그렇게 자수자가 나오면 더 이상 사건을 수사하기가 힘들어진다.

사건 현장에서 검거한 게 아니라면 다른 공범자가 있다 한들, 그를 입증할 만한 증거를 찾기란 사실상 불가능하기 때문이다.

이러한 이유 때문에 경찰들이 깡패들을 검거할 때 일거에 잡아들이는 것이기도 했다.

깡패 새끼가 깡패 새끼답게 머리를 잘 굴린 거다.

하지만 여기까지도 전부 종혁의 예상대로.

이제 다음 계획을 실행할 차례였다.

'흠. 언제쯤 개입을 해야······.'

"최 서장님."

몸을 돌린 종혁이 이쪽을 향해 다가오는 서울경찰청 강력범죄수사대 팀장의 모습에 의아한 표정을 짓는다.

씩씩거리며 다가온 그.

"이게 뭐하는 짓입니까?"

"……주어가 빠진 것 같은데요."

"우리 청이 강남범동방파를 뺏어 간 게 그렇게 고까웠습니까?!"

저택을 뾰족하게 울리는 외침.

종혁은 몰리는 시선에 한숨을 내쉬었다.

"하아. 어이."

"뭐요? 어이?"

"당신이 뭔 착각을 하는 줄은 알겠는데……. 여보세요, 팀장 나으리. 당신은 여기 본청이 그렇게 호락호락해 보여? 어?!"

"……."

종혁은 입을 꾹 다무는 그를 향해 이를 드러냈다.

"좆같은 알력 싸움 그만 개소리할 거면 딴 곳 가서 하세요. 씨발. 누굴 개 찐따 새끼로 아나."

"……당신이 강남범동방파에 대해 가장 잘 알아서 자문으로 뽑혔단 말입니까?"

"아니면 장희락 경찰청장님이 미쳤다고 날 자문으로 뽑았겠어? 그리고 당신이 잊었는지 모르겠는데, 나 이전까지 특수범죄수사대 대장이었어."

대한민국 조폭들에 대해선 종혁 자신이 가장 잘 안다는 말이다.

"당신은 모르겠지만, 여기 본청엔 서울청이 모르는 정보들도 많아요. 아시겠어요?"

"……두고 보겠습니다."

이를 악문 팀장은 돌아섰고, 종혁은 그런 그를 보며 코웃음을 쳤다.

"지랄하네."

"큭큭. 야, 종혁아."

"에헤이. 서장님이요, 최종혁 서장님."

"지랄하지 마세요."

"푸흐흐. 왜요?"

"너지?"

종혁은 김종두와 그 옆에 선 정용진의 가늘게 뜬 눈에 입맛을 다셨다.

"아까 그 버스 강남범동방파 새끼들 맞지?"

텄다. 오리발을 내밀어 봤자 먹히지 않을 것 같다.

"쩝. 그건 또 어떻게 눈치채셨어?"

움찔!

"와, 이 새끼!"

놈들이 강남범동방파라는 걸 알았다면 종혁은 도대체 왜 그냥 놈들을 보내 준 것일까?

그 이유로 떠오르는 건 하나뿐이었다.

"너 도대체 뭔 짓을 벌인 거야?!"

유대춘이 건강을 회복했다면 자연스레 범동방파의 세력도 살아나게 될 텐데, 어째서 다른 조직들까지 충동질해 강남범동방파를 쳤을까.

김종두는 그것이 계속 의아했다.

무법자들 〈273〉

그가 아는 유대춘은 치졸할 뿐, 멍청한 놈은 결코 아니었다.

 그래서 혹시나 전적이 많은 종혁이 이번에도 배후에 있지 않을까 했는데, 신안에 있는 놈이 뜬금없이 특별대책수사본부에 합류하기에 혹시나 했는데 역시나였다.

"쉿! 쉿!"

 종혁은 다급히 둘의 입을 막았고, 둘의 눈이 더 가늘어졌다.

"불어, 인마."

"쩝. 100억을 던졌습니다."

"흡?!?"

"이, 이런 미친 새끼!"

 김종두 과장이 종혁의 멱살을 잡는다.

 그에 종혁은 정말 억울하다는 표정을 지었다.

"전 그냥 강남범동방파의 모든 걸 알아 오라고 했을 뿐이에요. 정말입니다!"

 그랬을 뿐인데, 상황이 이렇게 될 줄은 몰랐다는 항변에 김종두가 의아해한다.

"왜?"

 서울청에 먹잇감을 뺏겨서 빡쳤다고 이런 일을 저질렀을 리는 없다.

 제아무리 막 나가는 종혁이라지만, 자신이 아는 최종혁은 정말 부당한 명령이 아니고서야 조직의 체계를 존중하는 놈이기 때문이다.

그에 의아함을 드러내는 그들을 보며 종혁은 이를 악물었다.
"엄마가 그 새끼들한테 당할 뻔했거든요."
"뭣?! 제수씨는!"
"다행히 무사하세요."
아니, 살인청부업자가 왔다는 것도 모르고 있다.
"아무튼 이제 왜 그런지 아시겠죠?"
이해가 된다.
하지만 그렇기에 속이 답답해진다.
"……이것 하나만 말해. 네 목표가 뭐냐?"
"강남범동방파 이 새끼들 조지는 거요. 지금은 그것 말곤 관심 없습니다."
손을 저은 종혁은 김종두와 정용진을 일견하곤 돌아섰고, 둘은 그런 종혁을 보며 한숨을 내쉬었다.
"저 자식 아무래도 깡패들에게 목줄을 채우려는 것 같지 않습니까?"
"뭐든 대한민국 국민과 이 경찰 조직을 위해서겠죠."
최종혁은 그런 경찰이니 말이다.
대한민국의 그 어떤 경찰도 성공하지 못한 일이라도 종혁이라면 해낼지 모른다.
둘은 고개를 저으며 종혁의 뒤를 따랐다.
그 순간이었다.
부우우우웅! 끼이이익!
대문에 쳐진 폴리스라인 앞에 줄줄이 멈춰 서는 차량들

에서 검은 양복을 입은 사내들이 내린다.
"큰형님-!"
"씨발! 비켜, 이 짭새 새끼들아!"
"……저 새끼들도 잡으세요."
정용진과 김종두는 한숨을 내쉬었다.

* * *

충격! 국내 최대 규모의 폭력 조직 범동방파 두목, 유모 씨 살해!
특수본, 왜 막지 못했나!
시민들의 반응은?
유 모 씨 장례는 어디에서?
몰리는 인파들!

80년대 격동의 시기를 보낸 사람들이라면 거의 다 아는 이름, 범동방파의 보스 유대춘.
한때 일본 야쿠자, 중국의 삼합회와도 유대 관계를 가지며 명실상부 대한민국 최대의 조직이었던 범동방파를 이끈 그가 살해당했다는 소식에 그를 기억하는 이들은 잘됐다는 듯 혀를 찰 수밖에 없었다.
그러며 다행이라고 생각했다.
이제 밤이 조금 더 안전해졌으니 말이다.

* * *

대앵! 대앵!

범종 소리가 울려 퍼지는 어느 절.

검은 양복을 입은 수많은 사람들이, 험악하기 짝이 없는 인상을 지닌 사람들이 비통한 얼굴로 차에서 내리며 절로 향하는 계단을 오른다.

"아이고! 아이고!"

"큰형님! 이렇게 가시는 게 어디 있습니까!"

"어떤 새끼야! 어떤 개새끼가 우리 큰형님을 죽였어-!"

누군가는 절간의 문지방을 넘기도 전에 곡을 했고, 누군가는 문지방을 넘자마자 주저앉아 땅바닥을 친다.

일반인들에겐 공포의 상징이었지만, 그들 깡패들에게 있어선 전설이자 제왕이었던 유대춘.

그에게 은혜를 입은 깡패들이 답지 않게 울어 대며 장례식이 진행되는 절을 더 어둡게 만든다.

"지랄들을 하네."

땅바닥에 침을 뱉는 종혁.

김종두와 정용진도 가래를 가득 모아 침을 뱉는다.

"어이구. 새까맣기도 하다."

"전국 깡패 새끼들은 다 모인 것 같네요. 어이구, 저 새끼는 범삼성파 보스 새끼 아니에요?"

"어디? 오, 진짜네!"

마치 염색이라도 한 듯 새하얗게 센 머리를 한 노인이

다른 깡패의 부축을 받으며 계단을 올라가고 있다.

"이야, 저 새끼 얼굴 오랜만에 보는데? 어? 신21세기파 새끼들이랑 선양OB 새끼들도 왔다."

죄다 전국구라 불리는 조직의 보스나 간부들.

노다지다.

종혁은 뒤에 세워져 있는 검은색 승합차의 창문을 두드렸다.

"안에 계시는 팀장님들, 잘 찍고 계시죠?"

"걱정 마십쇼! 잘 찍고 있습니다!"

종혁과 김종두, 정용진이 눈을 가늘게 뜬다.

"그런데 아무래도 이 새끼들 누가 유대춘을 죽인 건지 모르는 것 같죠?"

흠칫!

종혁의 말에 김종두와 정용진이 고개를 끄덕인다.

"어. 그런 것 같다."

오정훈을 언급하는 놈들이 한 놈도 없다. 아무래도 별장에서의 일이 밖으로 알려지지 않은 것 같다.

"흠…… 사전에 이야기했던 대로 진행할까요?"

혹시나 오정훈이 곧바로 나서지 않았을 경우를 대비하여 준비한 플랜 B.

"아, 때마침 적당한 놈이 오네."

유대춘의 왼팔이자 범동방파의 넘버 3, 고경철.

현재로선 범동방파 보스 등극이 가장 유력한 인물이다. 그런 그가 부하들을 이끈 채 씩씩거리며 다가오고 있다.

"오랜만입니다, 반장님?"

"반장은 무슨. 본청 과장 된 지가 언젠데. 오랜만이다, 경철아?"

김종두가 넉살맞게 웃으며 손을 흔들자 고경철의 얼굴이 구겨진다.

"이 대한민국에 큰 발자국을 남기셨던 큰형님께서 가시는 길입니다. 자중해 주시죠?"

"무슨 자중?"

"저렇게 대놓고 사진을 찍어 대는데 조문객들이 껄끄러워서 조문을 하겠습니까?"

"에이, 우리가 이러는 거 하루 이틀도 아니고. 그냥 무시해. 봐, 다 무시하잖아."

"씨발. 내 눈이 뻐꾸도 아니고 어떻게 무시를 해?"

"왜? 이참에 뻐꾸로 만들어 줘?"

"이 양반이 지금……."

"말이라고 내뱉으면 단 줄 아나! 어이, 이보쇼!"

발끈하는 부하들을 말린 고경철이 치미는 분노를 삭인다.

"적당히들 합시다. 씨발. 고인의 명복은 빌어 주지 못할지라도 방해는 하지 말아야지."

'딱 좋네.'

타이밍과 출연 배우의 중요도도 딱 좋다. 아니, 이보다 좋을 수가 없다.

김종두, 정용진과 시선을 나눈 종혁은 고개를 끄덕이며

무법자들 〈279〉

돌아서는 고경철을 향해 입을 열었다.
"지랄한다. 뭐, 얼마나 대단한 놈이 죽었다고."
까득!
"……이쪽 분은?"
"왜? 내 이름을 들으면 누군지 알고?"
"아, 당신이 본청 불도저 최종혁이란 경찰 나으리시구 만? 반갑수다. 오다가다 만날 사이니 인사나 합시다. 고경철이요."
종혁은 내밀어지는 손을 보며 피식 웃었다.
"지 형님 배때기를 누가 쑤셨는지도 모르는 놈들이 인사는 무슨."
쿵!
까드드드득!
고경철의 얼굴이 귀신보다 더 흉악하게 일그러진다. 종혁이 정곡을 찔렀기 때문이다.
사건이 발생한 그 시각 고경철 자신에게 전화를 걸었던 김춘식. 하지만 일이 있어서 연락을 받지 못했고, 이후 김춘식의 전화를 받은 조직원은 아무도 없다.
그에 누가 큰형님 유대춘과 이인자인 김춘식을 죽였는지 아무도 알지 못하는 상태였다.
"지들이 키우던 개새끼한테 물린 줄도 모르는 새끼들이……. 쯧쯧. 에휴, 됐다. 가라."
움찔!
"그 말의 의미가 뭐요?"

종혁은 죽일 듯 노려보는 그를 보며 씩 웃었다.
"아까 보니까 육개장 건더기들이 실하더라."
"……씨발!"
이를 간 고경철은 몸을 돌렸고, 종혁과 김종두, 정용진은 서로를 향해 씩 웃으며 고경철의 뒤를 따랐다.
그렇게 그들은 짐승들이 넘쳐 나는 더러운 우리 안으로 들어갔다.

* * *

똑똑똑똑똑!
목탁 소리가 울리는 대웅전.
'저 인간이 왜?'
'씨발.'
놀라고 몸을 돌리는 깡패들의 시선을 받으며 유대춘의 영정 사진을 본 종혁과 김종두, 정용진이 국화꽃을 올리며 고개를 살짝 숙인다.
손이 근질거린다.
'하. 여기 있는 새끼들만 모조리 잡아 처넣어도 이 대한민국이 훨씬 깨끗해질 텐데.'
그럴 수 없다는 게 한스러울 뿐이다.
하지만 그렇다고 감히 경찰이 눈앞에 있는데도 저렇게 여유 있게 앉아 있는 모습을 봐줄 이유도 없었다.
"어, 나야! 수배 떨어진 놈들 수거할 준비 끝났지?!"

움찔!

고경철도 경악해 김종두를 본다.

천하의 개새끼였지만, 그래도 망자에 대한 예우를 끝낸 김종두가 짝다리를 짚는다.

"뭐? 어쩌라고? 수배까지 내려진 놈들이 아무렇지도 않게 돌아다니는 걸 경찰 보고 모른 척하라고?"

'씨발 새끼!'

"……이쪽으로 오쇼."

종혁과 김종두, 정용진은 이쪽을 노려보는 전국구 조직의 보스, 간부들을 향해 손을 흔들며 고경철의 뒤를 따랐고, 그렇게 앉아 있던 사람들 중 몇 명이 슬그머니 몸을 일으켜 절을 빠져나간다.

전국구 조직의 보스들이나 간부들도 곧 몸을 일으켜 자리를 피한다.

작은 법당으로 안내된 그들의 앞에 고기가 듬뿍 담긴 육개장 등의 음식들이 놓인다.

"많이들 처드쇼."

몸이 달았는지 이를 드러내는 그의 모습에 피식 웃은 종혁이 품에서 사진을 꺼내 그의 앞에 던진다.

"옛다."

쿵!

너무도 익숙한 별장, 그리고 낯익은 얼굴.

굳어 버린 고경철을 일견한 종혁이 김종두와 정용진의 잔에 술을 따른다.

그에 김종두와 정용진이 속으로 고개를 젓는다.

다시 봐도 혈압이 오르는 사진들. 종혁은 이렇게 모든 걸 알면서도 모른 척했던 거다.

까드드득!

"오, 오정훈 이 씹새끼가 우리 큰형님을 죽였다고?"

'대체 왜?'

오정훈에게 벌어진 일은 자신도 알고 있다.

그렇기에 이해가 되지 않는다.

"이것도 봐."

이번엔 김종두가 품에서 사진을 꺼내 내민다.

그에 고경철의 얼굴이 와락 일그러진다.

꽈앙!

테이블을 후려친 고경철의 시뻘겋게 달아오른 눈이 김종두를 찢어발길 듯 노려본다.

"이거 확실합니까?"

"우리야 어떻게 된 상황인지 모르지."

종혁과 김종두는 어깨를 으쓱였고, 고경철은 다시금 사진들을 노려본다.

이번에 강남범동방파를 치기 위한 연합한 몇몇 조직의 보스들과 오정훈이 만나는 사진.

한창 항쟁 중일 텐데 이렇게 한자리에 모여 있다는 것 자체가 말도 안 되는 일이었다.

그 순간 고경철의 머릿속에서 하나의 시나리오가 완성된다.

'오정훈 이 개새끼가 습격을 당한 게 아니다?'

혹여나 자신이 의심을 받을 때 알리바이를 만들기 위해, 공격당하는 모습을 연출한 것이었다.

분명했다.

"이 개……!"

콰당탕!

결국 상을 엎어 버린 고경철이 김종두의 멱살을 잡는다.

"그래서 나보고 뭘 어쩌란 거요! 씨발, 칼춤이라도 시원하게 춰 드려?! 그래서 당신들 짭새 새끼들은 우리들을 싹 다 쓸어 담고?!"

"……놔, 이 병신 새끼야. 지 큰형님도 지키지 못한 병신 새끼가 누구한테 화를 내?"

"으아악!"

악을 지른 고경철이 법당을 빠져나가고, 바닥을 구르는 소주와 잔을 챙긴 종혁이 김종두와 정용진에게 잔을 건넨다.

쪼르르!

다시 그들의 잔에 따라지는 술.

김종두와 정용진이 어이없다는 듯 종혁을 보다 이내 낯빛을 굳힌다.

"과연 우리 생각대로 움직일까?"

"움직이겠죠."

당하고는 결코 못 넘어가는 게 깡패다.

보스를 잃었는데 그걸 그냥 넘어간다?

그건 깡패가 아니었다.

"뭐 범동방파가 움직이지 않더라도 상관없지만요."

그 말의 뜻을 알아들은 김종두와 정용진은 헛웃음을 터트렸다.

* * *

오대춘의 장례식이 치러지기 전날 저녁, 경기도 외곽의 어느 한정식집.

차와 사람이 빼곡하게 서 있는 주차장 안으로 고급 세단들이 줄지어 진입한다.

탁!

고급 세단에서 누군가 내릴 때마다 허리를 숙이는 깡패들.

심각한 표정을 지으며 차에서 내린 사람들, 이번 강남 범동방파 나눠 먹기에 참가한 조직의 보스들은 차례차례 안내된 방으로 이동했다.

"허. 유대춘 형님이 그렇게 가실 줄이야."

"대체 누가 그 양반을 쑤신 거야?"

현재 대한민국을 떠들썩하게 만드는 유대춘의 사망 소식에 그들도 동요할 수밖에 없었다.

그런데 이러한 상황을 이용하듯 할 말이 있으니 얼굴 좀 보자던 오정훈의 제안.

예상치 못한 유대춘의 사망에, 돌아가는 상황이 심상치 않음을 느낀 그들로서는 일단 무슨 이야기를 하려는 것인지 들어 보기로 결정했다.

"아무래도 협상을 하자는 거겠지?"

한 보스의 말에 다른 이들이 고개를 끄덕이는 순간이었다.

"그렇습니다."

움찔!

스르륵! 탁!

문이 열리며 냉막한 얼굴의 오정훈이 들어온다.

자연스럽게 가장 상석에 가서 앉은 그. 다른 보스들의 얼굴이 불편해지지만 오정훈은 일부러 무시한다.

"우리 강남범동방파를 쑤시느라 바쁘신 와중에도 이렇게 찾아와 주셔서 감사합니다. 강남범동방파를 이끌고 있는 오정훈이 여러 선배님들께 인사 올립니다."

"어흠."

"큼."

이렇게 정중하게 인사를 할 줄 몰랐던 그들은 대체 무슨 수작이냐는 듯 눈을 가늘게 떴고, 오정훈은 자리에 앉아 찻잔을 들며 주변을 살폈다.

'……몇 곳은 안 왔군.'

강남범동방파를 쳤던 조직들 중 목포 태흥파를 비롯해 범삼성파 등 규모가 꽤 큰 조직의 보스들은 보이지 않았다.

'쯧.'

생각한 대로 일이 풀리지 않음에 오정훈은 살짝 미간을 찌푸렸지만, 이내 마음을 가라앉히곤 입을 열었다.

"다들 바쁘실 테니 본론만 말하겠습니다. 여기서 더 선을 넘기 전에 가져간 거 내려놓고 물러나시죠."

탁!

감석파의 보스가 찻잔을 들었다가 내려놓는다.

"후배님이 말을 너무 경우 없이 하시네. 그러면 우리 애들이 이 먼 곳까지 출장 와서 다친 건 어떡하고?"

"그건 섭섭지 않게 챙겨 드리죠."

"업장 여섯 개 정도는 받아야 할 것 같은데?"

"욕심을 너무 부리시는군요."

"글쎄. 욕심은 후배님이 부리는 게 아닐까?"

이미 대세는 기울었다. 강남범동방파는 가만히 앉아서 당하기만 하면 되는 거다.

이 바닥에선 힘없는 놈이 병신. 힘이 없어 당한다면 그놈이 병신인 거다.

그런 감석파 보스의 말에 오정훈이 한숨을 내쉰다.

"참 그 아가리 찢어지는 줄도 모르고 욕심부리시네. 그러다 배때기 찢어져 다 쏟아 낼라고."

"뭐야!?"

"이 새끼가!"

순식간에 험악해지는 분위기.

오정훈은 끔찍한 살기가 방 안을 가득 채움에도 아랑곳

하지 않고, 테이블을 후려쳤다.

콰앙!

"내가 그냥 곱게 죽을 거 같아? 모시던 큰형님까지 은퇴시킨 내가?"

쿠웅!

지금 자신들이 뭘 들은 걸까.

보스들의 입이 떡 벌어진다.

"뭐, 뭐라고?!"

"너 이 새끼 설마……!"

탁!

오정훈이 품에서 피가 말라붙은 금반지 하나를 꺼내어 내려놓는다.

그에 보스들이 다시 엉덩이를 들썩인다. 그 반지의 주인이 누구인지 한눈에 알아본 것이다.

"왜? 당황스러우십니까? 당신들을 충동질한 큰형님을 내가 은퇴시켜서?"

"……뭐?"

'응?'

당황하는 보스들의 모습에 오정훈도 당황한다.

서로 눈빛을 주고받으며 정말이냐고 묻는 듯한 모습에 오정훈은 눈을 가늘게 뜬다.

'내 촉이 틀렸다고?'

제 잇속 챙기기 바쁜 깡패 새끼들이 이렇게 간단히 힘을 합쳤을 리가 없다고, 그러니 유대춘이 충동질을 했을 것이라 생각했다.

그런데 이들의 반응을 보니 자신의 촉이 틀린 듯했다.

'박 전무 말대로 그냥 우리를 두려워한 것뿐인가?'

아니, 이제 와서 그런 건 아무래도 상관없었다.

이미 자신은 범동방파의 보스인 유대춘을 죽였고, 물은 엎질러진 상황이었다.

탕! 탕!

혼란스러워하는 보스들의 시선이 상을 내려치는 오정훈에게로 향한다.

"뭐가 어찌 됐든 이미 당신들도 발을 뺄 수 없을 겁니다."

지금쯤 범동방파에서는 자신들의 보스를 죽인 이를 쫓고 있을 터.

그들에게 자신이 이 자리에 있는 이들과 합심해서 유대춘을 죽인 것이라고 말하면 과연 어떻게 될까?

아무리 생각해도 강남범동방파가 범동방파를 공격할 이유를 떠올릴 수 없는 그들은 결국 그 말을 믿을 것이다.

강남범동방파가 자신들을 공격하는 조직의 보스도 아니고 유대춘을 죽일 이유가 없다고, 사실 다른 조직들과 함께 범동방파의 영역을 집어삼키려 한 것이라면 말이 된다고 말이다.

사실 조금 더 고민한다면 이상한 점을 발견할 수 있을지도 모르지만, 그럴 머리가 있었다면 주먹으로 먹고사는 깡패가 되지도 않았을 터였다.

"너 이 새끼……!"

"지금 네 목을 따서 갖다 바쳐도 그딴 게 통할 거 같아!?"

눈빛이 악독해진 오정훈이 다시 품 안에 손을 집어넣는다.

타악!

그리고 상 위에 내려진 권총 한 자루.

"어디 끝까지 가고 싶은 분은 가 보세요. 이 중 최소 절반은 같이 데려갈 테니까."

"흡!"

"헉?!"

"너, 너 이 새끼 그걸 어떻게……."

오정훈이 하얗게 질리는 보스들을 보며 입술을 비튼다.

"어떻게, 저랑 함께하시겠습니까? 아니면 범동방파에게 뒤지시겠습니까?"

방 안에 침묵이 내려앉는다.

미친 거다. 오정훈이 정말 미쳐 버린 거다.

"……그래, 우리가 함께한다고 치자. 그런데 너 고경철이를 감당할 수 있겠냐?"

서열상, 아니 세력으로도 범동방파의 차기 보스가 될 것이 유력한 고경철.

그는 범동방파의 산하 조직들까지 모두 이끌고 전력을

다해 복수를 하려 들 것이었다.

그 말에 오정훈은 피식 웃었다.

"제가 따로 준비하고 있는 게 있으니 그건 걱정하지 마시죠."

목포 태흥파와 범삼성파와 같은 조직들이 오지 않은 것은 예상 밖의 일이었지만, 그들이 빠진 것이 못내 아쉬웠지만 계획대로 흘러만 간다면 그 정도는 오차 범위 내였다.

당장 오늘 저녁에 있을 큰 거래.

그 거래만 성사되면 든든한 우군을 얻을 수 있었다.

깡패들보다 더 막 나가는 우군들을.

"그러니 이제 가부 결정을 내려 주시죠. 시간은 많이 못 드립니다."

가만히 앉아서 범동방파에게 죽느냐, 아니면 이번 기회에 범동방파를 제끼고 전국구 조직으로 우뚝 서느냐.

자신들이 고경철에게 붙을 것을 전혀 염려하지 않는 듯한, 도대체 무엇을 준비하고 있는 것인지 너무나도 자신만만한 오정훈의 모습에 보스들은 점차 마음이 한쪽으로 기울기 시작했다.

* * *

다시 시간을 되돌려, 밤이라 조문객들이 많이 빠져나간 절.

촤락!

고경철이 간부들을 불러 놓고 그들의 앞에 사진을 던진다.

그중 김종두에게 받은 사진, 경기도의 어느 한정식집을 찍은 사진들에 시선이 집중된다.

쿠웅!

심장이 멎는 충격과 함께 범동방파의 간부들은 단숨에 상황을 이해했다.

큰형님이자 회장님이며 정신적 지주였던 유대춘 큰형님이 누구의 손에 당한 것인지를.

"이 개새끼들이-!"

"형님! 지금 뭐하십니까!"

"씨발! 연장 챙겨!"

길길이 날뛰던 조직원들은 왜인지 고요한 고경철의 모습에 흥분을 가라앉힌다.

그런 그들을 본 고경철이 입술을 비튼다.

"이거 쥐약이다."

그것도 아주 지독한 쥐약이다.

대한민국 깡패란 깡패는 다 죽으라는 지독한 쥐약.

짭새 새끼들의 개수작.

"그런데 안 먹을 수가 없네."

먹으면 무조건 죽는데, 이겨 내기만 한다면 경찰도 함부로 못할 그런 존재가 된다.

고경철의 눈빛이 살벌하게 빛나기 시작했다.

"산하 조직들과 친분 있는 조직들에게 전부 연락 돌려. 이 새끼들을 찢어 먹을 생각 없냐고."

빠드드드득!

* * *

구우웅!

해가 어스름히 저물어 가는 오후, 한 대의 어선이 서해를 가로지른다.

저 멀리 나아가는 순찰선을 향해 손을 휘젓는 어선의 선원들.

갑판에 가득 쌓인 통발을 던지려는 것인지 모두의 눈에 긴장감이 어린다.

그렇게 얼마나 달렸을까.

그들의 눈에 주황색 스티로폼 부표가 들어온다.

"선장님-! 저기! 저기!"

희미하게 8이라는 숫자가 적힌 부표.

키를 잡은 선장이 눈을 희번뜩 뜨며 부표를 향해 배를 몬다.

그렇게 부표에 가까워지는 순간 완전히 어두워진 하늘.

긴 갈고리를 든 두 명의 선원이 부표를 찍어 끌어당긴다.

"힘줘!"

"으랏챠!"

 힘들게 끌어 올려 양망기에 줄을 거는 그들.

 이윽고 모터가 힘차게 돌아가며 물에 잠긴 밧줄과 통발을 끌어 올린다.

 그렇게 첫 통발이 수면 위로 모습을 드러낸 순간이었다.

"멈춰! 멈춰!"

 순간 멈춘 양망기. 선원들이 다급히 커다란 통발에 달려들며 안에 있는 내용물을 꺼내 든다.

 투명하고 두꺼운 비닐 속, 은색 테이프로 감긴 사각형의 무언가.

 세 번째 통발까지 확인한 선원들이 선장에게 오케이 신호를 보내고, 선장은 입술을 비틀며 담배를 물었다.

 찰칵! 치이익!

 빨갛게 달아오른 불꽃이 어두운 밤을 밝혔다.

통통통통통!

 어업을 마친 배가 속도를 줄이며 선착장에 도착한다.

"하나둘!"

"으랏챠!"

 오늘 수확한 어패류를 땅에 내리는 선원들.

 미리 대기하고 있던 작은 활어차 한 대가 빠르게 다가와 땅에 내려진 어패류를 싣는다.

 양이 그렇게 많지 않다 보니 금방 실은 오늘의 수확물들.

뒤늦게 내린 선장이 어깨를 돌리는 선원들을 향해 입을 연다.

"我先走(나 먼저 간다)!"

선장의 입에서 흘러나오는 능숙한 중국어.

선원들도 입술을 비틀며 고개를 숙인다.

"예, 알겠습니다!"

"곧 따라가겠습니다!"

고개를 끄덕이며 활어차의 보조석에 올라탄 선장.

이윽고 운전석에 모자를 눌러쓴 운전사가 올라타고, 선착장을 벗어난 활어차가 고속도로를 올라타 서울로 향한다.

그런 차가 멈춘 곳은 서울 외곽 한 야산의 공터였다.

투르릉!

활어차 뒤로 세워지는 두 대의 승합차.

그 승합차에서 방금 전 선원들이 내리고, 선장도 활어차에서 내려 담배를 문다.

'올 때가 됐는······.'

피식!

"양반은 아니군."

그들이 왔던 길을 통해 가까워지는 두 쌍의 불빛.

이윽고 승합차 두 대가 멈춰 서며 그중 선두의 차에서 오정훈이 내리고, 다른 조직원들도 하차를 한다.

순간 날이 서는 공기.

그러나 오정훈은 그런 게 느껴지지 않는다는 듯 성큼성

큼 걸어 선장 앞에 선다.

둘 사이의 공기가 팽팽하게 당겨진다.

하지만 그것도 잠시.

"오 회장님."

"이 선장님."

씩 웃으며 서로를 향해 손을 내밀어 꽉 마주잡는 그들.

선장은 뒤의 선원을 향해 손을 흔들었고, 이내 해상에서 건져 낸 은색 덩어리들을 가지고 나온다.

그건 오정훈도 마찬가지다.

둘 사이에 놓이는 은색 덩어리들과 커다란 캐리어들.

"오 회장님이 주문한 20킬로요. 의심되면 달아 보시든가."

당연하다. 곧 저울을 가져와 무게를 확인한 오정훈이 고개를 끄덕인다.

"무게는 확실하군요. 설마하니 수작을 부리진 않으셨을 테고."

"넝쿨째 굴러 들어온 호박을 걷어찰 정도로 머저리는 아니니 걱정 마시오."

서로를 가만히 응시하던 둘은 동시에 피식 웃으며 다시 악수를 한다.

손을 흔든 선장은 더 이상 아무런 미련이 없다는 듯 활어차에 몸을 실었고, 선원들도 승합차에 올라타 공터를 빠져나간다.

그런 그들을 빤히 바라보던 오정훈은 그들이 더 이상

보이지 않자 한숨을 내쉰다.

'끝났군.'

어느새 목 뒷덜미를 따뜻하게 적신 땀. 긴장을 했단 증거다.

그럴 수밖에 없다. 수백억이 왔다 갔다 하는 거래이기 때문이다.

거래가 무사히 끝났음에 주먹을 꽉 쥔 오정훈이 핸드폰을 들어 누군가에게 전화를 건다.

"납니다. 1시간 후에 그곳에서 봅시다."

-그럽시다.

됐다. 이걸로 든든한 우군까지 확보했다.

손에 쥐고 있는 이 물건이라면 부모라도 죽일 무법자들.

오정훈의 두 눈이 흉흉하게 빛나기 시작했다.

* * *

똑똑똑똑똑!

이제 막 해가 어스름히 떠오르는 절의 봉안당.

사람의 머리 하나 겨우 들어갈 공간 안으로 하얀 뼛가루가 담긴 납골함이 들어간다.

활짝 웃는 유대춘의 사진을 향해 합장을 하며 허리를 숙이는 고경철과 범동방파의 간부들.

물러나는 스님을 향해서도 숙인 허리를 편 고경철이 애

절한 시선을 거두며 간부들을 둘러본다.

"내가 회장이 되는 것에 불만이 있는 놈들은 지금 말해. 회장님 앞이니 피는 보지 않으마."

스윽!

대답 대신 허리를 90도로 숙이는 범동방파의 간부들.

"그래. 고맙다."

흡족히 웃은 고경철이 봉안당을 빠져나간다.

그러자 그들의 눈앞에 펼쳐진 아찔한 광경.

수백 명의 깡패가 그들을 향해 허리를 숙이고, 고경철이 담배를 문다.

찰칵! 치이익!

"후우."

구름 한 점 없이 맑은 하늘.

전쟁을 벌이기에 딱 좋은 날씨다.

"시작하자."

고경철이 담배를 던지며 걸음을 옮기자, 수백 명의 깡패가 눈을 흉흉하게 뜨며 그 뒤를 따른다.

* * *

"하아암."

덩치 큰 사내들이 하품을 하며 새벽녘의 거리를 걷는다.

하얗고 싸늘하게 흩어지는 입김.

몸을 움츠린 사내들의 전신엔 피로가 가득하다.
그런 사내들이 향한 곳은 동네의 목욕탕이었다.
"성인 여섯이요."
"……3만 원."
카운터 할머니가 못마땅한 표정을 짓지만, 사내들 중 그 누구도 신경 쓰지 않는다.
계단으로 향하는 사내들의 눈이 카운터 옆 '여탕'이라 적힌 문을 바라본다.
"크. 진짜 저기 한번 들어가 봤으면 소원이 없겠네."
"쭈구렁 할망구의 다 늘어진 젖 보려고?"
"웩! 그건 좀."
킬킬거리며 2층의 남탕으로 향한 남성들이 훌렁훌렁 옷을 벗는다.
"헉!"
"으음."
이른 새벽부터 목욕탕을 찾은 사람들이 옷을 벗는 사내들을 보며 슬그머니 몸을 돌린다.
그럴 수밖에 없다. 사내들의 등판에 용, 호랑이, 잉어 등 문신이 그려져 있기 때문이다.
이내 옷을 다 벗은 그들이 목욕탕 안으로 향하자 목욕탕 안에 있던 사람들도 슬그머니 몸을 피한다.
결국 그들만 남게 된 목욕탕. 그들은 남들 시선은 아랑곳하지 않고 목욕탕 이곳저곳을 향해 몸을 날렸다.
"이야호!"

푸웅덩!

"으아아!"

밤새 업장을 지키느라 쌓인 피로가 싹 풀려 나간다.

"어흐으!"

"으아!"

따뜻한 물 안에서 노곤하게 풀어지는 그들.

등판에 잉어와 봉황이 뛰어노는 이십대 후반의 사내가 같은 숙소에서 생활하는 동생들을 본다.

피가 섞이진 않았지만, 매일같이 한 식탁에 모여 앉아 밥을 나눠 먹으니 그게 식구가 아니면 뭐겠는가.

동생들을 바라보던 이십대 후반 사내의 눈이 점차 서늘하게 가라앉는다.

"다들 잘 들어."

"예, 형님."

얼른 늘어진 몸을 추스르며 각을 잡고 앉는 그들.

"어제 형님이 잠깐 귀띔을 하셨는데, 아무래도 곧 전쟁이 벌어질 것 같다."

슬렁!

코끝을 스치는 짙은 피 냄새에 순간 동요했던 그들이 이내 사납게 웃는다.

"강남범동방파 이 씹새끼들이 드디어 반격에 나선답니까, 형님?"

"하, 이 좆밥 새끼들이. 이제 와서 뭘 어쩌겠다고."

며칠 전 강남범동방파의 업장 중 하나를 접수한 그들.

그들뿐만 아니라 이미 여러 조직에서 강남범동방파의 업장을 빼앗은 상태고, 강남범동방파의 업장은 손에 꼽을 정도밖에 남아 있지 않았다.

"강남범동방파에서 뭔가 제안을 한 거 같은데, 그게 뭔지는 몰라도 어그러졌나 봅니다, 형님."

범동방파 유대춘의 장례식이 치러지기 하루 전, 강남범동방파의 보스와 회담을 가진 그들 조직의 보스.

그들은 혹시 모를 상황을 대비해 언제든 달려 나갈 수 있도록 한정식집 인근에서 잔뜩 긴장을 한 채 대기를 하고 있었다.

다행히 회담이 끝날 때까지 아무런 일도 벌어지지 않으며 그대로 숙소로 돌아가게 됐기에, 무언가 협정이 오갔을 거라 생각했는데 아무래도 그게 아닌 듯했다.

"글쎄······."

회담의 결과 좋지 않았다면 계속 긴장 상태를 유지하라고 했을 거다.

그런데 아니었다.

어찌 된 일인지 회장님은 고생했다며 목 좀 축이라며 용돈까지 주셨다. 알아보니 같은 조직의 다른 행동대도 모두 회장님께 보너스를 받았다고 했다.

"이런 일이 있을 때마다 꼭 뭔 일이 터졌단 말이지······."

아니길 간절히 바라지만, 꺼림칙한 느낌을 지울 수가 없다.

"그냥 좋게 이야기가 잘 마무리된 거 아니겠습니까?"

"그러려나……."

고개를 끄덕인 사내는 이내 신경을 끄며 눈을 감는다.

자신들 같은 말단들은 그냥 위에서 가라면 가고, 누굴 찌르라면 찌르면 되는 거다. 생각은 자신들이 아니라 위에서 하는 것이었다.

다만 심장은 뜨겁게, 머리는 차갑게.

언제든 위의 명령을 재빨리 수행할 수 있도록 긴장을 해야 됐다.

'피는 얼마나 보려나.'

그렇게 그가 생각에 잠길 때, 그의 눈치를 보던 다른 사내들이 슬그머니 대화를 나눈다.

"그나저나 오늘이 발인 아니야?"

"누구? 아, 유대춘 회장님?"

그들 같은 깡패들에게 있어선 전설 그 자체인 유대춘. 말단이라 감히 장례식에 들를 수도 없어서 아쉬워 미칠 지경이다.

그렇게 그들이 아쉬움을 토로하던 그때였다.

"혀, 형님!"

"왜……."

눈을 뜬 사내는 목욕탕 입구를 보며 눈을 부릅떴다.

목욕탕 안으로 들어오는 검은 정장의 덩치들.

그들의 손에 쥔 사시미칼이 서늘하게 번들거린다.

"하, 이 개씹새끼들. 니들이 우리 회장님 제끼고도 무사할 줄 알았냐?"

"무, 무슨……."
"다 죽여!"
"우와아아아!"
"마, 막아-!"
목욕탕이 피로 물들었다.

* * *

해가 완전히 뜬 아침.
서울의 어느 아파트가 부산스럽다.
졸린 얼굴로 이것저것 챙기는 이십대 여성과 그런 여성을 돕는 오십대 여성.
그리고 그런 둘을 뚱한 얼굴로 바라보는 삼십대 후반의 남성.
띵동!
"왔다! 나가요!"
이십대 여성이 얼른 현관으로 달려가 문을 여니, 패딩 점퍼를 입은 삼십대 초반의 남성이 모습을 드러낸다.
"어머! 이 서방!"
"하하. 안녕히 주무셨습니까, 장모님! 그리고……."
누군가를 찾는 듯 이리저리 두리번거리는 남성의 모습에 부엌에 앉아 있던 삼십대 후반의 사내가 몸을 일으킨다.
"안녕히 주무셨습니까, 형님!"

"아니, 잘 못 잤어. 내 동생을 훔쳐 가는 어떤 도둑놈 때문에. 지가 훔쳐지는데도 저렇게 처웃는 저년 때문에."

"아하하."

짜악!

"오빠! 좋은 날이잖아. 얼굴 좀 펴! 말도 곱게 하고! 여기에 있는 조카한테 부끄럽지도 않아?"

자기 남편을 두둔하겠다고 등짝을 때리는 여동생이 야속하다.

배를 쓰다듬으며 조카 공격을 하는 여동생이 참 낯설다.

"몰라, 이년아."

평생을 이렇게 살아왔는데 그게 쉽게 고쳐질까.

"다물고 얼른 가기나 해. 그리고 매제."

"예, 형님."

"이따가도 말할 테지만, 내 동생 눈에 눈물 나면 진짜 죽는다."

"그건 걱정 마십시오, 형님! 정말 행복하게 살겠습니다!"

"오빠……."

"답지 않게 울지 말고 얼른 가, 이년아."

"……씨이. 그럼 이따가 봐. 엄마, 이따가 봐요."

"그래. 얼른 가. 늦겠다."

"갈게!"

현관문이 닫히자 삼십대 후반 사내가 주머니를 뒤지며

담배를 찾고, 오십대 여성이 그런 그의 등을 쓰다듬는다.
"괜찮아?"
"안 괜찮을 건 뭐예요. 엄마는?"
"나야 뭐 시원섭섭하지. 아니, 그게 아니라 정말 오늘 괜찮겠어? 너 오늘부터 바쁠 거라며."

아들이 무슨 일을 하고 있는지, 강남범동방파라는 곳의 간부인 것도 알고 있는 여성.

그렇기에 더 걱정이 들 수밖에 없다. 험하고 위험한 깡패 짓을 하는 아들이라지만, 그래도 그녀에겐 소중한 아들이었다.

"괜찮아요, 오늘은."

유대춘의 발인이 오늘이다. 아마 오늘까진 여유가 있을 거다.

'하지만 내일부턴 전쟁이겠지.'

설령 범동방파가 움직이더라도 그건 발인까지 모두 끝낸 뒤가 될 터였다.

"우리도 이제 가죠."
"잠깐만. 한복 좀 챙기고. 너도 얼른 정장 입어."
"됐어요. 이따가 미용실에서 머리 만지고 입으면 돼."
"그래, 알았어."

안방으로 간 여성은 이내 곧 고운 한복을 들고 나왔고, 둘은 엘리베이터에 오른다.

"이따가 울지 말고."
"에그. 네가 할 소리야?"

무법자들 〈305〉

어려서부터 유독 여동생에게 약했던 아들.

다른 집 남매는 서로 못 잡아먹어서 안달이라던데, 자신의 아들은 틱틱거리면서도 여동생에게는 항상 져 주었다.

"건달은 안 울어요."

"네, 네. 그러세요. 엄마 죽어도 안 울 거야?"

"뭔 말을 또 그렇게 해? 한 번만 더 그 말 꺼내 봐요."

띵! 스르릉!

"나 진짜 화낼 거예요. 여기 있어요. 차 가져올 테니까."

"알았어. 아들 갔다 와."

"쯧."

그는 이내 담배를 물며 멀리 세워 둔 차로 향했다.

"하. 얘가 정말 결혼을 하긴 하는구나."

솔직히 아직도 실감이 나질 않는다.

나이 차이가 크다 보니 직접 기저귀를 갈아 주고, 젖병도 물려 주었던 여동생.

까까 웃으며 손을 뻗던 여동생의 얼굴이 아른거리며 눈을 시큰하게 만든다.

"에이, 뭔 청승이야. 남들 다 하는 결혼인데."

혀를 찬 그가 차에 키를 꽂는 순간이었다.

뚜벅! 뚜벅!

양옆에서 들리는 구둣발 소리와 뒷목을 스치는 서늘함에 고개를 돌린 그는 어느새 자신을 둘러싼 사람들에 눈을 질끈 감았다.
 "씨발."
 푸우욱!

 * * *

 "흩어져 있지 말란 말이야! 한데 뭉쳐 있어!"
 "아무 병원이나 가지 마! 짭새한테 따인다!"
 당했다.
 설마 발인조차 끝내지 않고 이렇게 빨리 움직일 거라곤 생각지 못했다.
 아니, 설령 빨리 움직인다 하더라도 유대춘을 죽인 범인이 오정훈 자신이란 것을 이렇게 빨리 특정할 거라곤 조금도 예상하지 못했다.
 심지어 놀랍게도 그들은 범동방파를 치기 위해 자신이 끌어들인 조직들까지 모두 급습을 했다.
 "대체 어떻게!"
 어느 한 곳이라도 급습을 피해 갔다면 의심이라도 했을 텐데, 모두 꽤 치명적인 타격을 입었다.
 의심 할 여지는 없었다.
 '그럼 누굴까. 대체 어떤 새끼가 불었을까…….'
 유대춘의 별장에서 죽인, 부상을 입히고 데려온 범동방파 조직원의 핸드폰까지 모두 검사했다.
 그쪽에서 새어 나갈 일은 없었고, 또 알았다면 고경철

이 먼저 경고를 해 왔을 거다.

"회장님, 아무래도…… 경찰이 움직인 것 같습니다."

"뭐?"

오정훈이 박 전무를 본다.

"최종혁과 김종두, 정용진이 장례식장에서 고경철과 독대를 했다고 합니다."

독대 장소에서 고경철이 악을 질렀다기에 그 셋이 고경철을 긁은 거라고만 생각했는데, 아무래도 아닌 것 같다.

"그걸 왜 지금 말해-!"

"죄송합니다."

깊은 사과에 부들부들 떨던 오정훈은 이를 악물었다.

이미 벌어진 일이다.

경찰이 어떻게 자신이 유대춘을 죽인 걸 알아차렸는지, 어떻게 자신들이 범동방파를 치기 위해 연합했다는 걸 알아차렸는지 모르겠지만 이미 벌어진 일이었다.

지금은 고경철과 범동방파에 집중할 때였다.

'하지만!'

이 전쟁이 끝나면 가만히 있지 않을 거다.

"그런데 연합한 조직들이 모두 당했다고? 어떻게 그럴 수 있지?"

범동방파 조직원 숫자는 이쪽도 잘 안다.

아무리 산하 조직을 모두 끌어모은다고 해도 연합한 조직들을 모두 칠 수 있는 숫자는 나오지 않는다.

"고경철이 산하 조직뿐만 아니라 다른 조직까지 부른

것 같습니다. 감석파를 친 놈들 중에 신21세기파 놈들이 있었다고 합니다."

그뿐만 아니라 선양OB 등 전국구 조직들이 고경철의 편에 붙은 것 같다.

"고경철, 이 개씹새끼······."

빠드득 이를 간 오정훈의 눈빛이 악독해진다.

'벌써 쓸 패가 아니지만······.'

전방위적인 급습에 혼란스러운 상황이다. 수습하고 반격 준비를 할 시간을 벌어야 했다.

"박 전무."

"예."

"그 친구들에게 연락해. 시작하라고."

"······예!"

박 전무가 물러나자 오정훈은 담배를 물었다.

"그래. 어디 끝까지 가 보자, 이 개새끼야."

그의 입안에서 담배가 짓이겨졌다.

* * *

짜악!

도우미 아가씨들의 홀복이 널려 있는 작은 대기실.

긴 생머리의 여성의 고개가 돌아간다.

그녀의 뺨을 날린 서른 살의 마담이 입술을 비튼다.

"도망을 칠 거였으면 해외로 튀지 그랬니, 이년아."

무법자들 〈309〉

"마, 마담 언니! 살려 주세요! 다신 도망치지 않을 테니……!"

콱!

"악!"

머리채가 잡힌 여성의 고개가 뒤로 젖혀지고, 마담이 눈을 번들거린다.

"야, 이년아. 내가 너 같은 년 한두 번 봤는 줄 아니?"

지금이야 이렇게 싹싹 빌지만, 또 일하는 게 힘들어지면 도망을 칠 거다.

"저, 정말이에요! 정말 믿어 주세요!"

"흥!"

마담은 옆 테이블에서 차용증을 꺼내 흔들며 화사하게 웃는다. 무려 5천만 원이라는 거액이 쓰진 차용증.

"아니야. 도망쳐도 돼. 대신 너 이번에도 도망치면 이걸 경덕이 삼촌한테 넘길 거란 것만 알면 돼. 너도 알지, 경덕이 삼촌?"

"히익!"

빚을 갚지 못한 여자들을 섬이나 배에 팔아 버린다는 경덕이 삼촌. 범동방파 산하 조직의 두목이다.

"자, 잘못…… 악!"

"일할 준비나 해."

잡은 머리채를 집어 던지듯 놓으며 대기실을 나선 마담은 등 뒤에서 들리는 울먹이는 소리에 입술을 이죽거렸다.

"쌍년."

이래서 대책 없이 빚만 만드는 년들은 싹 다 팔다리 잘라다 창녀촌에 팔아 버려야 했다.

딸랑!

"마담! 오랜만!"

"어머! 왜 요즘 왜 이렇게들 뜸하셨어요!"

마담이 재빨리 걸어가 문을 열고 들어오는 회사원들을 반갑게 맞이한다.

"1월이잖아, 1월."

"1월이라고 바쁘고, 2월이라고 바쁘고요?"

"회사원이 다 그렇지, 뭐. 아가씨 있지?"

"예전에 파트너였던 초희를 불러 드릴까요?"

"초희 출근했어? 어이구, 그럼 나야 좋지. 너희도 좋지?"

"예, 과장님!"

"얘들도 예쁜 아가씨로!"

"네! 우리 가게에서 제일 예쁜 아가씨들로 넣어 드릴게요."

"으하핫! 그럼 땡큐! 아, 그런데 괜찮아? 요새 좀 흉흉하던데."

깡패들끼리 피바람을 일으킨다고 세상이 삭막해졌다.

"어휴. 그럼요. 저흰 그런 사람들과 상관없는 곳이에요. 걱정 마시고 어서 안으로 들어가세요."

"그럼 다행이고! 술이랑 아가씨 바로 넣어 줘!"

"네!"

 회사원들이 안으로 들어가자 마담의 얼굴에 있던 미소가 지워진다.

"누가 여길 건드리겠어?"

 이곳은 범동방파가 관리하는 업소 중 하나.

 그렇기에 이곳 사무실에는 범동방파의 조직원들이 상주해 있었고, 자신의 남자친구도 그중 한 명이었다.

 건달을 남자친구로 둔 게 벌써 10년. 그녀도 이젠 반건달이었다.

"왜 이렇게 연락이 안 되는 거야?"

 그런데 며칠 전부터 아무도 출근을 하지 않고 있었다. 자신의 남자친구도 말이다.

"장례식장에서도 연락은 받을 수 있는 거 아니야?"

 심지어 어제가 장례식 마지막 날이었는데, 아직도 연락을 받지 않고 있었다.

"얼마나 술을 처마셨길래…… 쯧쯧."

 아마 술에 만취해서 뻗어 자고 있으리라 생각한 그녀는 혀를 차곤 몸을 돌렸다.

"나 담배 좀 피우고 올게."

"예, 사장님."

 혀를 찬 마담이 담배를 챙겨 들며 가게를 나서려던 순간이었다.

 딸랑!

 문이 열리며 네 명의 남성들이 들어온다.

허름한 옷차림에 코를 찌르는 시큼한 땀 냄새.
게다가 자신과 눈을 마주치자마자 핸드폰과 자신을 번갈아 본다.
"쿵! 맞는 것, 쿵! 같지?"
"어, 어. 마, 맞네."
오싹!
"어머! 어서 오……."
푸욱!
"어?"
마담의 고개가 아래로 내려간다.
복부에 박혀 있는 식칼 한 자루.
'이게 왜 여기에 있지?'
당황해 칼을 움켜쥐려던 그녀의 손이 뒤로 빼지는 칼에 의해 허사로 돌아간다.
그리고…….
푹푹푹푹!
기계적으로 배를 찌르는 칼날.
온몸을 뒤흔드는 끔찍한 고통과 이 현실 같지 않은 현실에 마담이 고개를 들어 자신을 찌르는 사람들을 본다.
그제야 그들의 얼굴이 그녀의 눈에 들어온다.
하나같이 흐리멍덩한 눈에 식은땀을 줄줄 흘리는 팔자주름의 얼굴들. 그리고 시큼한 땀 냄새.
알겠다.
갑자기 나타나 난데없이 자신을 찌르는 이 미친 새끼들

이 누군지.

'약쟁이들…….'

건달인 남자친구, 아니 건달들도 꺼려 한다는 약쟁이들이었다.

그제야 모든 상황을 파악한 그녀는 눈물을 흘렸다.

"이 개새끼들……. 아파. 아프다고……."

그 말을 끝으로 그녀의 고개가 꺾인다.

푹푹푹푹…….

"쿵. 야. 그만. 죽었어."

"벌써? 에이. 쿵!"

쿠웅!

움직이지 못하게 결박한 팔을 풀자 그녀의 몸이 차디찬 대리석 바닥 위로 쓰러진다.

그리고 바닥에 번지는 시뻘건 핏물들.

"……으, 으아아아악!"

"꺄아아아악!"

한 박자 늦게 비명을 지르며 도망치는 사람들을 일견한 약쟁이들은 서로를 봤다.

"이다음이 뭐였지?"

"아! 불태우랬어!"

"맞아! 그랬지?"

그들은 들고 온 커다란 가방에서 기름과 신나가 담긴 통을 꺼내어 이곳저곳에 뿌리기 시작했다.

퐁!

"자! 불 들어갑니다! 파이어 인 더 홀!"

타악! 화르르르르!

"부, 불이야—!"

"불이야!"

"이, 이쪽으로! 이쪽으로—!"

가게 뒷문으로 달려가는 사람들을 본 약쟁이들은 그대로 몸을 돌렸다.

"우리도 튀자!"

"으헤헤헤헤헤! 약이다, 약!"

이것만 하면 약을 준다고 했다. 언제나 행복해지게 만드는 약을.

폴짝폴짝 뛰며 가게를 나서던 그들을 향해 큰 고함 소리가 들린다.

"저 새끼들 잡아—!"

"씨발! 이 미친 새끼들!"

그들을 덮치듯 달려드는 사내들, 아니 형사들.

눈을 동그랗게 뜬 약쟁이들이 다급히 몸을 날린다.

"튀어!"

"씨발! 짭새들이 왜 이렇게 빨라!"

"야 이 개새끼들아! 거기 안 서!"

"야, 너 119부터 전화하고, 저거 불부터 꺼!"

"예!"

거리가 혼잡해지기 시작했다.

* * *

불타 버린 유흥업소와 성인오락실! 추정 피해액 500억 이상!

도를 넘은 깡패들의 전쟁! 경찰은 무얼 하고 있나!

피! 피! 피! 피에 물든 서울!

일반인 피해자 발생! 두려움에 떠는 시민들!

쾅!

거의 모든 병력이 출동을 나간 특수본 본부.

밤사이 이리저리 뛰어다니느라 진이 빠진 경찰들이, 겨우 현장을 수습하고 돌아온 경찰들이 책상을 치며 몸을 부들부들 떤다.

밤사이 발생한 끔찍한 참변.

기사 머리말처럼 서울이 피로 물들었다.

"이 개새끼들!"

이 깡패 새끼들이 결국 선을 넘었다.

지들끼리 찌르고 쑤시는 걸로 끝낸다면 알 바가 아니었으나, 일반인들에게까지 피해를 입힌 것이다.

"최 서장."

정용진의 가라앉은 목소리로 종혁을 부른다.

어젯밤 어떤 전화를 받고 오더니 쪽잠을 자던 경찰들까지 모두 깨우다 못해 본청 전체에 비상을 걸었던 종혁.

만약 종혁이 아니었으면 어떻게 됐을까. 어젯밤 이것과

비교할 수도 없는 참사가 벌어졌을 거다.
 그렇기에 물어보고 싶은 말이 너무도 많다.
 '대체 이 정보는 어떻게 안 겁니까?'
 가장 물어보고 싶은 건 바로 이것이었다.
 'SVR입니까? 아니면 CIA? 국정원?'
 그런 정용진의 마음을 아는지, 모르는지 종혁은 CCTV 영상을 캡쳐한 사진 수십 장을 내려놓는다.
 유흥주점과 성인오락실을 불태우고 뛰쳐나오는 놈들이 찍힌 사진들.
 "약쟁이들입니다."
 "그건 알고 있습니다."
 범동방파의 업장들을 불태운 놈들을 붙잡아 조사해 보니, 하나같이 마약에 찌들어 있는 놈들이었다.
 "대체 이 많은 약쟁이들을 어떻게 구한 건지……."
 "그게 아닙니다. 이 사진들도 보시죠."
 타악!
 종혁이 또다시 사진 몇 장을 내려놓는다.
 "뭐야?"
 "뭔데?"
 김종두뿐만 아니라 특수본의 경찰들이 몰려와 종혁이 내려놓은 사진들을 살핀다.
 어제, 그리고 오늘 새벽 잡은 약쟁이들이 누군가와 만나고 있는 사진들.
 그러다 한 경찰이 반응을 한다.

"어, 이 새끼?!"

수배까지 내려진 유명한 약쟁이다.

코카인부터 헤로인, 엑스터시 마약이라면 가리지 않고 흡입을 하는 미친놈이다.

"이 새끼 도경이네 식구일 텐데……?"

김도경. 마약반 형사가 아니라 일반 형사라도 이름을 알 법한 유명한 마약 조직의 보스다.

"뭐?! 그, 그럼 이놈들 모두…….."

"오정훈 이 미친 새끼가 하필!"

끌어들여도 하필이면 마약 밀매 조직까지 끌어들인단 말인가.

가까이하다 보면 결국 손을 댈 수밖에 없게 되는 것이 바로 마약.

그런 마약을 수시로 운반하며 판매하는 놈들이니, 조직원들 대부분이 약쟁이인 건 당연한 결과였다.

문제는 이런 약쟁이들이 정상적이 사고 판단이 불가능한 탓에 다른 깡패들보다 훨씬 잔인하고 막 나가는 놈들이라는 것이다.

"정말 끝까지 가자는 거야, 뭐야!"

결국 터져 버린 경찰들의 분노에 종혁이 이를 악문다.

실책이다. 이건 예상을 벗어나도 너무 벗어났다.

'따로 준비하고 있는 게 이놈들을 끌어들이는 거였다니!'

나탈리아와 헨리가 조사해 준 결과, 놈들은 화교계 마

약 밀매 조직으로 확인됐다.

설마하니 오정훈이 화교계 마약 밀매 조직과도 거래를 하고 있을 줄은 미처 몰랐기에, 그런 미친놈들까지 끌어들일 줄은 몰랐기에 어젯밤 소식을 들었을 때 정말 미쳐 돌아 버리는 줄 알았다.

"네가 뭔데 자책을 해? 이런 것까지 네가 어떻게 알고 다 막아?"

종혁의 표정에서 그 감정을 느낀 것인지 김종두는 슬그머니 옆으로 다가와 종혁의 어깨를 다독였고, 종혁은 이를 악물었다.

빠드드드득!

"……아니요."

아니다.

알았어야 했다. 예측했어야 했다.

피해자들 앞에서도 몰랐다고, 어쩔 수 없었다고 말할 수 있겠는가?

경찰에겐 설마란 말은 허용되지 않았다.

"인마! 네가 뭔 신이라도 돼?!"

"후. 그래요. 더 피해가 커지는 걸 막는 데만 집중합시다, 최 서장."

둘의 위로에 종혁의 고개가 더 숙여지는 순간이었다.

쾅!

"정용진 본부장!"

거칠게 특수본의 문을 열고 들어오는 장희락 경찰청장.

종혁과 정용진, 김종두를 비롯한 경찰들의 고개가 푹 숙여진다.
"추, 충성!
빠악!
빠르게 다가온 장희락이 정용진의 정강이를 걷어찬다.
"이거 어떻게 할 거야!"
원망 가득한 시선이 종혁에게로도 향한다.
물론 종혁은 아무런 잘못이 없지만, 혹여 어떤 잘못이 있다 한들 그걸 상쇄하고도 남을 만한 공을 올렸지만, 피해자들에게 그런 건 중요한 게 아니었다.
"수습하겠습니다."
"어떻게!"
"걱정 마십시오. 이미……."
띠리링! 띠리링!
"……잠깐만 기다려."
핸드폰을 확인한 장희락이 헛숨을 삼킨다.
"헉!"
그건 발신자를 확인한 종혁과 다른 경찰들도 마찬가지다.
대통령 비서실.
이 나라 권력의 정점이 분노를 터트린 것이었다.

* * *

"후우."

청와대 대통령 집무실.

박명후 대통령이 하얗게 물든 청와대의 정원을 보며 담배 연기를 내뿜는다.

어젯밤 서울에서 발생한 끔찍한 참변.

일어나자마자 그 소식을 전해 들은 그는 뒷목을 잡을 수밖에 없었다.

쿵쿵!

"대통령님, 장희락 경찰청장이 도착했습니다."

"들어오라고 해요."

스르륵!

문이 열리는 소리가 들리자 박명후가 몸을 돌린다.

"충성-!"

박명후를 향해 거수경례를 하는 장희락과 종혁, 정용진과 김종두.

박명후가 입을 열기 전 장희락이 먼저 선수를 친다.

"심려를 끼쳐 드려 죄송합니다, 대통령님! 시간을 주신다면 곧 사태를 수습하도록 하겠습니다! 믿고 맡겨 주십시오!"

허리를 깊이 숙이는 장희락. 종혁과 정용진, 김종두도 허리를 숙인다.

"……후우. 대체 어떻게 된 일입니까? 아니, 일단 앉죠."

소파에 앉은 정용진이 장희락을 대신해 간단히 어젯밤 있었던 일을 브리핑한다.

"그러니까 여러 깡패 조직들이 강남범동방파를 족쳤는

데, 강남범동방파의 보스가 범동방파의 보스를 죽인 후에 자신을 족친 깡패 조직들을 규합해 범동방파를 치려고 했다? 그런데 그걸 미리 안 범동방파가 강남범동방파를 선제 타격하자 강남범동방파가 마약 밀매 조직을 끌어들여서 이 난리를 쳤다…… 내가 제대로 이해한 게 맞습니까?"

"예. 그렇습니다, 대통령님."

"허어……."

잠시 천장을 본 박명후가 이를 악문다.

"그러니까 이 대한민국의 기생충들이, 어둠 속이 아니면 사람 새끼 취급도 못 받는 개새끼들이 내 나라, 내 소중한 국민들을 다치게 했다는 거군요."

이는 준테러라고 말할 수 있는 사태다.

미간을 좁힌 박명후가 종혁을 바라본다.

"어젯밤 큰일을 해 줬다 들었습니다."

국정원장에게 들었다. SVR과 CIA가 협조 요청을 해 왔다고 말이다.

"사전에 막지 못해 송구스럽습니다."

"최 서장이 미안할 게 있나요. 다 그 버러지 같은 새끼들이 제 주제를 모르고 날뛴 거죠."

이 대한민국에 하등 쓸모가 없는 버러지들.

박명후이 두 눈에 살의를 채우며 장희락을 본다.

"일망타진할 수 있겠습니까?"

단 한 놈도 놓칠 수가 없다.

"해내도록 하겠습니다!"

"손이 부족하면 지금 말하세요. 수방사에 협조 요청을 해야 되니까."

서울 어디서 이 테러에 버금가는 상황이 또 발생할지 모른다. 국민들의 피해를 조금이라도 더 막을 수 있다면 군이라도 동원해야 됐다.

"아닙니다! 저희 경찰이 해낼 수 있습니다!"

쿵!

박명후가 테이블을 후려치며 장희락 경찰청장과 종혁, 정용진, 김종두를 잡아먹을 듯 노려본다.

"그럼 가세요. 가서 이 새끼들을 싹 다 잡으세요. 무슨 짓을 해서라도!"

설령 그것이 법을 위배하는 것이라도 상관없다.

어떻게 해서든 이놈들이 일반인에게 피해를 끼치기 전에 잡아들이기만 하면 된다.

다만, 단 한 놈이라도 놓치면 옷 벗을 각오를 해야 할 거다.

그런 대통령의 엄포에 그들의 입이 주욱 찢어진다.

일어선 그들은 박명후를 향해 다시 경례를 했다.

"충-! 성-!"

대통령이 허락했다.

이제 대한민국의 모든 경찰을 움직일 권한이 그들의 손에 쥐어졌다.

이 대한민국의 국민을 지켜야 하는 경찰이기에 어쩔 수

무법자들 〈323〉

없이 찰 수밖에 없던 고삐가 풀렸다.

돌아서며 이를 드러내는 넷의 얼굴에 흉흉한 살기가 돌기 시작했다.

* * *

청와대 건물을 나선 종혁과 김종두, 정용진과 장희락 경찰청장이 서로를 본다.

찰칵! 치이익!

"우린 참 좋은 대통령님을 모시고 있는 것 같군."

'능력이 있으신 분이긴 하지.'

사업가 출신이라 그런지 세계 무역을 더욱 활성화시키고, 부동산 가격을 안정화시키는 등 경제 측면에서 가시적인 성과를 낸 박명후 대통령.

'그러나 그 외에는 딱히……'

종혁은 그를 딱히 좋지도, 그렇다고 나쁘지도 않은 대통령이라고 평가했다.

하지만 그렇다고 장희락의 말을 부정하는 건 아니었다.

박명후 대통령 역시 이 나라의 국민을 아끼고 사랑하는 대통령이었다. 이런 대통령이 있다는 건 참 축복이라고 할 수 있었다.

이런 종혁의 마음을 아는지 모르는지 담배를 문 장희락 경찰청장이 눈빛을 가라앉힌다.

"계획은?"

경찰이 대대적인 검거에 나서게 되면 놈들은 곧 몸을 빼 버릴 거다. 아무리 눈이 돌아가 서로를 쑤시고, 업장을 불태워도 조직에 큰 타격을 입는다면 분명 서로 협상을 할 것이다.

그리고 주동자로 꾸민 조직원들을 경찰에 내놓고, 중요 간부나 보스들은 해외로 잠시 뜨는 등 몸을 피할 거다.

그리고 그들에게 돈과 인력을 받아 처먹는 국회의원들이 나서서 이번 사태를 무마하려 들 거다.

그러면 놈들은 서울을 발칵 뒤집어 놓고도 아무런 타격 없이 호화로운 생활을 이어 나가는 것이다.

대한민국의 경찰로서 그 꼴을 볼 수 있을까.

어떻게든 끝까지 쫓아가 모두 검거해야 됐다.

"세상살이가 마음처럼, 계획처럼 되지 않는다는 건 다들 알지?"

장희락의 말에 종혁과 정용진, 김종두의 눈빛이 가라앉는다.

"계획이 있습니다."

장희락이 정용진을 본다.

눈빛이 한없이 가라앉은 그.

대통령의 허락이 떨어졌기에 실현이 가능해진 계획이 하나 있다. 어느 정도 파악이 끝난 강남범동방파와 범동방파뿐만 아니라 이 사태에 참여한 모든 조직을 일거에 쓸어 담을 수 있는 계획이.

"하지만 이 작전을 실행하기 위해선 청장님의 승인이 필요합니다."

"병력은 얼마든지 이용해도……."

말을 하던 장희락이 입을 다문다.

"설마 정보국?"

"예, 그렇습니다."

쿵!

경찰의 비밀기관인 본청 정보국.

어쩌면 국정원보다 더 비밀스러운 기관이며, 경찰청장이라고 해도 이들에게 강압적으로 명령을 내릴 수 없다.

물론 그들 역시 국민들의 세금으로 운영되는 공무원이다 보니 상부의 명령을 따라야 하지만, 사이가 나쁘다면 적극적인 협력을 기대할 수는 없는 곳이었다.

"……말해 봐."

정용진은 종혁, 김종두와 세운 계획에 대해 말했고, 장희락 경찰청장이 눈을 부릅떴다.

"그래서 정보국을……."

장희락의 눈이 종혁에게로 향한다.

국정원, CIA, SVR이란 단어가 그의 머릿속을 스치지만, 이내 털어 내 버린다.

자신은 대한민국의 경찰이고, 또 대한민국 경찰의 수장이다. 언제까지고 외부의 힘을 빌릴 순 없었다.

그리고 경찰 내부의 힘으로 해결을 해야 그 온전한 과실을 취할 수 있을 터.

장고 끝에 결단을 내린 장희락이 주먹을 꽉 쥔다.
"가능하겠어?"
"장소는 여기 최 서장이 제공해 주기로 했습니다."
종혁이 장희락을 향해 고개를 숙인다.
"좋아. 알았어. 그대로 진행해."
종혁의 입이 주욱 찢어진다.
할 땐 참 잘해 주는 양반이었다.
"충! 성!"
종혁과 정용진 김종두는 대국적인 결단을 내린 자신들의 수장을 향해 존경의 마음을 담아 경례를 했다.

* * *

—……현 사태는 이 나라의 안보를 위협하는 준테러 사태로 볼 수 있습니다. 본인은 이 대한민국의 대통령으로서 조속한 시일 내에 현 사태를 종결시켜 국민의 안전을 지키길 경찰에 간곡히 부탁드립니다.

준테러? 대통령의 강한 워딩. 그 의도는?
대한민국은 테러 청정국! 테러란 단어는 함부로 쓸 게 아니다!
하다하다 군부 독재로 돌아가려고 하나!
안기부와 삼청교육대 부활? 국민들의 반응은?
국민의 43%, 대통령 발언에 지지! 밤이 무서워요!

대통령 지지율 62% 돌파!
박명후 대통령의 물타기? 4대강부터 복구시켜라!
장희락 경찰청장, 범죄와의 전쟁 선포!
경례를 하는 경찰들! 기대한다, 경찰!

대한민국이 뒤집혔다.

* * *

"하아암!"
늦은 오후의 어느 조립식 주택.
몸에 문신이 가득한 한 사내가 남자들이 가득 누워 있는 방에서 걸어 나오며 기지개를 켠다.
몸 여기저기에 반창고를 붙이고, 붕대를 감은 그.
냉장고에서 물을 꺼내 들이켠 그가 거친 소리를 내뱉는다.
"크아아! 후우우."
찬물로 몸을 깨우자마자 한숨을 내뱉는 그.
그럴 수밖에 없다.
이쪽의 업장을 불태운 강남범동방파, 강남범동방파와 연합한 조직들. 그리고······.
"개새끼들. 감히 건달들의 신성한 전쟁에 약쟁이 새끼들을 끌어들여?"
건달이라도 사람 취급을 하지 않는 마약쟁이들.

이미 유대춘 회장님을 죽였을 때부터 같은 하늘 아래 살 수 없는 놈들이지만, 이젠 무조건 죽여야 할 놈들이다.

"씨발 새끼들. 그래, 어디 한번 해보자, 이 개새끼들아."

숫자로는 이쪽도 밀리지 않는다.

전국의 전국구 조직들을 끌어들인 고경철 회장님.

유대춘 회장님의 뒤를 이어 새로이 자신들의 수장이 된 고경철 회장님.

그분을 믿고 따르면 강남범동방파와 놈들과 연합한 조직들, 마약 조직들 따윈 아무것도 아닐 것이다.

'그렇게 이기면…… 흐흐.'

자신들 행동대에도 업장 두 개 정도는 내려지지 않을까.

그는 희망으로 가득한 꿈을 꿔 본다.

"드르렁!"

"크르렁!"

"씨벌. 존나 세상 편하게 자네."

서로 엉켜 세상 편히 자고 있는 같은 숙소 동료들을 보던 그는 고개를 저으며 먹을 것이 없나 다시 냉장고를 뒤졌다.

쿵쿵쿵!

"응?"

갑자기 두드려지는 현관문을 보며 눈을 가늘게 뜬 그.

갑자기 뒷목에 소름이 돋는다.
쿵쿵쿵!
다시 두들겨지는 문에 사내는 슬그머니 방으로 들어가 조직원들을 깨운다.
"으으. 뭐야……."
"쉿 하십시오, 형님."
현관을 가리키는 사내의 행동에 몽롱하던 정신들이 번쩍 깨어난다.
'설마?'
끄덕.
"이 개새끼들이 여길 어떻게 알고…… 다들 연장 들어."
스릉! 승!
그들이 벤 베개 아래서 칼들이 들려져 나온다.
그 순간이었다.
쾅! 쾅!
문을 부술 듯 때리는 소리에 화들짝 놀란 것도 잠시.
그들은 전신에 살의를 깨우며 현관문 쪽을 향해 조심히 다가갔다.
그런 그들의 귀에 이상한 소리가 들린다.
끼긱! 끼긱! 끼긱!
얇은 무언가가 현관문 틈 사이를 파고들어 긁는 소리.
직후 현관문이 강제로 열린다.
"죽어-!"

젖혀져 열리는 현관문을 향해 몸을 날리던 범동방파 조직원은 드러나는 사람들에 눈을 크게 떴다.

시꺼먼 의상에 아이실드가 내려온 헬멧, 그리고 앞으로 세워진 방패.

'짜, 짭새?'

콰앙!

멈추지 못하고 방패를 찌른 조직원이 방패에 미끄러진 칼날을 훑어 버린 손을 잡고 무너진다.

"끄아악!"

조직원이 피를 흘리며 비명을 지르지만 다른 조직원들은 그것을 신경 쓸 수조차 없었다.

"하, 이 새끼들. 뭐 훔쳐 갈 거 있다고 문을 잠가 놔. 니들이 자취하는 여대생이냐?"

방패를 세운 전경들을 헤치며 나온 형사들.

"어떻게 처맞고 갈래, 아니면 순순히 수갑 찰래?"

"……씨발! 다들 튀어!"

범동방파 조직원들은 그대로 몸을 돌려 창문으로 달려가고, 형사들은 얼굴을 엄하게 구겼다.

"저 새끼들 잡아―!"

무려 대통령이 전면에 나서며 경찰의 신속한 대처를 명했다.

그동안 보고 있을 수만 없었던 이 사회의 해충들을 박멸할 기회. 단 한 놈이라도 놓칠 수 없었다.

형사들은 눈을 뒤집으며 깡패들을 향해 달려들었다.

"우와아아아!"

범죄와의, 아니 이 나라의 정부와 경찰이 깡패들과의 전쟁을 선포했다.

* * *

―이러면 곤란합니다, 오 회장.

벌써 조직원 30명이 잡혀 들어갔다.

대체 어떻게 안 것인지, 모텔을 예비 숙소로 쓰고 있는 조직원들을 급습해 검거했다.

심지어 서울 외곽에 만들어 놨던 대마 재배 공장 한 곳까지 경찰이 급습을 했다.

"미안합니다. 그 피해는 제가 보상해 드릴 테니……."

―우린 이쯤에서 빠지도록 하겠습니다.

쿵!

"자, 잠시만요, 김 회장님! 이건 약속과 다르지 않습니까! 공급할 약의 가격을 낮출 테니……!"

―이러다간 우리가 문 닫을 판이라. 그럼 수고하세요.

"김 회장님! 김 회장님! 김도겸, 이 개새끼야!"

쾅!

속절없이 끊긴 전화에 테이블을 내려친 오정훈이 부들부들 떤다.

벌써 몇 번째 전화인지 모른다. 발을 빼겠다는 전화가.

"이래서 약쟁이들을 믿지 말아야 하는 건데……."

빠드득!

지이잉! 지이잉!

핸드폰 발신자를 확인한 오정훈이 이를 악문다.

이번엔 감석파의 보스.

아예 핸드폰 배터리를 빼 버린 오정훈은 떨리는 손으로 담배를 문다.

찰칵! 찰칵!

"대체 왜!"

이렇게 빠르단 말인가.

너무도 빨리 움직인 경찰.

그리고 너무도 강력하게 경고하는 정부.

본청뿐만 아니라 서울경찰청과 경기경찰청까지 움직였다. 소문을 들어 보니 이 전쟁에 참여한 지방의 조직들도 지방 경찰청이 움직여 검거하고 있다고 한다.

이 대한민국 전체가 자신들을 족치기 위해 달려들고 있는 것이다.

벌써 자신들 강남범동방파의 조직원들은 70퍼센트 이상 잡혀 들어간 상황.

범동방파의 급습과 그 이전에 연합해 쳐들어온 조직들과의 항쟁에 부상을 입고 병원에 입원해 있던 조직원들까지 모조리 검거됐다.

알아보니 자상이나 강한 타박상을 입고 응급실에 실려 들어오면 무조건 경찰에 연락이 가게끔 되어 있었다.

"빌어먹을. 결국 피신을 해야 하는 건가……."

유대춘까지 죽인 상황에서 말이다.

그동안 본 손해가 눈앞을 아른거리자 오정훈은 아까워 미칠 지경이었다.

정말 아까운 건 고경철을 죽이지 못한 점이다.

고경철 외에는 이렇다 할 우두머리 깜냥이 없는 범동방파.

고경철 그놈만 정리하면 되는데, 그렇게 되면 명실상부 대한민국 최대 조직으로서 대한민국 어둠에서 군림할 수 있는데 물러나야 하는 것이다.

아니, 고경철만 죽일 수 있다면 혹여 몇 년간 도피해 있다고 해도 충분히 재기할 수 있다.

이번 경찰의 선포로 인해 범동방파 역시 엄청난 타격을 입고 자연스럽게 역사의 뒤안길로 사라질 테니 말이다.

범동방파에 가담한 전국구 조직들도 타격이 클 테니, 해외로 도피해 힘을 기른 자신을 막아 낼 순 없을 것이다.

너무도 안타까운 상황이었다.

"고경철 이놈의 위치만 알면 되는데…… 쯧."

똑똑똑!

"들어와."

문이 열리며 삼십대 후반의 사내가 들어온다.

"주 이사가 무슨 일이야? 박 전무는?"

"박 전무가 어제부터 연락이 되질 않습니다, 회장님. 아무래도……."

"어, 언제부터?"
"어젯밤 가지고 올 게 있다며 잠시 집에 들른다고 하신 이후부터입니다."
쾅!
오정훈이 다시 테이블을 후려친다.
"결국 박 전무도 당한 건가."
그렇지 않으면 이렇게 긴 시간 동안 연락이 되지 않을 리 없었다.
"주 이사, 미안하지만 박 전무가 피신할 만한 곳 모두 뒤져 보고, 아니라면 시체라도 찾아."
거의 강남범동방파의 창설부터 함께한 박 전무. 상황이 이렇다고 한들 장례 정도는 치러 줘야 했다.
"예, 회장님!"
허리를 깊이 숙이며 돌아서던 주 이사가 아차 하며 다시 오정훈을 본다.
"왜?"
"저 그게 말입니다, 회장님."
"뭔데? 성질 돋우지 말고 빨리 말해!"
"고, 고경철 위치를 알 것 같아서 말입니다!"
"······뭐?"
잠시 멍해 있던 오정훈이 벌떡 일어난다.
"어떻게? 어디야!"
"그게······."
범동방파, 아니 유대춘이 비밀리에 공을 들이고 있던

사업이 있다고 한다. 유대춘이 와병 중 직접 챙겼다는 사업이.

"유대춘 큰형님, 아니 그 양반이?"

"예. 유대춘이 그동안 쌓은 모든 인맥을 동원해 추진한 사업인데……."

그것도 다른 조직들도 모르게 추진한 사업이다.

"외국인 카지노 호텔입니다."

오싹!

전신에서 전율과 소름이 돋는다.

말도 안 된다. 지금이 80년도 아닌데, 어떻게 건달이 호텔, 그것도 카지노 호텔을 추진할 수 있을까.

'하지만 충분히 가능성 있어!'

그 유대춘이다.

그동안 수없이 쌓은 인맥을 동원하며 그동안 먹인 뇌물장부를 들고 협박을 했다면, 그 돈을 받아 처먹은 권력가들도 어쩔 수 없이 들어줄 수밖에 없었을 것이다.

"여기 이곳입니다."

"서, 서울 한복판이라고?!"

'미친!'

정확히는 서울 한복판이 아니라 서울 외곽이다.

하지만 그렇다고 해도 서울은 서울. 서울에 외국인 카지노 호텔이 들어서는 거다.

"조사해 본 결과, 실제로 이 장소에 5성급 호텔이 올라가고 있다고 합니다. 아무래도 고경철이 이곳의 지분도 담보로 잡으며 전국구 조직들을 끌어들인 것 같습니다."

이 전쟁이 끝난 후 나눠 먹을 전리품에 외국인 카지노 호텔의 지분도 올린 것 같다는 말에 오정훈은 무릎을 쳤다.

'그래! 이 정도면 말이 되지!'

점점 외국인 관광객들이 늘어남으로 인해 외국인 카지노 수익이 얼마나 증가하고 있던가. 몇 년 뒤에는 한 카지노에서만 수천억의 매출이 발생할 거라는 말이 나올 정도다.

새끼손톱만 한 지분이라고 해도 눈이 돌아갈 수밖에 없다.

"거기다 근처 CCTV를 싹 다 뒤져 본 결과, 고경철의 차량이 이곳으로 들어가는 걸 확인했습니다."

못해도 일주일에 한 번씩은 이 공사 현장에 들른 것으로 파악된다.

"고경철이 유대춘의 명령을 받아 직접 챙긴 거였구나!"
"그런 것 같습니다."
"그럼?"

'고경철이 해외로 뜨기 전에 이곳에 올 수 있다!'

오정훈 자신처럼 경찰의 수배를 받은 고경철.

해외로 떠날 때 떠나더라도 한 번은 반드시 들를 터.

'일단 확인부터 해 봐야겠지만······.'

그의 눈이 흉흉하게 빛나기 시작했다.

* * *

한편 범동방파의 어느 아지트.

고경철이 입을 떡 벌린다.

"외, 외국인 전용 카지노? 그것도 서울 한복판에?"

"예. 그런 것 같습니다, 회장님."

"대체 오정훈 이놈이 어떤 줄을 쥐고 있기에……."

"아무래도 현몽준 당대표인 것 같습니다."

"뭣?!"

이미 예전부터 그 존재감을 드러내더니 지금은 차기 대통령이 유력시되는 현몽준 당대표.

"조사해 본 결과, 그 어떤 일이 있어도 일주일에 한 번씩은 꼭 이 공사 현장에 들른다고 합니다."

"……하! 그렇겠지!"

기회다.

경찰과 정부의 범죄와의 전쟁 선포로 인해 몸을 피해야 될 위기에 처한 고경철.

하지만 유대춘을 죽인 오정훈의 목을 따지 않고 피신을 한다면 훗날 범동방파의 재기는 꿈도 꿀 수 없는데, 때마침 기회가 왔다.

"알았어. 나가 봐."

고경철이 범동방파의 간부를 향해 손을 젓는다.

분명 기회다.

하지만 확인도 하지 않고 달려들 순 없었다. 이것이 자신을 치기 위한 오정훈의 계략일 수 있기 때문이다.

그때였다.

지이잉! 지이잉!

'헛?! 이분은?'

발신자를 확인한 고경철은 다급히 손을 저었고, 간부가 나가자 다급히 전화를 받았다.

-날세. 권회수.

"예, 어르신! 그동안 강녕하셨습니까!"

-흠. 날 기억하고 있나 보구만.

"돌아가신 회장님의 장례식에도 참석해 주셨는데 어찌 기억을 하지 못하겠습니까!"

그게 아니라도 기억을 할 수밖에 없다.

한때 밤의 제왕이라 불렸던 권회수. 대한민국 사채업자의 전설인 분이다.

-흘흘. 뒷방 늙은이를 기억해 줘서 고맙네. 내가 이렇게 연락한 건 다름이 아니라 강남범동방파 때문일세. 어차피 자네 입장에서야 오정훈이 그 천둥벌거숭이를 어떻게 하지 않고선 피신을 할 수 없을 테지?

움찔!

"……혹시 외국인 카지노를 말씀하시는 겁니까, 어르신?"

-흘흘. 알고 있다니 이야기가 빠르겠구만. 그거 나한테 파시게. 값은 넉넉하게 쳐주지.

'진짜였구나!'

고경철이 주먹을 불끈 쥐었다.

한편 아지트를 나선 간부가 얼른 자신의 타에 올라타 어딘가로 전화를 건다.
"확실히 전했습니다. 이걸로 난 빼 주는 겁니다."
-다음에 또 보지.
"다음은 무슨! 이 말만 전하면 그쪽이 가지고 있는 범죄 증거들을 싹 다 없애 준다며!"
달칵!
"여보세요! 여보세요-!"
확답을 듣지 못한 그는 운전대를 치며 분통을 터트리다 이내 한숨을 내뱉는다.
"정보국 이 개새끼들……."
어쩌다 이렇게 된 걸까.
어쩌다 같은 식구를 배신하게 된 걸까.
하지만 이대로 검거되면 영영 교도소를 나오지 못할 판이다. 그만큼 저지른 죄가 많은 그.
'죄송합니다, 회장님!'
"그리고 큰형님."
일생을 몸 바쳐 지켜 온 범동방파를 무너트릴 계획에 한 손을 보탰다.
그러나 이미 벌어진 일. 후회는 없었다.
간부는 이를 악물며 차를 몰았다.

* * *

쾅!

"빌어먹을!"

새벽녘, 서울 북창동의 어느 유흥주점.

마치 도둑처럼 은밀히 모인 감석파를 비롯해 강남범동방파와 연합을 한 조직의 보스들이 테이블을 내려친다.

점차 좁혀 오는 경찰의 포위망 탓에 이곳까지 오는 길이 첩보 영화를 방불케 했던 그들.

그들은 경찰의 레이더를 피하기 위해 수행 조직원들을 최소화한 채 차를 몇 번이나 갈아타고서야 이곳에 도착할 수 있었다.

그런데 심지어 평소보다 꽤 많이 비어 있는 빈자리.

이 자리에 참석하지 못한 보스들은 죄다 경찰에 잡혀간 것이다.

"이놈의 짭새 새끼들이 왜 이렇게 빨라!"

인천, 군산, 부산 등 대한민국의 항구란 항구엔 죄다 경찰들이 깔려 있다고 한다.

그것도 모자라 해양 경찰까지 합세해 해양 순찰을 빡세게 돌고 있다. 밀항을 할 수도 없는 상황이었다.

그렇다고 이대로 평생 어딘가에 숨어 벌벌 떨며 지낼 수도 없는 노릇.

외통수였다.

그들의 원망 어린 시선이 오정훈에게로 향한다.

"약쟁이들을 끌어들이다니…… 이 미친 새끼!"
"대체 어쩌자고 이런 일을 벌인 거야!"

지금 경찰이 평소답지 않게 미친놈들처럼 날뛰는 이유가 무엇이던가.

바로 오정훈이 약쟁이들까지 끌어들여 방화를 저지르고, 일반인들에게까지 피해를 입힌 탓이다.

그들로선 당연히 오정훈을 원망할 수밖에 없었다.

"죄송합니다. 그 일에 대해선 할 말이 없습니다."

오정훈은 깔끔하게 사과를 했다. 물론 가슴속에선 아니꼬움과 분노가 활활 타오르지만, 상황이 이렇게 된 이상 사과를 할 수밖에 없었다.

"이번 일에 대해선 제가 가져가야 할 지분 양도 등 충분한 보답을 하겠으니, 선배님들께서도 이만 노여움을 푸시길 부탁드립니다."

"지금 보답이 문제야!"

조직이 날아갔다.

모든 걸 다 잃게 생겼는데 지금 이걸 무엇으로 대신할 수 있단 말인가.

그러나 오정훈은 입꼬리를 끌어 올리며 말을 이었다.

"어차피 훗날 다 되찾을 수 있지 않겠습니까."

움찔!

맞는 말이다.

이번 경찰의 대대적인 소탕 작전으로 서울을 비롯한 전국의 여러 도시가 무주공산이 될 터.

다행히 이번에 화를 피한 조직들이라 할지라도 한동안 경찰들이 눈을 시퍼렇게 뜨고 있을 테니 감히 그 자리를 차지하려고 하진 못할 것이다.

자신들만 경찰에 붙잡히지 않으면, 언젠가 다시 돌아와 조직을 재건하는 건 충분히 가능한 일이었다.

그러니 이제 건설적인 이야기를 하자는 오정훈의 말에 보스들은 언제 길길이 날뛰었냐는 듯 헛기침을 한다.

"크흠."

"어흠. 그래서 뭘 어쩌자는 거야? 밀항 루트를 뚫었으니 사이좋게 손잡고 넘어가자는 건 아닐 테고."

지금이야 이렇게 연합을 하고 있다지만, 이건 일시적인 동맹에 불과했다.

지금은 각자의 이익을 위해 잠시 손을 잡은 것일 뿐, 또 다른 이익을 위해서라면 언제든 등에 칼을 꽂을 수 있는 인간들이 바로 여기에 모인 인간들이었다.

이런 이들과 그 비좁은 밀항선에 함께 오를 수는 없었다.

"그리고 무엇보다 범동방파와 그 산하 조직들은 어떻게 할 생각이야?"

훗날 다시 돌아와 조직을 재건하는 건 가능하다.

하지만 그건 범동방파와 그 산하 조직들도 마찬가지인 상황.

결국 그들과의 싸움은 계속 이어질 테고, 그렇다면 상황은 나아지는 게 없었다.

"예. 그러니 갈 땐 가더라도 고경철은 잡고 가야 하지 않겠습니까."

"그러니까 어떻게!"

오정훈이 서류 하나를 테이블 중앙에 내려놓는다.

"범동방파가 아무도 몰래 진행하고 있던 사업입니다."

"이게 뭔…… 커헉?!"

"뭔데…… 헉!"

오정훈은 경악하는 보스들을 보며 입술을 비틀었다.

"곧 고경철이 다른 산하 조직 보스들과 함께 이곳에 들른다고 합니다."

"……한국을 뜨기 전에 확인하지 않을 수 없겠지."

충분히 일리가 있다.

이 정도 규모의 카지노 호텔이라면, 이 정도 돈줄이라면 다소의 위험을 감수하더라도 마지막까지 관리는 해야 될 일이다.

오정훈은 씩 웃었다.

"어떻게 하시겠습니까. 지금이라도 빠지시겠습니까, 아니면 함께 이 카지노 지분을 나눠 드시겠습니까?"

"……빌어먹을."

지금 상황에서 안위를 지키겠다고 빠지면 어떻게 되겠는가. 노른자는 다른 놈들에게 다 뺏기고, 쪽정이만 얻게 될 거다.

"하지만 고경철을 잡는다 쳐도, 시간을 지체해서 경찰들이 들이닥치면 어떻게 하려고?"

움찔!
현재 그들에게 있어 가장 위험한 존재인 경찰.
오정훈과 다른 조직들의 낯빛이 가라앉는다.
"그러니 안전장치를 마련해 둬야죠."
"안전장치?"
오정훈이 핸드폰을 든다.
"예, 검사님. 접니다."
오정훈의 뒷배 중 한 명.
보스들의 눈이 동그랗게 떠졌다.

"허헛."
"허."
허탈한 웃음을 터트리는 보스들.
그에 오정훈이 의아해한다.
"왜들 그러십니까? 친한 검사 한 명 없는 분들처럼?"
그의 천연덕스러운 모습에 보스들의 웃음이 실소로 바뀐다.
검찰이 현장을 통제하며 경찰에 엿을 먹일 때, 경찰들이 이 외국인 카지노로 달려올 때 자신들은 밀항선을 타고 한국을 뜨는 거다.
아주 훌륭한 계획이었다.
지이잉! 지이잉!
"잠시."
-회, 회장님!

오정훈은 주먹을 불끈 쥐며 몸을 일으킨다.
"가시죠. 고경철이 떴답니다."

* * *

싸늘한 바람이 부는 새벽.
해가 어스름히 떠오를 때, 서울 외곽의 커다란 공사장으로 일단의 차량들이 들어선다.
끼이익! 치이익!
버스와 승합차에서 내리는 수백 명의 사람.
찰칵! 화르륵!
담배에 불을 붙인 고경철이 건설 현장과 그 주변을 둘러본다.
'서늘하군.'
심장이 쿵쾅쿵쾅 뛰며 온몸에 닭살이 돋는다.
마치 한껏 벌린 범의 아가리 안에 있는 듯한 불길한 느낌.
주변이 고요해서 더 그렇게 느껴지는 것 같다.
"크구마잉."
광주의 전국구 조직, 선양OB파 보스가 호텔 건물의 층수를 센다.
무려 25층 규모의 초대형 호텔.
"저거뿐만 아니라 이 주변까지 모두 뒤짚어엎는다고?"
"예. 테마 타운을 형성한다더군요."

그 규모가 거의 아파트 단지 크기다.

그래서 이 주변이 조용한 것이고, 주변 건물들 공사도 날이 풀리면 진행된다고 한다.

그런 고경철의 말에 범동방파와 연합한 조직의 보스들이 혀를 내두른다.

"현몽준 그 양반을 물었다더니······."

"대선엔 출마하지 않으려고 그러나?"

"대선에 나갈 때쯤 되면 그 어떤 의혹이 있어도 다 무마시킬 수 있잖습니까."

"오정훈이 이 새끼는 대체 돈을 얼마나 번 거야?"

오정훈이 가지는 이 카지노와 테마 타운의 지분이 얼마일까. 그것이 곧 자신들의 것이 될 거라고 생각하니 그들의 몸에 전율이 내달린다.

그건 고경철 역시 마찬가지다.

어느새 연장들을 모두 움켜쥔 조직원들을 둘러본 고경철은 입을 열었다.

"그럼 움직이시죠."

오정훈이 도착하기 전에 함정을 파야 했다.

"오케이! 야! 너흰 지하로 내려가!"

"너흰 2층으로 계단으로! 그놈의 새끼들 들어오면 버스로 입구 막을 테니까 계단에서 대기하고 있어!"

"예, 회장님!"

우르르! 조직원들이 움직이자 고경철도 발을 뗀다.

"그럼 저희도 움직이시죠."

그들 역시도 호텔 건물 안으로 걸음을 옮긴다.

뚜벅! 뚜벅!

발을 내디딜 때마다 피어오르는 시멘트 먼지.

'후우.'

고경철이 흩어지는 입김을 잠시 멍하니 바라본다.

춥다. 1월 한겨울이라 추운 건 당연하지만, 오늘따라 유독 춥다.

아무래도 오늘이 지나면 몇 년간 한국 땅을 밟아 볼 수 없을 것 같아서 그런 것 같다.

"어떻게 꼭대기까지 올라가? 아님 이쯤에서 기다릴까?"

멈칫!

"……이쯤에서 기다리죠."

마음 같아선 25층 꼭대기까지 올라가 전경을 둘러보고 싶지만 그래서는 늦는다.

그들이 거친 숨을 몰아쉬며 옆의 출입구로 발을 내딛는 순간이었다.

섬뜩!

푸욱!

'커억!'

뒷목의 솜털이 쭈뼛 솟더니 배를 파고든 뜨거운 무언가.

고경철의 두 눈이 어느새 자신의 앞을 가로막은 사내와 그 너머를 바라본다.

당황한 표정을 짓고 있는 오정훈과 오정훈에게 들러붙은 조직의 보스들.

'대, 대체 어떻게?'

다른 조직의 보스들과 함께 모여 있는 상황에서 오정훈이 막 출발할 준비를 한다는 소식을 받고 다급히 달려왔다.

그런데 오정훈이 미리 대기하고 있었다.

함정이었다. 오정훈이 준비한 함정이었다.

"이 개새끼가-!"

쩌어억!

배를 찌른 놈의 손목을 움켜쥔 고경철은 그대로 놈의 얼굴을 후려쳤고, 오정훈은 튕겨 나오는 조직원에 얼굴을 일그러트린다.

그 순간 아래층에서도 함성 소리가 들린다.

"고 회장! 야, 이 씨발 새끼들아-!"

"하, 함정이다!"

"다 죽여-!"

"우와아아아아!"

수백 명의 깡패가 서로를 향해 칼과 연장을 휘둘렀다.

* * *

"우와아아아아!"

귀를 때리는 함성 소리에 건설 현장 주변의 건물 2층에서 몸을 웅크리고 있던 종혁이 일어선다.

찰칵!

담배를 무는 그에게 불을 권하는 정용진.

"이 재개발 지역이 M-컴퍼니 소유라고요."

M-컴퍼니의 회장, 종배수에 대해선 정용진도 잘 안다.

고작해야 아리랑치기 조직의 두목이었던 하찮은 인간.

그런 놈이 언젠가부터 숙박과 식품 그 외 여러 사업에 뛰어들더니 결국 이런 거대 테마 타운을 지을 정도의 거물이 됐다.

고작해야 10년도 안 된 기간 만에.

'그게 가능했던 건 아마……'

정용진의 시선이 종혁에게로 향한다.

"필리핀에서 재미를 봤는지 이런 걸 짓겠다더군요."

신안뿐만 아니라 전국 대도시에 진출을 하는 와중에도 이런 걸 짓겠다고 한 종배수.

그래서 그러라고 하며 돈을 보태 줬고, 결국 해냈다.

이것이 모두 지어진다면 M-컴퍼니는 호텔 신화와 어깨를 나란히 하는 호텔 기업으로 변모하게 될 것이다.

그리고 대한민국을 대표하는 랜드마크 중 하나로 많은 관광객들을 끌어모으게 될 것이다.

"햐. 종배수 이 새끼, 진짜 성공했네. 아니, 이젠 이 새끼라고도 부를 수 없나? 여하튼 나중에 여기다 치킨집 하나 차리면 대박이겠다. 경무관님 생각은 어떠십니까?"

"……음. 확실히."

다른 경찰들도 슬그머니 고개를 끄덕이자 종혁이 어이없다는 듯 웃는다.

"과장님, 그리고 관리관님."

"왜?"

"제가 진지하게 충고하는데, 나중에 퇴직하고 사업할 생각하지 마세요. 그러다 퇴직금 싹 다 날려 먹겠습니다."

"야, 너 지금 치킨집 무시하냐? 치킨집이 말이야, 대한민국에서 가장 점포가 많은 업종이야! 그게 무슨 말이겠냐!"

"레드 오션이란 뜻이죠. 하루에 10곳이 창업을 하면 그중 7곳이 망하는. 그리고 M-컴퍼니 계열사들이 죄다 들어올 텐데, 단순한 치킨집으로 경쟁력이 있겠습니까?"

움찔!

"그냥 대출 받아서 건물이나 사세요. 저평가된 꼬마 빌딩들이 널리고 널린 판에 치킨집은 무슨……."

"……추천해 줄 수 있겠냐? 일단 한 4억까지는 어떻게 끌어모을 수 있는데."

정용진도 종혁을 향해 간절한 눈빛을 보낸다.

종혁은 다른 경찰들마저도 간절한 시선을 보내자 고개를 젓는다.

"그런 건 나중에 하시고……."

"우와아아아악!"

"다 죽여! 죽어, 이 새끼야!"
"이만 가시죠. 저러다 저 새끼들 다 죽겠습니다."
"……어우. 그럴까? 관리관님, 출동 명령 내리시죠?"
"알겠습니다."
눈빛이 서늘히 가라앉은 정용진이 무전기를 든다.
"특수본 본부장 정용진입니다. 전 대원, 현장으로 달려."
"충-! 성-!"
우르르루루루!
그들이 있는 건물뿐만 아니라 건설 현장 주변의 모든 건물에서 쏟아져 나오는 수천 명의 경찰.
본청, 서울경찰청, 경기경찰청, 인천경찰청에서 끌어모은 수천 병력이 건설 현장을 향해 달려간다.
투다다다다다!
저 멀리 하늘에서 경찰 헬기들이 날아오기 시작했다.
"우리도 이만 가시죠."
오싹!
종혁의 그 말에 모두의 전신에 소름이 돋는다.
드디어다. 드디어 이 땅에서, 내가 사랑하고 지켜야 할 대한민국에서 깡패들을 뿌리 뽑는 순간이다.
흥분이 그들의 머리끝까지 치솟는다.
"클. 그래, 가야지. 거기 기자 양반들도 잘 찍어 주시고!"
"거, 걱정 마십쇼!"

뚜벅 뚜벅!

그들이 흉흉하게 웃으며 거리를 가로지른다.

"야, 그런데 그 검사 새끼들은 어떻게 됐냐?"

오정훈과 고경철이 부른 안전장치들.

"들어올 수나 있겠습니까? 쟤들이 저 안으로 들어가자마자 주변을 싹 다 봉쇄시켰는데?"

반경 150미터의 모든 길목을 차단했다.

검찰총장, 아니 검찰 총장 할아비라도 이 안으로는 들어올 수 없었다.

그리고 지금쯤 전국 지방 경찰청들이 지방의 전국구 조직들과 마약 밀매 조직들을 향한 검거 작전에 들어갔을 터.

"그럼 이제 저놈들만 끝내면 이 나라가 보다 더 깨끗해진다는 거네."

경찰 병력 포위에 어느새 싸움을 멈추고 주춤거리는 깡패들.

"캬! 정말 이날이 오긴 오는구나!"

1990년, 범죄와의 전쟁 선포 이후 언제 또 올지 몰랐던 순간.

드디어 이 땅에서, 그동안 권력자들에게 빌붙어 이 나라를 어지럽히던 기생충들을 뿌리 뽑는 순간.

물론 전부는 아니다.

그러나 대한민국이 보다 깨끗해질 거라는 데는 이견이 없다.

전율이 치솟은 종혁의 시선이 저 위 경악하는 고경철과 오정훈들에게로 향한다.

'이따가 보자, 새끼들아.'

콰드득!

종혁의 주먹이 쥐어지는 순간 김종두도 삼단봉을 빼 들며 이를 드러낸다.

"흐흐. 다들 뭐합니까! 밥상 차려졌잖아! 싹 다 죽여—!"

"우와아아아아아아아아!"

콰득!

땅을 강하게 박차며 달려 나간 종혁이 허둥지둥하는 피투성이 깡패를 향해 주먹을 들어 올렸다.

"뒈져, 새끼야."

꽈앙!

사람이 그 자리에서 360도 회전하면서 경찰의 대규모 검거 작전이 시작됐다.

(회귀 경찰의 리셋 라이프 36권에서 계속)

환상이 숨쉬는 공간 파피루스 blog.naver.com/gnpdl7

『백면야차는 죽어야 한다』

『바바리안』, 『망향무사』 성상현의 자신작!

『회생무사』

마교 부교주, 백면야차(白面夜叉)의 직속 수하이자
무림맹의 간자로서 활동했던 장평

토사구팽의 위기에서
회귀의 실마리를 잡게 되었지만

"모든 비밀은 마교 안에 있다."

다시 찾은 약관의 나이
진정한 의미의 새로운 삶을 찾아가기 위해서는
백면야차의 죽음만이 필요할 뿐이다.

새로운 시대의 영웅이 될 장평
평온한 삶을 추구하는 한 남자의 복수극이 시작된다!

환상이 숨쉬는 공간 파피루스 blog.naver.com/gnpdl7

구사(龜沙) 대체역사 장편소설

서울역 세종대왕

과거와 미래를 오가는 세종대왕의 일대기!

『서울역 세종대왕』

"저승은 분명 아니고…… 혹시 선계?"

열병을 앓고 미래의 조선에 도착한 이도
신문물의 향연에 어리둥절해하던 것도 잠시

"허어, 오이도에 왜구가 나타난다고?"

예언서나 다름없는 조선왕조실록
미래의 물건을 가져오는 능력까지

과거를 뒤바꾸고 강대국의 초석을 쌓아라
전지전능 세종대왕의 위대한 치세가 시작된다!